Kadokawa Fantastic Novels
賢者大叔的異世界生活日記
4
Kotobuki Yasukiyo
寿安清

傑羅斯
瑟雷絲緹娜
Characters

茨維特
卡洛絲緹
烏爾娜
庫洛伊薩斯

「喔～
感覺真舒暢♪」
「這樣應該……
能提早抵達目的地吧。」
「這個……
比想像中還快呢。」
嘉內
雷娜
伊莉絲
下船後的伊莉絲等人
坐上了掛在機車後方的拖車，
在街道上奔馳著，然而……

賢者大叔的異世界生活日記

4

Kotobuki Yasukiyo

寿安清

Kadokawa Fantastic Novels

Contents

序章　大叔的失敗

說起奇幻世界，大家腦中浮現的都是擁有劍與魔法，令人興奮的冒險世界吧。

然而有個像是對這種世界觀嗤之以鼻，不應出現於此的東西正奔馳在法芙蘭的道路上。

有如飛馳在某國廣大土地上延伸的高速公路，或是夕陽逐漸下沉的海岸線上，以流行樂作為背景音樂，沒有任何目的地的鋼之流浪者。

以適合用烈風或疾風形容的速度，穿梭過綠意中的漆黑機車。正確來說應該是摩托車，但總之不像是應該奔馳在這個讓人覺得是中世紀歐洲時代的道路上的玩意。時代背景不對。

黑色車身與格外引人注目的龍頭把手是這台機車的特點。雖然為了減低與路面碰撞的可能性而調整過車身高度，還是因為有些凹凸不平的路面而迸出了火花。

這是參考哈〇摩托車，以現有的零件開發的魔導機車。正式名稱是「哈里．雷霆十三世」（笑）。

怎麼看都是非正規的商品。

理所當然的，騎在這台機車上的是身為開發人的轉生者，傑羅斯．梅林。本名「大迫聰」，四十歲，單身。為興趣而活的男人。

這位大叔正在高速奔馳的機車上一邊感受著迎面而來的風，一邊哼唱著以機車穿越銀河的熱門動畫主題曲，以試車為名目，成了高速公路之星。

「接下來是……聽我唱歌吧啊啊啊啊啊啊啊啊!!」

……看來大叔的一人演唱會進入了第二階段。雖然選曲從7轉到了Frontier，但普通大叔的歌喉是不可能取代歌姬唱好這些歌的。（註：以上暗指《超時空要塞》系列動畫歌曲。）

要是選唱硬式搖滾歌曲，跟他的外觀還比較搭調些，可惜的是不論自認還是公認，傑羅斯都是個徹底的御宅族。是個內在無可救藥的人。

比方說，你能想像在聚集了槍手的美國西部劇時代的酒館中，一個強壯的男人說著「讓你聽聽這首超嗨的動畫歌吧」，同時拔出手槍，一臉空虛地嘲笑他人的樣子嗎？就是這麼慘。

無論到哪都是為了自己的興趣而生的男人不會在意他人的評價。他將會順著自己的愛與任性，一邊沐浴在冷漠的視線下，一邊持續走在無盡的荒野上吧。

就像這樣，心情絕佳的大叔無論是機車還是在人生的意義上，都持續奔走在自我的道路上。

『嗯，騎起來的感覺還不錯。魔導馬達也有正常運作，目前應該沒有問題。』

這是他用在阿哈恩的礦山採到的礦石以及手邊現有的魔導具組裝成的機車。

他在就讀工科大學時，曾經和社團伙伴一起製作過節能車。後來在鄉下生活時，也曾跟附近喜歡機車的青年一起做了些維修工作，所以還算是了解車的構造。

從這樣的脈絡看來，只要他想做，他是有自信能夠引發這個世界的工業革命的，然而照當事人的說法是「做這種事情也只會給自己找麻煩不是嗎？為什麼我非得為了其他人實行改革啊？」真的是個我行我素的人。

成就了偉大事業的偉人們，在獲得其功績的同時，大多也要背負起麻煩的責任。而傑羅斯並不想自己率先去擔起那種責任。

責任這種東西，只要負擔自己的行為所造成的結果就夠了，他認為沒必要去做這種飛蛾撲火的事情。文明的進展這種事，遲早有人會去做的，就交給其他人吧。

像是傑羅斯擁有的，在「Sword and Sorcery」中改造的魔法。

這些魔法比這世界現有的魔法效率更好，威力也高出一截。要是把這種東西公諸於世，一定會湧出一堆煩人的傢伙吵著要當他徒弟吧。

其中也可能會有隱瞞自己的盤算和欲望，打算利用他而接近他的人。事情發展成這樣的話，他好不容易擁有的自由就會被剝奪了。

這個異世界跟地球相比文明程度較低。儘管如此，他也不覺得這樣就代表這個世界比較差。時代是隨著人類行為的累積而進步，作為歷史連結至未來的東西。

就算處於比他人更具有優勢的立場，他也不希望自己的人生因此擅自被定案。更何況他完全沒有主動為提升文明做出任何貢獻的意思。

雖然至今為止他也幹了不少事，但還是有避免造成文明的急速發展。就算指導了他們可以成為文明發展契機的知識，接下來的發展還是要靠他人的努力。

『這台機車依據不同的使用方式，也有可能左右戰局吶～唉，雖然我是沒打算要賣啦。』

某位公爵大人說不定會想要就是了。畢竟是個不知為何帶有些暴力氣息的人。對這種玩具應該很有興趣吧。

不過以製造成本來說這也不適合量產。因為使用了「祕銀」、「山銅」、「賢者之石」等稀少素材。這台機車可以輕易花掉一個國家的預算。

『雖然也是可以用低成本的方式來做啦，但想要的話希望他們自己去做啊。畢竟大量生產的東西很無聊啊。』

傑羅斯也是有自己的堅持的。他完全不想大量生產像是量產型的武器或防具這類完全一樣的東西。唉，雖然回復藥那類的東西算是例外，但基本上他是專門製作獨一無二的特製品的。

拿素材來的話，像嘉內的劍那樣配合使用者的技術來製作裝備也行，不過若是有人要他為了戰爭大量生產裝備，他是會拒絕的。給他製作的話，就算是一樣的武器，他也會做出擁有不同性能的東西。他就是以此為樂。

所以他才是個興趣至上的人。

「好，接下來測試一下高速行駛的狀況好了。既然一般的速度沒問題，就試著把速度提升到極限看看吧。」

傑羅斯一口氣把油門催到底，哈里．雷霆十三世的速度開始飆升。

由於檔車的構造在製作上比較麻煩，所以基本上這台機車的操作方式非常簡單，跟採用了自動排檔的小綿羊沒什麼兩樣。

加速後的機車攻下了急轉彎，也輕鬆地制霸了被視為難關的山嶺。

不過這個世界跟已經整理好交通網絡的日本不同，是經常會發生意外事件的異世界。更何況大叔根本沒有考慮到行人的問題。

就在翻越山嶺時，大叔遇上了突發狀況。

「呃！」

那是商人被魔物襲擊，正賭命奮戰的現場。

守護著馬車戰鬥的傭兵們，和為了尋求食物而襲擊他們的野生生物「獸人」。

雖然這是很常見的事，但問題是出在這群獸人中有智能較高的「獸人王」吧。商人們已經完全被包圍了，性命可說是風中殘燭。

若是只有獸人，傭兵們也能應付得來吧。可是加上獸人王後難度便大幅向上提升。獸人王依據等級不同，強度可能在C～A級之間。

其中也存有具有強大的力量，能夠進化到「魔王」程度的個體。光是有一隻獸人王在，對應的難度就會高到護衛的傭兵們無計可施的程度。

傑羅斯雖然只在瞬間看了一眼，但傭兵們顯然在奮戰下完全敗給了魔物。

而且高速奔馳中的機車無法急停下來。就算煞了車，在速度減緩前也會移動一段距離。也就是所謂的慣性法則。

「啊……這個樣子會發生交通事故呢……」

覺得無法把車停下來而完全放棄的大叔像是想到了什麼，催油門繼續加速。

獸人王的巨大身軀逼近眼前，那魄力簡直無法以言語描述。

不過值得慶幸的是牠是背對這邊的。

「嘎喔！」

「南無……」

接著事故發生了。獸人王被衝過來的機車給重重撞飛出去，牽連了其他的獸人，受了瀕死的重傷。

而且這時傑羅斯騎著的機車還接連輾過其他的獸人，並猛烈地穿過道路。

這要是在別的地方肯定會被判有罪吧。無論任何人都會認定這是一起凶惡的肇事逃逸案件。

在愣住的傭兵和商人們的目送下，大叔以高速離開了現場。

「呵……我還真是多管閒事啊。」

儘管喃喃說著跟現況毫不相關的台詞想要矇混過去，傑羅斯仍因必須減速而按下了煞車手把。然而機車的速度並未下降。

他反覆試了好幾次，速度依然分毫未減。

「……我的老天啊。」

因為事故衝擊造成的某些影響，導致煞車線出了一點問題，變得無法煞車。而且是前後輪都沒辦法。

更不幸的是，油門也卡住沒辦法轉回來了。

「真的假的……這是真的嗎！」

無法減速，這是非常危險的狀況。

哈里·雷霆十三世猶如在嘲笑創造它的主人般，一味地加速。

這裡是車輛來往通行的道路，依據地點不同，也有可能會像剛剛那樣碰上商人的馬車。而且魔力槽還是滿的，到魔力完全用盡為止不知道要花上多少的時間。

原本這趟試車一方面也是為了要測試這件事。

沒有任何人可以救他。因為這個世界沒有人可以追上高速奔馳中的機車。

雖然也有製作時間上的問題，但是大叔對於自己偷懶沒做鑰匙這件事情感到極度後悔，他的乾笑聲空虛地響徹道路。要是車被偷了該怎麼辦？

沒錯——有缺陷這種事情，總是事後才會發現的。

第一話　瑟雷絲緹娜終於交到了朋友

瑟雷絲緹娜一如往常的為了研究魔法術式，腳步迅速地前往大圖書館（通稱「書庫」）。

雖說這是她每日的例行公事，但沒有任何人向她搭話，感覺也有些寂寞。不過這也是一如往常的事了，所以她並不是太在意。

不，其實她最近對於沒有朋友這件事變得有些焦躁。

在接受身為家庭教師的傑羅斯指導的時候，她的身邊非常熱鬧。

然而在這所學院中，除了同年級的卡洛絲緹以外，沒有人會向她搭話，就算不願意，她也有自己受到排擠的自覺。最近由於她從吊車尾變成了「才女」，連至今為止那些在背地裡說她壞話的行為也完全消失了。真懷念那段有人刻意以她聽得到的音量批評她的時光。儘管聽了很不高興，但至少不會覺得這麼孤單。

現在連學院的講師們也完全不敢接近她。

唉，畢竟從以前開始她就會以在課堂上提問的方式提出猛烈的指摘，因此講師陣營對此戰戰兢兢，根本已經沒有什麼可以教她的了，完全放棄和她對話。

簡單來說就像是在說「我們已經拿妳無計可施了，所以妳就照自己的意思去做自己的研究吧！我們沒辦法教妳！」這種感覺。

而哥哥茨維特也一樣被講師們給拋棄了，跟以半是要找人吵架的態度指摘講師們的哥哥相比，瑟雷絲緹娜還算是比較乖巧的吧。雖然拜此所賜，她可以專心地進行魔法術式解析的研究，但想到會跟她搭話的只有卡洛絲緹，就覺得有些哀傷。

她也想要可以輕鬆聊天的朋友。

「唉～……」

「就這樣，大小姐今天也一個人寂寞的勤於研究魔法。真是悲慘的青春啊。」

「蜜絲卡……妳還真好意思把人家在意的事情說出來啊？」

「冷酷又優秀、優秀又無敵、無敵又厚臉皮的人正是我。您事到如今還說這什麼話呢。」

「已經是事到如今了嗎！而且妳為什麼這麼自豪的樣子啊！」

蜜絲卡不知為何挺著胸膛，堂堂地用手指把眼鏡往上推，得意的簡直令人不爽。

她的個性真的很惡劣。

「大小姐，一味等待是交不到朋友的喔？有時以拳交心也是得到朋友的一種手段。雖然失敗會被對方怨恨就是了。」

「那是怎樣的交友方式啊！是要在夕陽逐漸下沉的海岸邊跟人熱血地互毆嗎！」

「大小姐……您為什麼會有這種知識呢？這可不是尊爵不凡的索利斯提亞公爵家的淑女該知道的事情。太野蠻了。」

「說要以拳交心的是蜜絲卡吧？更別說這知識根本是妳告訴我的……」

「……這麼說來，的確是這樣呢。因為是很久以前的往事，我忘了。」

「三天前就已經是很久以前的往事了嗎？」

沒有朋友的瑟雷絲緹娜平常都關在自己的房間裡，說白了就是很閒。

儘管上課和研究魔法術式用掉了一些時間，還是有很多空下來的時間，所以在閒暇時她常會借小說回來看。

而三天前蜜絲卡推薦了一本書給她。書名是《青春暴走向前衝～以拳訴說的愛之歌～》。瑟雷絲緹娜沉迷於最後闖入了令人目眩神迷的薔薇花園的危險故事之中。

就算注意到自己正在逐漸陷入蜜絲卡的圈套當中，她仍開始走上隱性腐女子的道路。

「呵……我是不會回首過往的女人。不會在意這些瑣碎小事的。」

「……明明就很在意年紀……咿！」

蜜絲卡突然抓住瑟雷絲緹娜的雙肩，以特寫鏡頭距離出現在她眼前，臉上的眼鏡閃閃發光地不斷逼近她，並且渾身散發出深黑色的氣息。看來瑟雷絲緹娜踩到大地雷了。

「大小姐……您剛剛說了什麼？可以再說一次給我聽嗎？」

「沒、沒有……是妳聽錯了……蜜絲卡……」

「這樣啊。既然是這樣那就好了，這麼說雖然有些僭越，但這年頭只要多說了一句話，就有可能會失去性命的。大小姐也還請多注意，別不小心說錯話嘍？呵呵呵……」

「是、是的！」

儘管因恐懼而顫抖著，瑟雷絲緹娜仍向右轉，以僵硬的步伐走向大圖書館。她怕蜜絲卡怕到了走路時同手同腳的程度。

喜形於色地看著這樣的她的蜜絲卡個性真的不是普通差勁。

在走慣了的路上前進了一小段路後，蜜絲卡在途中看見了幾位少女們的身影，不解地歪著頭。

「大小姐，請您看看那邊。」

「什麼？」

在蜜絲卡說的方向，看來是好幾個女孩圍住了一位少女。仔細一看，幾個女孩們似乎在使用魔法，可以感受到魔力的波動。被圍住的少女則像是被拘束住，身體動彈不得。

看來她們發動了拘束系的低等魔法，一個像是魔法陣的東西浮現在少女的腳邊，看不見的力量束縛著她。是稱為「拘束力場」的拘束魔法。

透過魔力形成的魔法陣實際上是無法以肉眼辨識的，但只要把魔力集中在眼睛上，便能夠看出其外型。

「那個是魔法『拘束力場』吧。」

「在學院內除了訓練外，在未經許可的情況下使用魔法是違反校規的。趕快去制止她們吧。」

「請等一下，大小姐。目前的狀況還看不出誰是誰非，先觀察一下再介入其中會比較好吧。」

「……的確，那麼就隱身過去接近她們吧。『蜃景簾幕』。」

以光的折射來隱蔽身影的魔法「蜃景簾幕」。雖然有只要人一動空間看起來就會扭曲的缺點在，但面對這些注意力散漫的人們來說應該不成問題。

使用的時間長短可以任意調整，不過消耗的魔力也會隨之增加，被擁有「察覺魔力」技能的人看穿的可能性也很高。只是學院內的學生很少有人擁有那麼高等的技能，所以她認為應該不會被看穿。

這時的她沒有注意到自己也違反了校規。無論有什麼理由，擅自在學院內使用魔法就是違規行為。

瑟雷絲緹娜靜靜地靠近，觀察狀況。

「明明沒什麼魔力，妳也太囂張了吧！」

「吊車尾的趕快離開這所學院吧！超礙眼的。」

「光是瞪著我們是沒用的喔？妳可以試著用什麼魔法看看啊。唉，雖然妳辦不到就是了。啊哈哈哈！」

「唔～！這種東西……嗚嘰！」

被施加了拘束魔法的是一位獸人族的少女。

根據那獨特的犬耳看來，她應該是「獵犬族」的，不過既然是這所學院的學生，很有可能是混血種。

那位少女正在憑恃著力氣試圖掙脫「拘束力場」。

「獸人學什麼魔法啊，太得意忘形了吧！」

「反正妳也成不了什麼氣候，早點滾出去如何？這樣學校也會乾淨點，畢竟這樣就沒有野獸的臭味了。」

「老是有股狗臭味很困擾呢～因為很礙事，可以請妳消失嗎？」

是學院裡常見的陰險霸凌現場。

根據外觀看來，霸凌的幾位少女們很有可能不是貴族，而是商人之子。因為貴族大多會配戴護身用的戒指等昂貴的魔導具來保護自己。在這些少女們身上沒看到這類物品，便可以想見她們是一般學生。

然而此時的瑟雷絲緹娜在想著完全不同的事。

『是獸人的話，就表示不是純血種吧？不過好像偶爾會生出魔力很高的孩子，既然會出現在學院裡，代表魔力有達到一定水平吧……聽說獸人族不擅長使用魔法，但老師說過，取而代之的是他們能夠藉由讓魔力在體內循環來提升身體能力。要是這樣，她應該可以輕易地掙脫拘束力場才對……該不會是不知道要怎麼做吧？』

獸人族是比起當在後方支援的魔導士，更擅長擔任前衛作戰的種族。

大多數的獸人都能透過讓魔力在體內循環，時而以拳頭粉碎對手的魔法，犬系的種族也能藉此提升移動力及攻擊力。由於對魔法的耐性也會倍增，對於魔導士而言可說是天敵。

是魔力雖然比人類低，魔力的運用層面卻更廣的種族。

『我記得老師好像有教過哥哥……』

浮現在她腦中的，是在法芙蘭大深綠地帶發生的事……

茨維特看到傑羅斯以拳頭打倒了魔物，便問他自己是否也能做到一樣的事。那時傑羅斯便有舉出獸人族的戰鬥方式為範例。

茨維特也問了要怎樣提升身體能力並實際嘗試，但要在體內控制魔力流動十分的困難，他至今仍不斷在訓練。應該是無論如何都想練會吧。

她仔細地回想出那時的對話。

『聽好了，茨維特。訣竅在於不僅僅是把魔力留在身體內側，而是要以像是把魔力聚集在肚臍下……下腹部一帶的感覺來匯聚並精鍊魔力。等到有點熱起來時，就想像要讓這股魔力在體內循環，讓魔力徐徐流至身體的每一個角落，這一步是最重要也是最困難的。』

『師、師傅……這可不像嘴上說起來那麼簡單耶？獸人們都在做這種事情嗎……這比操控魔力還要困難……』

『因為獸人們是透過本能學會這個操作方法的。人類要做到這種身體強化，不如直接利用魔法強化還比較快。唉，雖然那麼做魔力也會比較容易被其他魔導士察覺啦，要是用這種方法強化，魔力就不會被對手發覺～畢竟就是讓魔力在體內跟血液一樣循環嘛。』

『為什麼？兩種不都一樣會用到魔力嗎？』

『「察覺魔力」或「探查魔力」是去感受、探索放出的魔力的技能，在體內循環的魔力因為沒有釋放出去，便不會為敵人所察覺。強化系的魔法不管怎樣都是在體外施加魔法，所以就算效果相同，也完全沒有隱密性可言啊～』

『這樣對魔導士來說，獸人不就是非常麻煩的存在嗎？』

『是這樣沒錯啊？他們可說是理性與本能的占比恰到好處的優秀種族。會以本能與理性巧妙地運用為數不多的魔力，迅速地攻過來解決魔導士。不要與他們為敵比較好。而且他們還會運用能夠察覺到敵方魔導士持有魔力的第六感看穿一切，所以會單方面的被他們痛揍一頓呢～』

在這之後茨維特花了三個小時學會這個魔力循環法，總算是變得可以使用這招了，然而隔天便深受肌肉痠痛所苦。

幸好因為等級提升，身體也隨之最佳化，這痛苦在經過地獄般的一天後就結束了。

『也就是說這女孩應該憑本能就知道該如何使用魔力，只是不知道該怎麼做而已嗎？』

獸人的確憑本能就知道該如何運用魔力，但是要如何使用魔力，則需要雙親在和孩子玩的過程中教導給孩子。獸人的小孩是看著親人如何使用魔力長大，自然而然地學會怎麼使用的。人類花上一生來鍛鍊才能得到的格鬥技能，他們從一開始便已經達到那種境界了。

也正因如此，他們不善於行使魔法。然而，現況顯示這個獸人少女並未處在可以自然而然學會使用魔力的環境下，也等於可以推測她是被人類給養大的。

「真是的……只是擁有魔力卻不會用的話，根本沒有意義嘛。」

「吊車尾就跟路邊的垃圾沒兩樣喔？妳懂嗎？」

「人渣死了也是對學院好啊。妳為什麼還活著啊？」

聽見圍成一圈的少女們說的話，讓瑟雷絲緹娜感到憤怒。

過往的自己也曾不斷被用相同的話語辱罵，咀嚼著屈辱感生活著。那些拐著彎罵她的壞話實在非常惡劣又陰險。但是畢竟自己無法使用魔法，所以她只是不斷的忍耐著。現在她完全可以體會眼前的獸人族少女的心情。

接著，瑟雷絲緹娜將這份心情化為了行動。

『請妳試著把魔力聚集到肚臍下方，以要精鍊的感覺緩緩地匯聚出一團魔力。』

她在獸人族的少女耳邊低聲說道，少女瞬間像是嚇到了似地豎起了尾巴。

不過瑟雷絲緹娜仍繼續說下去。

『等到下腹部熱起來後，這次請試著讓那股魔力在體內流動。首先流往心臟，接著再讓魔力緩緩地流到身體各個角落……』

少女雖然不知道發生了什麼事，但是透過味道知道有人在自己旁邊。

然後，知道對方教了自己什麼之後，她便照著聽到的指示行動，使魔力循環至身體各處。

雖然驚訝於自己意外地很輕易就做到這件事了，但更令她驚訝的是有種前所未有的感覺包覆住了她。

有如燃燒的火焰般炙熱的感覺在體內奔走著，她覺得力量似乎湧現了出來。

不，應該說她的力量確實提升了。這同時喚醒了她的本能，稚拙的魔力循環逐漸變得有模有樣。簡直像是一開始就會這件事一樣，有種懷念的感覺。

「不回點什麼話嗎？哎呀，連拘束力場都解不開的野獸怎麼可能會說人話嘛～♪蠻族真是討厭呢。」

「沒錯沒錯，可以使用魔法的只有被選上的人類而已喲？野獸還是適合住在洞穴裡。居然還穿衣服，真是囂張。」

「不甘心？不甘心的話就試著反擊啊。唉，雖然妳辦不到啦。因為～妳只是隻野獸嘛～♪」

「……可以嗎？」

「「「咦？」」」

獸人少女第一次露出了猙獰的笑容。

霸凌的女孩們至今為止就算有看過她悔恨的樣子，也從未見過她臉上浮現如此好戰的笑容。

儘管瞬間有些動搖，但少女們想起了她還被拘束力場給束縛著，便又安心了下來，繼續說出挑釁的話語。

「哼，要是辦得到妳就試試看啊！要是野獸可以解開魔法的話！」

「那我就不客氣了……」

——啪嘰嘰嘰嘰嘰嘰嘰！

隨著尖銳的聲響，拘束住少女的魔力化為碎片，獸人少女恢復了自由。

不，不僅如此，她的指甲變得又長又銳利，手臂上逐漸長出有如野獸般的體毛。這是俗稱「鬥獸化」的現象。這種狀況下身體能力會提升將近三倍，不善於近身戰的魔導士根本無法與其對抗。不過也會隨著時間經過累積相當的疲勞。

「拘束力場原來是這麼輕易就能掙脫的東西啊。為什麼至今為止我都辦不到呢？」

「破、破壞力場？騙人，為什麼妳能辦得到這種事！」

「為、為什麼……以前明明從來沒發生過這種事情的……難道是妳手下留情嗎！明明只是個獸人……」

「好了，妳們說我可以反擊對吧？現在我應該可以輕鬆的殺掉妳們。」

獸人少女簡直像是肉食動物般，以舌頭舔了舔嘴，瞪著一直以來瞧不起自己的少女們。獸人也並非不能使用魔法，只是可以用的魔法比人類少，而且更擅長專用於戰鬥方面的魔力運用罷了。

眼前顯然是解放後的野獸要襲擊獵人的景象。

雙方的立場早已顛倒過來了。

獸人少女一副蓄勢待發的樣子，這時有第三者出聲說了句「等一下！」。可是附近完全找不到聲音的主人。

「……妳也差不多該現身了。妳在那裡吧？」

「獸人的五感也很敏銳呢。是透過氣味得知我在這裡的嗎？」

「是啊。」

空無一物的空間開始搖晃，最後出現了一位少女的身影。

「瑟、瑟雷絲緹娜大小姐……」

「不會吧！從一開始就被看到了嗎？」

「糟了！得快點逃走……」

無視狼狽不堪的少女們，瑟雷絲緹娜看向獸人少女，開口搭話。

那些有著扭曲想法的人根本無關緊要。

「獸人族運用魔力的方法如何？雖然我沒想到能做到『鬥獸化』的程度……這還是我第一次看到呢。」

「嗯，感覺完全沒問題。原來如此～獸人的魔力是要這樣用的啊。」

「妳不知道嗎？我以為獸人種都是憑恃著本能就能學會魔力的運用方法了。」

「嗯～……該怎麼說才好呢？我啊，其實是養子。雙親去世時，我被他們的朋友，也就是我現在的親人給收養了……可是他是個魔導士呢～」

「養子？所以妳才不會獸人族特有的魔力運用方法啊。畢竟就算是混血，應該也會從親人那邊學會戰鬥的方法才是……啊！抱歉，我說了失禮的話。」

「沒關係啦，我也不記得雙親長什麼樣子，只知道母親好像是獸人族的。」

看來她是偏獸人族的混血種。那麼也就能理解她為何不擅長使用魔法了。

「那麼，該怎麼處置妳們呢……妳們知道自己做了些什麼事吧？」

「「「知、知道……」」」

霸凌獸人少女的女學生們不知道該不該逃走。

瑟雷絲緹娜以前也處於被霸凌的立場，她們不覺得她會放過這狀況。

然而就算她們現在逃掉了，只要從被霸凌的當事者那邊得知她們的名字，結果也是一樣的。

「妳們既然以力量壓制他人，那同樣的，被他人的力量給毀滅也不會有什麼怨言才是吧？妳們敢說自己擁有值得自豪的實力嗎？無論是誰一開始都是很弱小的。不過只要想變強，要變得多強都辦得到。要是對妳們至今為止的所作所為懷有恨意，幾年後變得強悍到了極限的她殺了妳們，妳們也不能說些什麼。畢竟是妳們認同力量至上論的。」

這話雖然像是某個大叔會說的，但說穿了她也只是現學現賣罷了，而大叔也不過就是把從其他人那邊學到的東西教給她而已。瑟雷絲緹娜本人也覺得『我在說什麼感覺很了不起的話啊？』，內心有些慌張。

不過現在重要的是促使她們反省，所以瑟雷絲緹娜捨去了內心的慌張。

「獸人族的伙伴意識很強，就算是被人類給養大的，他們也絕對不會對自己的同胞坐視不管。更何況他們是有如魔導士天敵的種族喔？妳們幾個以那種種族為對手，到底在做些什麼啊？」

「不過就是獸人，為什麼會是天敵啊！他們不是連魔法都不能用的種族嗎！」

「他們會用喔？哎呀，雖然他們擅長的不是攻擊魔法，而是強化系魔法就是了。像剛剛的『鬥獸化』這種強化身體的技能。獸人族使用這種技能的話，是無法察覺到他們的魔力的。但是因為他們的視覺和嗅覺等五感十分敏銳，所以可以在不知不覺間摸到敵人身邊，瞬間打倒對手。妳們有辦法打倒這種種族嗎？對手明明不可能會堂堂正正的從正面攻來，妳們還敢這樣想嗎？」

獸人族為了守護伙伴，無論什麼手段都使得出來。

這次的事情要是讓其他獸人們知道了，最慘的狀況下會引發戰爭吧。他們的伙伴意識就是這麼地強烈，同時對於敵人也毫不留情。

從霸凌的一方看來這只是稍微抒發心情的程度而已，但知道這有可能會發展成戰爭，她們的臉色便發青，手腳也不住顫抖。

要是發展成戰爭，被人發現原因是出在她們身上的話，她們整個家族都會被處刑。輕率的行動衍生出了最糟的危險性。

「這個國家是對其他種族也很開放的國家，而國家因此才能發展起來也是歷史事實，妳們的行動等於讓這一切的努力全都化為烏有喔？」

「我、我們才沒有……」

「又不只有我們！也有其他人在做一樣的事啊！」

「為什麼只有我們要被指責啊！明明之前還只是個無能者……」

「就算別人做了卑劣的事情，覺得這麼做沒錯而有樣學樣的人，品行可是比先做壞事的那些人更差勁喔。再來……我以前確實很無能，但妳們有為了變強而努力過嗎？能去那個大深綠地帶嗎？以這所學院學生的實力，在那邊待上一天就會死喔？」

「「「唔……」」」

瑟雷絲緹娜為了準備前往法芙蘭的大深綠地帶而做了非常嚴苛的戰鬥訓練已經成了非常知名的事。

雖然情報來源是她的哥哥茨維特，那時他說「不，那真的是地獄……也真虧瑟雷絲緹娜那傢伙能撐得下去，不，我說真的！雖然對手是魔像，但魔像會一直再生，根本沒完沒了。要是實戰的話早就不知道死幾次了……」，就這樣不小心把事情洩露給身邊的朋友們知道了。

對於長達一個月以上都在持續進行這種訓練，靠著努力顛覆這個狀況的瑟雷絲緹娜，少女們完全找不到話反駁她。

要是像以前那樣無法使用魔法的話，她們還能在背後說她的壞話嘲笑她，然而如今瑟雷絲緹娜的實力已經遠超過她們，到了連講師們都束手無策的程度。

面對做出相對應的努力而爬到最高處的人，她們現在說什麼都只是喪家之犬的無謂叫囂。因為她們從未為了提升自己的實力做出任何努力……

「說得直白一點，這所學院裡大部分的魔導士在戰場上都派不上任何用場。有一半以上的人都只想學鍊金術，而他們有沒有工作全要靠派系的關係。難得學會了魔法，卻有一大半的人會去做其他的工作，真搞不懂大家是為了什麼才來到這所學院。」

瑟雷絲緹娜毫不留情地戳破了事實。

為了成為魔導士而學習的學院生中，大多數的人出社會後都無法作為魔導士活躍於職場，就這樣消失於世間。對於學習鍊金術的人來說，也沒什麼不同。

由於無法取得藥草等材料，所以無法製作魔法藥，但就算想自己去採藥草，在戰鬥方面也跟外行人沒兩樣。想僱用護衛也沒錢，結果很多人就這樣放棄了。

能夠作為鍊金術師工作的，只有在派系中留下優秀成績的一小部分人，或者老家是賺了不少錢的商家的人。

不過依據製作者不同，魔法藥的效果也會有極大的差異。所以要是沒有相對的實力，便無法獲取賭上性命戰鬥的傭兵或騎士的需求，會有好一段時間只能過著貧困的生活。

雖然其中也有去狩獵順便採集藥草，為村裡的發展提供貢獻的奇人在，但這種人很少見，大多數的人都會以賺錢為優先。只是因為有同樣想法的人實在太多了，結果能夠身為魔導士並做出一番成績的，只有極為少數的人。

而無法成為一個擁有實績的優秀魔導士的理由之一，就是「魔法卷軸」的價格非常高昂，只有生活富裕的人才買得起。一般家庭的魔導士可以使用的魔法太少了。然而有部分領地開始賣起了便宜的魔法，往後出自一般家庭及學生以外的魔導士數量也會增加吧。

社會上需要的不是有學歷的魔導士，而是派得上用場的魔導士。

「雖然也有為了提升結婚條件而來取得學院學歷的例子，但要是戰爭爆發，得上戰場的話，沒有實力的人們只會無謂地喪命吧……」

「戰爭那種事情是國家要解決的問題吧！」

「妳忘了嗎？學院所屬的魔導士，在戰爭時期是會被派上戰場的預備兵喔？萬一真的發生了戰爭，無論男女都會被送上戰場的。就算是鍊金術師，只要會使用攻擊魔法就會被送到戰場上吧。而且……歧視其他種族的人本來就是重罪喔？」

伊斯特魯魔法學院的學生，在畢業後也必須承擔兵役，在必要時前往戰場。這是國家法律規定的事，也是以特別待遇招收學生入學的學院與學生的保護者間簽訂的契約。

再說戰爭時光靠國家的兵力人數根本不夠。要進行侵攻和防衛，只靠手上現有的兵力是無法應付的。為了彌補兵力的不足，才會透過兵役制度徵收一般民眾來填補戰力。

當然這些兵力中也包含了獸人族，要是因為她們的行動導致和獸人族之間產生了無謂的嫌隙，光是這樣就有可能會導致戰力大幅下降。

正因如此，這種輕視不同種族的行為才會被視為犯罪取締，而且非常嚴格，就算是小孩子之間的霸凌也會受到嚴厲的懲罰。

「反正也不需要獸人族吧！」

「對啊！我們有大範圍殲滅魔法吧！」

「那個我想應該不能用吧。基本上要讓多位魔導士的魔力同步才行這點就辦不到了，要是真的發動了，所需的魔力也不夠吧。最近的主張是說舊時代的試做品派不上用場呢。實際上妳們有看過那個魔法成功發動嗎？在那之前……妳們是惠斯勒派的吧？」

「唔……」

「這、這個……」

「……」

隱藏在惠斯勒派中的血統主義派有許多是沒落於市井間的貴族。為求某天能取回昔日榮光而奮起的人大多隸屬於這個派系。

而維繫他們的基礎就是「大範圍殲滅魔法」的魔導術式以及其實驗設施。然而目前不僅魔法本身無法發動，研究也幾乎毫無進展可言。

他們最近為資金調度所苦，而領頭將他們的資金來源處擊潰的便是索利斯提亞派。也就是說瑟雷絲緹娜是打碎血統主義者野心之一族的人。

她們這些陰險的霸凌行為，被身為宿敵的索利斯提亞派得知的話，肯定會成為極佳的攻擊理由吧。目擊到霸凌現場的對象實在太糟了。

「在以血統為傲之前，沒有實力的話一點意義都沒有吧。真不懂妳們為什麼會做出這種無謀又粗暴的行為。唉～……哥哥也真是辛苦呢。我第一次體會到這件事……」

茨維特雖然到途中都被洗腦，但因為發情——也就是戀愛症候群而恢復原狀也是出乎意料的事吧。不過他為了發洩失戀的怨氣而視血統主義者為敵，與其徹底反目成仇的結果導致了派系的分裂，所以也不知道這點是不是立下了什麼功勞。

順帶一提，身為派系起源的惠斯勒家似乎對這個發展拍手叫好，十分高興。

正如這狀況所示，薩姆托爾被切割也只是時間問題罷了。「你們早點處理他啦！」從茨維特的角度看來應該會忍不住想抱怨這麼一句吧。

不知道的只有包含薩姆托爾在內，他的一部分親信而已。

「根據傳聞，血統主義派應該近期內就會被擊潰了吧。雖然跟我無關就是了。」

「怎麼可能跟妳無關！就是妳家族的人在礙事吧！」

「我們很優秀啊！為什麼要被輕視至此啊！」

「妳還不是因為家族血統優秀才會變強的！」

「不，這是我努力的結果。而且我完全沒有參與任何派系的事情喔？應該是爺爺和父親大人背地裡有所行動吧？我不知道他們做了些什麼就是了。」

「「「『煉獄魔導士』和『沉默之獅』!?」」」

最糟的親子檔有所行動的話，那就跟完蛋了沒兩樣。

在事情發展至這兩人無法不出手的狀況時，就代表血統主義派做得太過火了。因為這兩人都是有許多危險傳聞的人物。

先不管是怎樣的傳聞，但這兩人對付敵人都是出了名的手下不留情。而且會利用各種手段消除自己背地裡展開行動的痕跡，絕對不會留下任何證據。這兩人正是如此的狡猾。

他們只在擁有可以給予對手有效且決定性傷害的明確證據時才會率先出手。

「這、這可不是開玩笑的！」

「我要退出了，誰要待在這種派系裡啊！」

「我還要從這所學院退學～～我不想被殺啊！」

「他們不會對學生做到這種程度啦……」

她們完全沒把瑟雷絲緹娜說的話聽進去，全力逃走了。

她的親人擁有為數眾多，會讓敵人害怕到逃走的傳聞。知道這樣的對手有所行動的話，這個國家內大半的敵對勢力都會逃跑吧。

雖然和黑社會對立的事情沒有傳開，但光是檯面上的傳聞就已經非常有效了。縱使是以結果上來說……

「真厲害。光靠幾句話就把那些傢伙給趕跑了……」

「不是我厲害啦。比起那個，她們慌張成那個樣子……爺爺他們到底做了些什麼啊……」

瑟雷絲緹娜並不清楚親人們的傳聞。應該說家裡原本就刻意隱瞞這些事，就算在外面也沒有人會在她面前提起關於父親或祖父不好的傳聞，所以她不知道也是理所當然的。

像是「討伐盜賊時，將盜賊連他們的根據地一起燒殺殆盡。」

像是「在經濟層面上把不喜歡的貴族給逼入絕境，使其家族毀滅。」

像是「以策略讓貪婪的商人財務上出現破綻，反過來把該商家全數併吞。」

像是「從各個方面把對家族懷有惡意找上門來的求婚者逼上死路。」諸如此類，有各式各樣的傳聞。而最可怕的就是這些傳聞幾乎都是事實。

克雷斯頓有必要的話便會自己公然出手，將敵對者一併燒毀，全數掃蕩。

德魯薩西斯會同時在背地裡掌握對方不只一個弱點，趁對方慌亂之時從旁將其連根剷除。很少會有醒目的舉動。唉，雖然這也只是從一般視角來看的狀況……

「不管怎樣妳都幫了我大忙。而且還教了我獸人族的戰鬥方式，我得回報妳才行呢。妳想要我做什麼？」

「沒關係啦。因為我以前也跟妳處在相同的立場，覺得感同身受……」

「不，可是這樣我心裡覺得過意不去耶？」

獸人族除了少部分的人以外，都很重義氣。有恩報恩這點與其說是他們的習性，不如說是種族的特性。

換個說法也可以說是很親人吧。因為她的尾巴正左右搖晃個不停。

「說、說得也是。那麼，在為期一週的實戰訓練中，請妳跟我組成一隊如何？」

「哦？瑟雷絲緹娜大小姐也會參加嗎？」

「我當然會參加啊？呃……這麼說來，我還不知道妳的名字。可以請教一下嗎？」

「啊，經妳這麼一說，的確還沒自我介紹呢。我叫烏爾娜．拉哈！是魔導士『薩加斯．瑟馮』的養女，如妳所見是個吊車尾的。我一定會回報妳的恩情的，請多指教嘍！」

「我記得薩加斯先生和爺爺是同學……雖然曾經見過一次，但總覺得不太好相處呢……」

「沒那回事啦～他是個滿有趣的老爺爺喔？」

薩加斯和克雷斯頓是同期從伊斯特魯魔法學院畢業的學生。雙方都是很認真鑽研學問的人，實力也在伯仲之間。

薩加斯性格自由奔放，不拘泥於權勢。因為就算和什麼事情扯上關聯，也不會積極的去介入，所以被人稱作「白搭男」，是個出了名怕麻煩的人。

然而依他的實力來看，他確實是個享譽盛名的魔導士。

「不過是這樣啊～意外地有這層關聯性在呢。看來世界雖大，實際上也滿小的。」

「是啊。世界意外的小呢。」

「哎呀，妳們的感情什麼時候好起來了？」

「「呀啊！」」

兩人被不知至今為止跑到哪裡去，又突然現身的蜜絲卡給嚇了一跳。

因為不僅氣味，蜜絲卡讓人完全感覺不到半點氣息，也難怪她們兩個會嚇到。隱匿的技巧高得驚人。

「大小姐……那個，沒朋友的……那個沒朋友的大小姐！終於交到了朋友……蜜絲卡我太高興了，眼淚都……」

「沒朋友是怎樣啊！而且與其說妳根本沒在哭，不如說妳根本光明正大的在說謊吧！」

「老主人要是地下有知，一定會很高興吧……」

「不要隨便殺死爺爺啦！爺爺還很硬朗呢！」

「說得是呢。老主人還不會蒙主寵召吧……感覺還能再活上個八十年。那個老頭意外地挺能撐的嘛……嘖！」

「蜜絲卡……妳很討厭爺爺嗎？討厭到想要殺了他嗎？」

「不，我打從心底敬愛著老主人喔？」

「為什麼要用那種虛偽的笑容斬釘截鐵地這麼說啊！感覺完全無法信任……」

「啊哈……啊哈哈……」

面對忽然現身，引發一團混亂的冷酷女僕，烏爾娜只能嘴角抽搐地笑著。就算擁有獸人的五感也無法察覺到其氣息的這位女僕，八成和某位大叔及領主是同一種人吧。或許可以說是超越種族、常識，非比尋常的存在。

不管怎樣，除了卡洛絲緹以外沒有朋友，孤單的瑟雷絲緹娜交到了第二個朋友仍是件可喜可賀的事。

這雖然是題外話，但之所以沒有人會向瑟雷絲緹娜搭話，不只是因為她變強了。實際上有一群人私底下組成了她的粉絲俱樂部，會毫不留情地排除想要接近她的人。

這些人給她的別稱是「魔導天使」。

而自己被這樣稱呼，以及被周圍的人以各式各樣的眼光看待一事，身為當事人的她完全不知情。

「哈啊、哈啊……天使小姐，今天也好可愛啊～！」

「那個女僕真是幹得好啊……用『照相寶具』把天使小姐的樣貌紀錄下來了嗎？」

「萬無一失！之後再複製，發給同志們吧。」

「好……那麼我們就繼續跟蹤……不對，繼續守護天使小姐吧！」

「「「是！」」」

這所學院或許在很多意義上來說都不行了吧……

第二話　兄妹間不爭的血緣關係

最近的庫洛伊薩斯很忙碌，同時心情也很好。

一方面是整理了幾乎化為他個人房間的研究室，一方面是他和聖捷魯曼派的年輕研究員候補生們一起在研究魔法術式，而最近這研究的進展也很順利。

雖然因為這緣故，他幾乎都關在研究室裡……

而他心情好的時候，簡直可說果然是泡在研究室裡的時候。也就是他比平常更常待在研究室裡，然而在體力方面也因此有些不足之處。簡單來說就是缺乏運動。

雖然他也差不多該練點體力了，但是他是一次只能集中在一件事情上的類型，所以並不想被多餘的事情打擾。

而更是讓他心情好的理由，應該是和哥哥與妹妹之間的關係吧。

從小開始就每天埋首於魔法研究的庫洛伊薩斯，很不擅長和身為下任當家，不斷鑽研學問又外向的茨維特相處。反正公爵家會由哥哥來繼承，他便縮在家裡，結果雙方變得意見不合，愈來愈討厭對方。

對於妹妹瑟雷絲緹娜，他則是認定她不會使用魔法，當不成魔導士，所以根本不在討論範圍內，對她毫無興趣。然而知道那個妹妹其實和自己一樣是個喜歡研究的人之後，庫洛伊薩斯對於至今為止自己過於冷落她的態度也有所反省。

他道歉其實算是快的了。他不像茨維特那樣在道歉前煩惱了好幾次、還變得很形跡可疑。他的個性率直，立刻就道歉了。他這種不會執著於做錯的事情，想立刻修正錯誤的態度，說起來也非常像個研究者。

不過從根本上來說，因為毫無興趣就完全無視瑟雷絲緹娜這點，作為一個人而言還真是不知道該怎麼說他。

而他和兄妹間的關係有所改善後，最近和他們的對話也讓他很是開心。

像是茨維特說的「考慮到要有效地運用魔法，去研究魔法的特性這一點應該是對的。要是不理解魔法，怎麼能思考戰術啊。」這件事。

瑟雷絲緹娜也說了「不只是為了戰鬥，魔法應該有更多不同的運用方法才對。我想製作能夠在人們的生活中派上用場的魔法！可以的話也想試著製作魔導具。」這樣的話。

雖然彼此的方向性不同，但和從不同角度切入魔法研究的兩位兄妹對話實在非常的有意義，也能帶給他刺激，讓他獲得新的發現。

他是個徹頭徹尾的研究狂。

「在你心情好的時候提起這件事真是抱歉～不過下週就是實戰訓練嘍？你不先鍛鍊一點體力起來可以嗎？」

馬卡洛夫的一句話讓他的動作停了下來。

到剛剛心情都還很好的庫洛伊薩斯動作硬生生地停下來之後，以像是機器人般僵硬的動作，把頭轉向了馬卡洛夫。而且他的臉上掛著非常嫌惡的表情。

「你為什麼現在要提這件事？我好不容易把它拋諸腦後忘記了……」

「不對，不能忘記吧！你不是得強制參加嗎？而且就算你想忘記，那一天也絕對會到來的吧。」

「庫洛伊薩斯，你都準備好了嗎～？只靠學院指定的裝備會很不安心的喔～？」

「伊．琳……庫洛伊薩斯不可能會準備吧？因為他除了研究之外基本上是個廢人啊……」

雖然這些話說得有些過分，但基本上他們說的都是真的。

庫洛伊薩斯的外表和內在的反差實在太大了。雖然有著銀髮、高瘦俊美且給人聰慧印象的外表，實際上卻是個運動白痴，平常的生活也是足以被加上「超」來形容的邋遢。要是伊．琳沒有犧牲奉獻自己來照顧他，他的宿舍房間應該只要過上幾天就會變成垃圾屋了。

儘管周遭的人都因他的外表而擅自做了許多幻想，但真正的庫洛伊薩斯除了研究以外完全不行。以這層面來說他的兄妹們像樣多了。

雖然令人有些意外，不過茨維特會把周遭環境打理得非常整潔，甚至到了有些潔癖的程度。瑟雷絲緹娜則是不會把任何多餘的東西留在身邊。

以這年紀的少女來看，瑟雷絲緹娜的房間會令人覺得「這是怎麼回事？」，完全不像女孩子的房間。畢竟她的房裡連個布偶都沒有。

因為房間裡什麼都沒有，實在太冷清了，連蜜絲卡都看不下去，準備了鮮花來裝飾。

扯得雖然有些遠了，不過這冷清的房間最近也因為增加了許多收納了藥草和礦物的瓶子，變成了一個有研究者感覺的房間。儘管如此，仍能斷言這個房間絕對不會變成像庫洛伊薩斯那樣的垃圾屋。

「你啊，這個月已經讓多少僕役逃走了？為什麼打掃完的隔天又會堆滿垃圾啊，太奇怪了吧！」

「就算你這麼說……我是有自己反覆以想要嘗試的藥草調配了一整夜的印象啦。但因為我是個研究者，這種事情應該還在可以接受的範圍內吧？」

「你的狀況根本太超過了啦！那惡臭都飄到隔壁房間的我這邊來了喔？我醒來後就發現自己躺在醫務室裡了，你到底做了什麼啊！」

「我也不記得了。我回過神來時發現自己倒在宿舍的中庭裡，真的不知道發生了什麼事……」

「調配藥水這種事情在研究室裡做啦啊啊啊啊啊！」

要重新說清楚的話，就是庫洛伊薩斯在試著調配針對精神系魔法用的回復藥水，結果卻讓房裡充滿了惡臭，本人在逃往中庭的時候喪失了意識。

而他調配出的試做藥水散發出奇怪顏色的煙霧，蔓延在整棟宿舍內，隔壁房間的馬卡洛夫雖然就那樣暈過去了，但距離汙染地區稍遠處的學生們則是做出了奇怪的舉動，現場一片混亂。

像是笨蛋一樣大笑個不停，或是在現場脫個精光都還算是好的，其中也有做出令人不敢以言語描述的可怕行為，或是慷慨激昂地訴說ＢＬ和ＧＡＹ雖然很像但完全不同的人，可說依據對象不同而發揮出了各式各樣的效果。

負責救助這些被害者的人是這樣說的：「那是地獄……太可怕了……人類居然可以糟糕到那種程度。可以的話真希望這些景象能從我的記憶中消除。感覺我都要變得不對勁起來了……」。就算看到「危險！禁止混合」也會若無其事地去做的男人，這就是庫洛伊薩斯。

對此實在無法詳細說明，能說的只有救護小組闖入時看見的全是必須打上馬賽克的危險景象。

那不是精神狀態正常的人類該知道的內容。

「雖然我還記得因為我無論如何都很想試試看，所以沒能忍住……不過真在意產生了怎樣的效果呢。可惜連一點紀錄都沒能留下來。」

「我也因為很在意所以去問了……聽說被救助的那些人在現場都變得很奇怪喔？你肯定做出了很糟糕的東西……」

「感覺你哪天會不小心把國家給毀滅呢……庫洛伊薩斯。」

「瑟琳娜～就算是庫洛伊薩斯也……可能……會做出這種事呢……」

這群伙伴已經完全將庫洛伊薩斯視為麻煩製造者了。

優秀卻欠缺思慮，不會分辨哪些事是不該做的，搞出問題時周遭便會受到嚴重的損害。

光是本人沒有惡意這點就夠糟了，而且不知為何被害者大多都喪失了相關記憶，完全不記得發生了什麼事。如果是愉快犯已經足以依法處置了，然而目前這一切都被當成事故來處理。

畢竟不管他創造出的藥品有什麼功效，隔天就會一點痕跡都不剩的消失，所以不會留下任何證物。他究竟做出了什麼，至今還是個謎團。

「所以說，結果庫洛伊薩斯你的裝備打算怎麼辦～？」

「沒辦法了……跟哥哥借他備用的裝備來穿吧。」

「你這話是認真的嗎？以前我借你的裝備過了一個月後生鏽又發霉了喔？我是沒差啦，但你哥會毫不留情地痛揍你一頓吧。」

「感覺真的會變成那樣呢。畢竟是和庫洛伊薩斯有血緣關係的兄弟，我想應該不會客氣的。」

「庫洛伊薩斯……好好整理一下自己周遭的環境比較好喔～？」

光是他本人有印象的範圍內，就無話反駁了。

借來的東西好一陣子都不還，有時東西還給主人時還已經嚴重受損了。因為他過了很久才會想起來，等到想起來的時候東西已經呈現在各種意義上都為時已晚的狀態，有些東西還就這樣永遠消失了。

大叔或伊莉絲要是看到他的房間，一定會說「這是腐海之森……」吧。

瑟雷絲緹娜的朋友卡洛絲緹有一次曾造訪他的房間，然而在開門的瞬間便尖叫且失去了意識。

沒人知道她到底看到了些什麼，她也忘卻了當時的記憶。

只是不知為何，從那天之後她再也不去庫洛伊薩斯的房間了。

「卡洛那傢伙到底看到了什麼？那是你的房間，你不記得自己放了些什麼了嗎？」

「……老實說，那陣子我都睡在研究室，很久沒回宿舍去了。」

「我找小卡洛一起去接庫洛伊薩斯，她便忽然全身顫抖，最後還哭了喔？想必是看到了非常可怕的東西呢～」

「庫洛伊薩斯……你沒有製造人工生命體出來吧？那可是首屈一指的危險生物……根據我聽到的傳聞，有人聽到『好想早點變成人類喔～！』的聲音從你的房間傳出來喔？」

「「那是怎樣！是說，已經太遲了嗎？」」

「我沒印象……我有做出那種神祕的生物嗎？」

庫洛伊薩斯・汎・索利斯提亞。十七歲。

和父親在不同方面上是個充滿謎團的人物。而且也是個毫無自覺的危險人物。

他所住的房間簡直是腐海。是會產生出不知道到底是什麼奇怪生物的危險房間。
順帶一提，在諸國間是禁止創造生命的。

◇◇◇◇◇◇◇

將時間拉回兩個月前，進入暑假的學生宿舍——某天的深夜裡，宿舍的其中一間房內。
房間的主人庫洛伊薩斯今天也睡在研究室裡沒有回來。
在窗簾緊閉，沒有光線透入的宿舍房內，不知名的某種生物今天也開始胎動著。
黏液狀的那個玩意在黑暗中蠢動著，為了尋求自由，開始像史萊姆一樣從瓶內爬了出來。
沒有固定形狀，感覺很噁心的軀體搖晃著，最後黏液逐漸構築成了身體。
簡直像是蛹中的東西正在變化成它該有的樣子。
彷彿在快速播放的情況下看著生命進化的過程。從單細胞生物，變成了以複數體細胞構成的生物……
那個東西最後化為了擁有人型的生物，然而樣貌極為醜惡。
以長著三根手指的雙臂打開窗戶後，那個生物跨入了籠罩在黑暗中的戶外，不知消失在何方。唯一目擊其身影的人，只記得那生物有條長長的尾巴。
沒人知道那生物究竟是什麼……也無從得知。
那生物在某個城裡的一角成了都市傳說，僅有少數人會談起……

然後。

——嘰呀啊啊啊啊啊啊啊！

……現在，在沒有任何人會靠近的地下水道中，神祕的生物正大聲咆嘯著。

創造者完全不知道這生物誕生的經過，也把創造出這生物的過程給忘得一乾二淨。

真相全在被遺忘的遠方……與其這麼說，不如說這是個在偶然之下誕生的生物，然而一切都消失在黑暗中了。

◇◇◇◇◇◇

話題拉回來。雖然在研究室裡已經被大家說不行了，但庫洛伊薩斯最後還是去找了茨維特。陪他一起去的是馬卡洛夫。

兩人想辦法找到了茨維特，把事情經過告訴了他。可是……

「……就是這樣，可以的話希望能跟你借一下裝備……」

「我拒絕！你覺得聽了這種話，我真的會借給你嗎？你的神經到底多大條啊！」

庫洛伊薩斯抱著些許的期望，為了借用裝備而向茨維特低頭……其實也沒低頭，只是提出這個請求。他只是想說或許可行，總之問看看，但果然被拒絕了。

這也是庫洛伊薩斯自作自受吧。

順帶一提現在他們在大圖書館裡，茨維特的朋友迪歐也在現場。

雖然迪歐的目的不說大家也應該知道，不過他是為了和他的初戀對象瑟雷絲緹娜成為朋友才會出現在這裡的。不過他完全沒思考過那個凶惡的戀愛病發作的事情。

再把話題拉回來，庫洛伊薩斯來借用裝備的結果就是這樣。要是把東西借給本來就很邋遢的庫洛伊薩斯，不知道什麼時候才會回到自己手裡。不如說東西很有可能根本不會再回來。

要是聽到這種話之後還會說「ＯＫ，就借你吧！」，那人想必是個不得了的聖人君子吧。

不會把借的東西還回去、會遺失、會弄壞、會丟掉、會被不知名的生物拿走，庫洛伊薩斯是個不只三種要素，甚至備齊了五種要素的少見人才。

把東西借給他，跟把東西送給他是一樣的意思。

「你啊……你自己的裝備怎麼了？之前那套應該是跟我的差不多時間做的啊……」

「雖然我有把它們挖出來，但全都爛掉了。看起來生鏽得很厲害，皮革的部分還有被什麼咬過的痕跡……」

「挖出來？而且還被咬了？這個學院應該有做好讓老鼠等小動物不會靠近的防範措施喔？有什麼東西會咬爛裝備啊！」

「誰知道？有被銳利的牙齒撕裂，還有被高濃度的酸性液體溶解的痕跡喔？」

「你……在宿舍裡養了什麼啊？那很明顯不是小動物做的吧？」

這兩人從以前開始就沒什麼交集，最近增加了不少對話的機會雖然是好事，但愈了解庫洛伊薩斯，就愈覺得他很神祕，而且非常危險。

在有許多學生一起生活的宿舍內反覆進行不知名的實驗，這可是前所未聞的事。

茨維特聽到這些事都覺得煩惱得想抱住頭了。不對，實際上他已經抱著頭了。

「我就說了吧？不可能的……」

「馬卡龍……你要好好監視這傢伙。不知道他會幹出什麼事來。」

「誰是馬卡龍啊！而且監督這個問題兒童是你這個做哥哥的該做的事情吧！」

「沒辦法……我負擔不起。」

「不要把這種麻煩的弟弟推給我啦！」

在吵成一團的茨維特和馬卡洛夫旁，庫洛伊薩斯正一臉事不關己的樣子，悠哉的想著『哎呀？要是沒有裝備的話，說不定我就不用參加這個戶外教學了？』這種正合他意的發展。

不過學院的活動可不是這麼簡單就能躲過的，就算沒有裝備也會被調去做後勤支援，所以無論如何都得參加。事情沒他想得那麼美。

「庫洛伊薩斯你還是老樣子呢……可是不能不去參加實戰訓練喔？畢竟成績優秀的人必須強制參加。」

「……這樣啊。事情沒有這麼順利的呢。是說……你是瓦力嗎？」

「不是啦！我是迪歐，我們中等學部時同班啊，你忘了嗎！」

「啊……是叫這個名字啊。抱歉這麼失禮，作為道歉，讓我送個石鬼面具給你吧。只要濺上一點血就會長出奇怪的刺來，是非常稀有的面具……」

「我不需要！那什麼奇怪的面具啊！」

「我偶然在古董市場上買到，不知道是做什麼用途的。你要不要試著戴戴看呢？」

「你是想拿別人來做人體實驗嗎！」

庫洛伊薩斯有收集癖，偶爾去鎮上時會買些奇怪的東西回來。

其中又以魔導具一類的東西特別多，雖然他是打算哪天要研究才買了一大堆，但最後都沒研究，就這樣堆在宿舍裡。

結果那些東西成了腐海的基礎，在那種跟儲藏室一樣的房間內反覆進行調配魔法藥的實驗後，危險的房間便完成了。

不可思議的是就算睡在這樣的房間裡，庫洛伊薩斯本身也不覺得有什麼問題。就算覺得有，也只會裝模作樣的說句「哎呀哎呀，有些亂了呢」，完全沒有打算要收拾。

剛剛那些奇怪的魔導具就這樣一直沉眠在那個有如垃圾場般的房間內。

「『為什麼你一臉事不關己的樣子啊！』」

「不，我只是想說在後方待機的話，不需要裝備也無所謂吧……」

「怎麼可能啊！就算在後方也有可能會被魔物襲擊喔！」

「庫洛伊薩斯……你為什麼都覺得事情會順著你的意思發展啊？若卡力可很辛苦，你也稍微體諒一下人家吧。」

「我是馬卡洛夫啦啊啊啊啊啊啊啊啊啊啊啊！只有一個字是對的吧！」

「不要在意這種小事。」

「這才不是小事吧！我們同班吧！是同組的吧！喂！」

「真的是記不住他人名字的兄弟呢～……」

迪歐深深嘆了口氣。

這對兄弟完全沒想要記住不重要的人物的名字。雖然有必要的話會記一下，但只要一陣子沒碰面就會立刻忘記。

就算是薩姆托爾，等到派系內的事情塵埃落定後也會被徹底遺忘吧。

以某方面來說這對兄弟的個性也是滿大剌剌的。

還好大圖書館內沒其他使用者在，但是圖書館的管理員們似乎覺得他們很擾人，瞪著他們。

很會給人添麻煩的傢伙們齊聚一堂，這個混亂的辯論又持續了好一陣子。

◇　◇　◇　◇　◇　◇

在索利斯提亞兄弟爭執的時候，瑟雷絲緹娜正在訓練場教烏爾娜魔法。

說是這麼說，但因為獸人族能刻劃在潛意識內的魔法術式數量有限，所以要有效運用的話，必須先選出適合她的魔法才行。

事情就變成瑟雷絲緹娜到剛剛為止都在透過實戰訓練觀察，在注重格鬥戰的情況下挑選了適合的魔法。

「基於各種考量後，我想讓烏爾娜學習『魔力護盾』、『氣流領域』、『鷹眼』這幾個魔法。」

「為什麼是這三個？不是以格鬥戰為主來考量嗎？」

「可以藉由將『魔力護盾』施放在手臂或腳上，來讓身體化為武器。『氣流領域』則是為了從敵人的遠距離攻擊下保護自己。『鷹眼』則是為了盡早確認敵人的位置及狀況。」

「護盾魔法可以當作武器嗎？」

「要不要試試看？」

瑟雷絲緹娜在手臂上施展了「白銀神壁」，將其化為銳利的劍型後，垂直地朝著立在訓練場中用來當作魔法標的物的木偶揮下。

木偶漂亮地分成了兩半，裝在上頭的老舊鎧甲掉落在地，發出了聲響。周圍的學生們不知道發生了什麼事而愣在原地。

護盾魔法意外的可以運用在許多層面。其實在劍上附加魔法，用來提升攻擊力和耐久性的魔法也運用了護盾魔法的魔法術式。以比較粗略的分法來說，就算說附加魔法是添加了便於使用的魔法術式的護盾魔法也沒什麼問題。然而遺憾的是烏爾娜的才能並不足以使用附加魔法。由於種族的特性，她只能學會簡單的魔法。

正是因為這樣瑟雷絲緹娜才會選擇活用護盾魔法。只要把護盾魔法纏繞在手臂上，就可以強化打擊的威力，再搭配上烏爾娜的身體能力，攻擊力想必不可小覷。雖然這招在根本上有著「魔力必須足以持續下去」的限制——

在她們周圍的人對於這個可說是改變了既有想法的創新念頭全都啞口無言。

「這就是護盾魔法擁有的可能性。我想只要把這個纏繞在手臂上，就能成為強力的打擊型武器了。不過我沒辦法教妳我剛剛使用的魔法，用普通的防禦魔法應該也能做到類似的效果吧。」

「好厲害！原來利用屏障魔法能夠做到這種事情啊！」

「以獸人特有的身體強化搭配利用屏障魔法的打擊。手上還持有武器的話，應該可以打倒大多數的魔物。但是不可以太過於信賴自己的力量呢，要是被多數的魔物給包圍還是很危險的。」

「啊～……因為很多緣故，我其實沒有格鬥戰的經驗呢～頂多只有跟人打架的程度，這樣無法打倒魔物吧～」

接著便開始了魔法訓練。老實說烏爾娜的成績很差。

不靠著參加野外實戰訓練賺點分數，就有留級的危險。可是實戰方面等同於外行，就算現在開始做為了保身的訓練，也不知道烏爾娜能夠使用魔法到什麼程度。

儘管如此，為了降低讓性命暴露在危險下的可能性，還是比什麼都不做來得好。

她們並未使用大叔修改過的魔法術式，而是採用瑟雷絲緹娜以研究為目的，自行最佳化後的魔法術式。由於傑羅斯經手過的魔法正經由老家販售，不可以不小心就擴散出去，而要讓比較偏獸人族血統的烏爾娜發動這所學院中使用的魔法又有困難。

獸人族特有的技能「鬥獸化」由於會消耗大量魔力，對身體的負擔也很大，不能隨意使用。所以才會以增加可用招式為優先。

烏爾娜將魔法術式刻劃在潛意識內後，立刻試著使用。

「呃……魔力啊，化為擋下敵人的盾吧。『魔力護盾』。」

發動魔法後，烏爾娜的周圍出現了魔力的屏障。

這雖然是參考傑羅斯改良後的魔法，由瑟雷絲緹娜重新構成的廉價版，但烏爾娜也毫無困難的發動了。雖然魔力消耗量差了點，也比較難操控，但這些負擔對於增加魔力量以及作為習得「操縱魔力」技能的訓練上而言是恰到好處。

瑟雷絲緹娜本身是覺得改得有點失敗，不過只看結果的話是十分出色的作品。

「請試著把展開在周遭的魔法屏障聚集到手臂上。如果辦不到，我們就從操控魔力的訓練開始做起吧。」

「嗯，我試試看……哦？這個……好像有點難呢？」

「咦？『有點』……？」

魔法屏障逐漸集中到了烏爾娜的手臂上，像是要藏住她的手臂似地凝聚在一起。明明是初次操作，速度卻快得嚇人。

瑟雷絲緹娜也辦得到，然而那是在經過了兩個月的猛烈特訓，以及回到學院後也不斷練習操控魔力才能有的成果。而且就算是這樣，速度也沒那麼快。

可是烏爾娜在沒有任何事前知識的情況下便輕易做到了，而且操作還異常的精準且迅速。

這就是所謂的種族特性，獸人族需要有效率的使用天生就不多的魔力，所以為了消耗魔力的使用量，會本能的去操控魔力。更何況降低了所需魔力的魔法術式盡可能地減輕了她的負擔，還利用了環境中的魔力，所以效果極佳。

也就是說，雖然他們持有的魔力比人類少，但生來便擁有凌駕於所有種族之上的魔力操控能力。若是持有的魔力量和人類相同，獸人族應該會是遠勝於人類的種族吧。對於必須拚命練習操控魔力的人來說，這真是令人羨慕的能力。

魔法屏障在烏爾娜的手臂上形成了半透明的魔力臂甲，她正反覆張開、握緊那隻手確認其手感。當事者完全不知道自己做了多厲害的事情。

瑟雷絲緹娜儘管有些困惑，仍想以訓練場中的木偶確認其威力。

「那、那麼就來試試看這個的威力吧。」

「嗯♪只要去揍那個就行了吧？」

「對，可以的話是希望妳能連身體強化都一起用上一次，來觀察效果……」

「那我試試看！」

「咦？」

說時遲那時快，烏爾娜忽然強化了身體，朝著木偶猛衝過去，以纏繞有魔力屏障的手臂痛快地揍了下去。

獸人的身體能力極為驚人，木偶當場粉碎。

旁邊看到的人們全都驚訝地張大了嘴，過於衝擊的景象讓他們完全說不出話。

烏爾娜也是出了名的吊車尾，所以學生們看待她的眼光也不是很好，然而這個結果一舉顛覆了她吊車尾的印象。

「好厲害喔，瑟雷絲緹娜大小姐♪真沒想到會有這等威力！」

「咦？嗯……我也沒想到妳這麼快就能靈活運用了……」

「這樣不管什麼魔物都一擊就能搞定了呢。」

「因為是處在不斷消耗魔力的狀態下，所以把這個當成絕招來用會比較好。現在妳的魔力應該也持續在消耗著喔。」

「啊，真的耶……總覺得頭好像有點暈……」

「快點解除魔法！不然妳會昏倒的！」

護盾魔法和身體強化似乎會帶來很大的負擔。

雖然透過訓練學會了魔法的使用方式，但要靈活運用，等級恐怕還是太低了，魔力消耗得很快。想要同時使用，無論如何都需要提升等級。

「先持續做操控魔力的訓練一陣子，在實戰訓練時提升等級吧。不然依照現況來看只會耗盡魔力昏過去而已……」

「這就是用盡魔力的感覺啊……妳體驗過嗎？我是第一次。啊哈哈哈哈。」

「抱歉在妳們開心談天時打擾了。」

「「嗚呀啊！」」

眼鏡冰山美人女僕突然現身。

她果然還是沒讓人感受到半點氣息，以簡直像是某必殺系列的人一樣出現在身後，不知為何有些得意地以骨骼會變得很奇怪的姿勢站著。

現在仍是一副感覺會從背後拿出什麼東西的樣子。

「蜜、蜜絲卡……拜託不要嚇我們。」

「我又……完全沒有感覺到她的氣息……氣味也是。」

「因為我每天都有使用體香劑。比起那個，大小姐，老主人寄信來了。」

「爺爺寄來的？」

瑟雷絲緹娜接過蜜絲卡遞來的信，信看來早就已經拆封了，她輕鬆的拿出了裡面的信紙。打開信紙準備閱讀的瞬間，她忽然起了疑心，看向蜜絲卡。

「蜜絲卡……妳沒有看這封信吧？」

「那當然。反正他一定是寫了『老夫好寂寞喔～要死了』之類的噁心內容給大小姐吧。畢竟他一直以來都是這樣，都事到如今了，我也沒興趣。」

「蜜絲卡……妳其實很討厭爺爺吧？」

「我打從心底愛著老主人喔？比世界上的任何人都……應該吧？」

「為什麼是疑問句？」

雖然心中有很多思緒，但瑟雷絲緹娜決定總之先看信後，蜜絲卡說的話成真了。

完全不是那個年紀的老人該寫出的內容寫了整整三張信紙，最後才以極為失禮的方式寫了重要的事情。不如說明明那個重要的事情才是主題，信裡面卻完全沒寫到詳細的內容。

那個重要的事情，內容是「最後跟妳說，傑羅斯先生要去當實戰訓練的護衛～……老夫想去的說，哭哭（淚）」。

瑟雷絲緹娜不禁猛然趴在地上。

「大小姐，這樣很難看喔？」

「爺爺……這是最重要的事情吧。不能這樣下去，得趕快去告訴哥哥……」

「茨維特少爺在圖書館喔。烏爾娜小姐就由我來負責摸摸……不，由我來照顧，大小姐您趕快去告訴少爺吧。」

「拜託妳了，事不宜遲啊！」

「等、等一下，瑟雷絲緹娜大小姐……這個人，有點可怕……」

確定瑟雷絲緹娜已經全力奔向大圖書館後，蜜絲卡露出了可疑的笑容。眼鏡的光芒令人感到恐懼。

「等等，總覺得……很可怕耶……」

「沒事的，沒什麼好怕的喔？馬上就會結束了……唔呵呵呵呵。」

不用說，沒過多久訓練場便響起了哀號聲。

烏爾娜那毛茸茸的尾巴被人給摸到爽了。

◇◇◇◇◇◇

「……差不多該做個結論了。我去拿素材來，庫洛伊薩斯去修理裝備。現在做的話應該還來得及。」

「應該也沒有別的辦法了～不過，把素材交給庫洛伊薩斯沒問題嗎？」

「根據我的猜測，我想他一定會私吞這些素材，不會拿去修理裝備。因為那可是庫洛伊薩斯喔？」

「「感覺很有可能……」」

「我知道你們三個是以怎樣的目光看我的了。真是的，我當然……不會做那種事啊。」

「「「騙人！你剛剛那停頓是怎樣！」」」

大圖書館中，這些人依然在討論裝備的事。

若是魔物的素材，庫洛伊薩斯很有可能會興奮到忘記原本的目的。

畢竟茨維特提供的素材來自於棲息在法芙蘭大深綠地帶的魔物。庫洛伊薩斯肯定不會拿這些素材去修理裝備，而會拿去當作調配魔法藥的材料吧。

只要扯上魔法，庫洛伊薩斯便會不分對象的出手。

「你們一點都不信任我呢……我也是有理性的喔？在這種走投無路的狀況下，我怎麼可能會做那種事。」

「真的嗎？那要是我手上有奇美拉的毒針呢？」

「我給你錢，請你賣給我！現在馬上！賣給我吧！」

「『你這不是馬上就做了嗎！哪裡有理性啊！』」

「我就知道會變成這樣。畢竟是庫洛伊薩斯啊……」

庫洛伊薩斯的物慾完全不知節制。

「你啊，把毒針放在滿是垃圾的房間裡，不小心踩到的話，真的會出人命喔？」

「要是因此而死也正合我意！作為研究者完全可以接受這種死法。畢竟這樣就可以確認奇美拉的毒有什麼效果了。」

「不行……庫洛伊薩斯根本有病。」

「外表看起來明明很冷酷……內在實在太遺憾了。」

明明是這麼糟糕的人，卻不知為何很受歡迎，讓旁邊三人的心境十分複雜。甚至感覺到這世界有多麼不講理……

「哥哥……呼……呼……」

全力奔跑過來的瑟雷絲緹娜氣喘吁吁地向茨維特搭話。

雖然沒必要這麼急，但只要扯上尊敬的老師，她就會變得很積極。

「瑟雷絲緹娜？怎麼了，喘成這樣。」

「老、老師他……要來……」

「「「啥？」」」

「老師好像要來擔任實戰訓練的護衛。」

空氣瞬間靜止了。

關於瑟雷絲緹娜所說的老師，簡單來說就是大叔，但除了兩位學生之外，其他人並不知道他的為人。

「老師？是你們的師傅對吧？教了你們魔法術式的解讀方法，以及教會妹妹魔法的……」

「嗯……有時會以拳頭戰鬥的魔導士。」

「到底是怎樣的魔導士啊……超乎常理也該有個限度。」

「啊……啊……瑟雷絲緹娜小姐……這是夢嗎？」

雖然有個陷入了戀愛病中的人，但庫洛伊薩斯和馬卡洛夫大略的問了一下那位鍛鍊了茨維特和瑟雷絲緹娜的魔導士的事情。而那位魔導士將參加學院的活動。

「……是老爸安排的嗎？如果是的話……感覺事情很可疑啊。」

「為什麼你會這樣想？他說不定是為生活所苦，所以才接了傭兵的工作來賺錢啊。」

「師傅要多少賺錢方法就有多少，沒必要特地來接這種沒什麼賺頭的工作。你能獨自打倒七隻飛龍嗎？」

「辦不到。這根本是去找死。」

「對吧？既然如此，答案就很有限了吧。恐怕是來保護我的吧？血統主義的那些笨蛋有什麼動作了嗎？」

跟剛剛不同，茨維特的眼神變得十分險惡。

掌握了惠斯勒派約半數的薩姆托爾，有傳聞說他和地下組織的人有往來。

由於茨維特的父親德魯薩西斯也擁有自己獨立的諜報部，所以他判斷應該是消息傳到了父親的情報網那裡。

「不是突然想來看看我們的狀況嗎？」

「這也有可能……畢竟他的個性很差啊～」

「咳咳！茨、茨維特……」

「啊……」

茨維特看到行動有些怪異的迪歐，便知道他在要求什麼了。

儘管覺得很麻煩，他仍無可奈何地把朋友介紹給瑟雷絲緹娜。要不然迪歐每天都會死纏爛打的催促他，實在煩人。

「瑟雷絲緹娜，這是我之前跟妳提過的朋友。金色短髮的這位則是庫洛伊薩斯的朋友。」

「啊，抱歉失禮了。我有從哥哥那邊聽聞過兩位的事，我記得名字是……迪彭哥．波葛羅和馬格利姆茲利吧。」

「『這女孩也記錯名字了？那個名字是哪來的啊！』」

儘管三兄妹走上了不同的道路，記不住無關緊要的人的名字這點倒是很像。

這時候迪歐也知道自己對於她來說是個無關緊要的人了。

這兩個人還以為只有妹妹會好些，然而還是敵不過血緣啊……

在那之後迪歐總算想辦法讓她記住了自己的名字。不過是這點小事，迪歐仍非常歡欣鼓舞，開心得讓茨維特都傻眼了……

◇◇◇◇◇◇

「這樣啊，蟲子終於來到了緹娜身邊……呵呵呵……」

「該如何處置呢？」

「咕呼呼……這還用說嗎？當然要把他給烤熟。沒錯，烤得恰到好處……」

「唉……請別把我給牽扯進去喔？還請您自己負擔起這個責任。」

「什麼話，只要不被發現就好了。丹迪斯……沒錯，只要不被發現……」

敗壞的老人，也就是克雷斯頓終於開始準備了。

溺愛孫女的笨爺爺不知為何用心地以磨刀石磨著小刀。而且臉上還帶著愉快到顯得凶惡的笑容……

還沒有人知道迪歐的命運究竟會變得如何。
他究竟能不能活下去呢。

第三話　大叔暈船

穿著漆黑的長袍，大叔已經做好為了完成護衛委託該做的準備。再過幾小時就要去搭船了，他在想有沒有忘記帶什麼東西時，忽然想起了一個很重要的東西。他回到寢室，拿起放在桌上的那個東西，緩緩地戴在臉上。那是個造型有些特別的面具。

雖然是只遮住眼睛周圍，不知為何會誘發配戴者中二病的日式鬼怪造型，不過也是個魔導具，具有能夠和戒指的魔導具連動，以簡單的標記判斷伙伴目前位置的功能。

當然，他配戴這個一方面也是為了隱藏自己的真實身分。可是感覺反而更顯眼了，這是為什麼呢？

問題應該是機車吧。三天前因為煞車失靈而嚴重失控。那個時候其實還有辦法停下來的，然而在發現故障後立刻就發生了意外。

故障的原因是因為煞車線的配置失誤以及變速齒輪的外殼不夠堅固。再加上機車上沒有加裝起動用的鑰匙，有如無法關上電源的家電產品，緊急時也無法停下來。

在那之後發生了撞上獸人王的事故，煞車線被大劍的碎片給弄斷了。也因為碎片穿透外殼，卡住了變速齒輪，導致無法減速。

而且因為是自動排檔式的車，讓狀況變得更加嚴重，不過這個缺失現在也已經改善了。他親身體驗了無論什麼事情做一半都是不行的道理。

「那裡居然會出現獸人王……是我沒用鉛或錫製作動力設備的問題嗎……沒人會想到前輪跟後輪的煞車會同時失靈吧。是我運氣太差了嗎？」

機車忽然停不下來。雖然意外碰到獸人王這件事沒那麼值得驚訝，但從車禍後連續發生的問題實在不是一句「運氣差」就可以帶過的。

然而也不能保證不會再發生類似的意外，所以做好預防對策也是技師的責任。本來就是因為太在意準備時間，急忙趕工才會造成這樣的結果。要是不記取這次的教訓，可能又會再發生同樣的狀況。

幸好這次沒有造成意外傷亡，但下次可就未必是這樣了。

為了新的黑歷史嘆息的同時，傑羅斯脫下了面具，收入了道具欄內。

「大叔，準備好了嗎？」

「好嘍。只剩下把這玩意收起來而已。」

「嗚哇～……這個魔導具……是什麼啊？」

「叔叔，你……是認真要帶這台機車去嗎？還是不要吧，之前不是失控了嗎？」

說話的是來看傑羅斯狀況的女性傭兵一行人。

看到放在入口附近的機車，伊莉絲的表情便僵住了。知道機車曾經失控讓她對此十分謹慎吧。

嘉內雖然也有些在意，但雷娜卻沒什麼興趣。不過看著她，大叔似乎覺得自己好像忘了什麼事。

「這應該是交通工具吧？只能一個人搭嗎？」

「這點不用擔心，我有好好想過對應方法了。」

「叔叔，我想應該不是這樣……但你該不會想在左右各加上一台邊車吧？」

「那樣的話就不能轉彎了。而且傳動軸也是有極限的。哎呀，等到了現場妳們就會知道了。」

「可是傑羅斯先生……這個之前失控過吧？」

雖然雷娜的意見沒錯，但大叔已經改良過了。

因為改良機車哈里・雷霆十三世花了一些時間，所以只能以其他的方法來讓伊莉絲等人可以共乘。

從安全面上看來是遠比改良前的機車更好的方法。

「不過真虧你能用三天就做出這樣的機車呢，叔叔……叔叔？」

大叔不知為何露出了有點尷尬的表情，接著以有些沉重的口吻擠出話來。

「伊莉絲小姐……先不提製作出一部分零件的情況，以常識來考量，妳認為三天做得出一台機車嗎？」

「咦？可是現在不就已經……」

「妳知道由某個知名模型廠商製作，以電池為動能的四驅車嗎？只能在固定的跑道上爆走的玩具……」

「嗯，我常跟爸爸和弟弟在附近的模型店裡……該不會！」

「就是妳想的那樣。車架、自排變速箱、懸吊系統和煞車等細部零件和妳所知的機車沒什麼不同。唉，雖然是劣化版啦……問題是動力設備和驅動裝置幾乎和那種模型車沒兩樣。也就是說我只是把動能從電力改成魔力而已。」

看起來像機車，本質卻是那個四驅車。

動力來源是使用魔力的馬達，魔力槽和可替換的乾電池沒什麼差別。總之只是裝了變速器、油門、

煞車，裡面跟玩具一樣的東西。

一般來說既然要做機車的話，做電動車可以大幅縮減製作時間，構造也比較單純。只是控制系統幾乎都是以自動操控為優先，便比較無法顧及持久性。部分零件也由於重視輕量化，有一些比較容易毀損的地方。

因為做得最堅固的地方是「武器管理系統」，根本搞不懂他在想什麼。

畢竟大叔是個依興趣行事的人。

「……既然這樣，乾脆做成汽車也行吧……」

「因為長有許多樹木，汽車在森林中無法靈活運行。活動範圍受限，要趕去救援就會花上比較多的時間。機車正好適合啊……只是時間不太夠，所以構造簡化了許多……等回來之後我會好好做完的。」

「可是車上有看起來像引擎的東西耶？」

「這外觀看起來像引擎，但內部是好幾個魔導具的集合體啊～主要是操控系統雖然很簡單，但裝有變速齒輪的地方變得很脆弱。現在呢……安心吧，改良得很牢固喔？」

簡單來說，就是大量的使用了貴重得嚇人的素材，可以載人的奢侈玩具。

其他還有可以在周圍展開魔法屏障，和大叔配戴的面具連動便多少可以發動攻擊等機能。由於欠缺的零件都是直接拿他手邊有的魔導具來補上的，所以沒多費太多工夫。

在這種東西上用了貴重的龍的素材和稀有金屬，除了浪費之外也沒別的話好說了。

然而就是這樣才要說，要做成一台真正的機車，時間實在是不夠。

「伊莉絲不愧是魔導士呢。我完全不懂你們在說些什麼。」

「對啊～雖然我也聽不懂，但光是知道你們在說一些專業術語，就能了解到妳是個優秀的魔導士了。」

兩人只是以地球的日常用語在對話，但在這個世界長大的嘉內和雷娜完全無法理解其含意。認為兩人的對話是只有魔導士才能理解的學術性用語，伊莉絲在她們心中的股價也因此急速上漲。雖然實際上他們兩人並沒說什麼了不起的東西。

大叔等人的對話，跟外星人的話語沒什麼兩樣。

「咕咕，咕咕咕咕咕！（遠征啊……我的翅膀都興奮起來了。）」

「咕咕咕咕咕咕！（是護衛任務，你搞錯目的嘍？）」

「咕咕咕……咕嘎。（是什麼都好，只要有機會可以試試現在的實力就好。）」

同行的烏凱、山凱、桑凱這三隻實在非常我行我素。

其他的咕咕們雖然也想去，但沒人看家也不行，更何況他們比較擅長團體戰，太過顯眼了。

大叔未來是有打算帶牠們去大深綠地帶，不過牠們現在去只會成為被捕食的一方，無法放心帶去。要擔任護衛的話還是只能選擇可靠的烏凱等咕咕。

「那麼出發吧。接下來要搭三天的船。」

「運氣好的話兩天就會到嘍？傑羅斯先生。」

「不管怎樣，這樣就能稍微改善我們的生活了……」

傭兵三人組果然十分為生活所苦。

「嗚……都是貧困的錯……就不能把貧困甩到別人身上嗎～」

「只能祈禱貧困不要超進化呢。」

「拜託不要！這樣下去別說要借錢過日子了，負面影響不是會變得更嚴重嗎！」

儘管是讓人在各方面上感到不安的成員，但他們為了完成護衛任務，以史提拉城裡的傭兵公會為目標，前往了搭船處。

◇◇◇◇◇◇

桑特魯的港口停滿了數不清的大小船。

身為商業重鎮，有許多船也是理所當然的，不過此處也停了不少漁船，根據船舶的大小及目的，也有不同的港口。

而要載人的船當然有一定的規模，只是大小還是不及大航海時代的帆船。

畢竟沒有要越過整片海洋，所以頂多只會做到小型貨船的大小。

他們本來是打算搭上輸送船，順著歐拉斯大河而下，前往伊斯特魯魔法學院所在的馬可特伯爵領地。然而傑羅斯本人也沒想到，這一動居然會被妨礙。

原因是——

「茱莉……啊啊，親愛的茱莉！為何妳是漢貝爾家的獨生女呢！若妳只是一個小商家的女兒，我就不必如此痛苦了吧。」

「啊啊……羅密爾，我摯愛的羅密爾。我對你的這份心意毫無疑問是愛！不過這份感情是無法有好下場的吧……女神給了我多麼殘酷的命運啊……」

——有一對戀愛症候群突然發作了的笨蛋情侶上演著悲劇場面。

這兩人是商家的獨生女與其仇敵的繼承人，雖然陷入熱戀但兩家的父親卻極為反對。受壓抑的心情失去控制，港口便成了戀愛悲劇上演的舞台。

不僅如此，他們是以大叔們要搭乘的船為舞台，正熱烈地吐露悲戀的辛酸以及彼此胸中的情感。而且故事的發展似曾相識。

「那兩個人最後是服毒死亡的吧～咦？還是說其中一個人是用小刀自殺的啊？那個故事的結尾到底是怎樣啊……」

「咦？不是開槍掃射把兩家人都殺光了嗎？」

「你們兩個安靜點，現在正是緊要關頭啊！」

「……嗚嗚。」

雷娜和嘉內沉迷於這個丟臉的現場演出中。而大叔和伊莉絲不知道那齣知名戲劇的故事內容。順帶一提，這和那齣戲完全無關。

這個狀況拖久了會耽誤船出航的時間。而這兩人吶喊著露骨的告白，從開始到現在已經過了三個小時，被迫看他們上演這齣戲的旁人早就受夠了。

事情變成這樣，遭人非難的正是他們兩人的父親。

原本商人們就很重視時間，根據運送的貨物不同，有的必須立刻出航才行。照這樣下去會有不少人因此錯過商務上的大好機會吧。

有許多為了經商而來的人以帶有怒氣的眼光瞪著兩人的父親。

「既然他們那麼相愛，就讓他們結婚啊！這樣很擾人耶！」

「因為你們頑固的態度，事情可是波及到我們身上了喔！要是趕不上談生意的時間怎麼辦啊！你說說看啊！喂！」

「我以後不會再跟你們兩家做生意了喔！趕快讓他們在一起啦！」

連商務往來的對象也開口怒罵或批評，讓兩位父親的立場愈來愈險惡。

雖然是互相看彼此不順眼，處於對立狀態的商家，但演變成這種狀況有可能會讓他們都做不成生意。沒弄好的話其他工作人員也會因此失業吧。

可是他們也不想和反目成仇的對手結為親家。在他們陷入兩難、內心天人交戰時，事情也每況愈下。

「父親一個男人將我撫養長大！然而他也只顧著工作，從沒有好好看過我……現在只把我當成政治聯姻的道具！完全沒有考慮過我的幸福。」

「我的狀況也差不多。父親根本沒想讓母親不同的我繼承家業！只有繼母接納我、愛著我……愛著沒有血緣關係的我！而繼母也在上個月過世了，儘管如此至今我還是忍耐著。我多少次想逃離這個家……」

現場所有人的視線都集中在兩位父親身上。

雖然兩人都很善於經商，但因其強硬作法而落淚的人也不在少數。

而這兩人現在被貼上了不顧家庭，眼中只有金錢的貪婪商人的標籤。

這樣下去他們至今為止建立起來的信用將會瞬間暴跌，恐怕沒有人會再和他們做生意了吧。商人及父親的地位都碰上了危機。

然而周圍的人才不會在意這些事。

「你們也差不多該處理一下那兩個人了吧！我會來不及談生意的！」

「趕快讓他們在一起，不然我們要怎麼工作啊！鬧夠了吧！」

「居然不認可如此熱愛對方的兩人，這也配為人父母嗎？」

「跟父親相比，這兩個孩子還比較像樣啊，雖然在別的意義上也很像樣……」

他們給人的社會觀感愈來愈差，時間過得愈久，就愈將兩位父親給逼入絕境。

雖然也可以硬是把這對腦袋開花的情侶們給壓制下來，但他們手上拿著危險的藥物，不能輕率地行動。其實這兩人準備的藥物可燃性極高，是只要碰到空氣就會猛烈燃燒起來的危險藥品。

也就是說這對男女正脅迫著自己的生父，努力想要結婚。而且兩人還是在沒有任何事前討論的情況下想到了一樣的點子，極有默契地將想法化為了行動。

對於被無端捲入其中的人來說還真是相當擾人。

「這個會持續到什麼時候啊？我是希望可以立刻出發啦……」

「那就是戀愛症候群……發情期真可怕……要是像那樣告白的話，我……會羞恥而死的～以社會觀感來說也會死的～」

「從戲劇性的告白轉變為暴露家庭祕辛了呢。」

「想必是累積了不少事情在心底，現在全都一湧而出了吧。」

已經無法阻止這兩人的愛了。

家裡的醜事接連從他們的口中公諸於世，父親們的臉色愈來愈蒼白。

有時他們甚至會暴露出一般人不敢輕易說出口，在公共場合說出來會令人感到非常不好意思的事情，讓周遭的旁觀者們哄堂大笑。

「知道父親擁有許多情婦時，我簡直不敢置信……至今為止我一直以為他只愛著母親的，沒想到卻有五十個情婦！而且還是用錢強逼人家就範的……真是……讓我丟臉得想死……」

「我的父親也是！明明有繼母這麼棒的女性在身邊，卻說什麼『我不需要生不出孩子來的女人』！繼母就是在聽到這句話的三天後過世的。我好恨他……甚至想殺了他。」

冷漠的視線再度集中到兩位父親身上。

人品低劣的部分被暴露出來，別提信任了，周遭的人以彷彿完全否定他們的人格，極為輕蔑的冰冷眼光看著他們。

「「夠了！別再說了啊啊啊啊啊啊！是我們不對啊啊啊啊啊啊啊啊！」」

兩位父親終於撐不下去，哀號著投降了。

商人最重視信用，而這信用要是出了問題，就會失去做生意的對象。這兩人近期內肯定會去隱居吧。社會觀感太差了。

結果到傑羅斯等人搭上船為止，浪費了許多時間。

踏上僅以木板搭起的簡易碼頭梯，四個人和三隻雞搭上了船。

「哎呀哎呀，終於搭上船了……」

「發情期……真的有這玩意呢。是個很給人添麻煩的事情就是了。」

「唉，反正是別人的事，只要不波及到我們是沒差啦。」

像傑羅斯和伊莉絲這種轉生者，只覺得這是個事不關己的現象。

但是從船上俯瞰碼頭的瞬間，他們就知道這想法太過於天真了。

「等一下──────！可惡，居然跑得這麼快……」

「就算這是每年的例行公事了，但是這種愚蠢的傢伙為什麼又增加了啊，該死的！」

『『…………』』

在碼頭上全身赤裸笑著奔跑的情侶，因為無法壓抑自己的心意而襲向意中人的男女。或是發現自己將被帶走，感覺像是跟蹤狂的人們便失控的展開了激烈又嚴苛的求愛吶喊大作戰。

衛兵得沒完沒了的負責追捕這些人，而這樣的事情似乎每年都會上演。

「一、一團亂……這是多麼可怕的景象啊……這該不會無法靠理性克制吧？」

「有……有一天我也會……我不敢去想這件事啊，叔叔。我會無法存活於社會上的……」

碼頭上一片混亂。而他們也注意到了，這景象絕對不是跟自己無關的事。

自己身上也藏有某天會失控的可能性，只要真心愛上了某人，傑羅斯等人也會成為騷動的一分子。

對此感到的戰慄令他們冷汗直流。

嘉內和雷娜只覺得這是每年的例行公事，沒什麼太大的反應。

載著得知自然現象的恐怖並為此顫抖不已的伊莉絲和傑羅斯，輸送船出航了。

◇◇◇◇◇◇◇

因伊斯特魯魔法學院在此而廣為人知的史提拉城。

載著某個男人的馬車來到了這城裡的傭兵公會。

他在城外的路上偶然碰上了傭兵公會的運輸馬車，與其交涉後搭上了馬車，經過了一段長時間在馬車上搖晃的旅途。由於這個緣故，他的臉色非常差。

雖然他將帽子拉得很低，所以從旁看不太出來，但他正摀著嘴，和嘔吐感奮戰著。仔細一看其他乘客也是一樣的狀況，所有人都因暈車所苦。

「到了，趕快下車吧。我還有別的工作呢。」

「嘔……多謝……嗚嘔！」

車夫拋下沒半點慰勞含意的話語，還不滿地自言自語說著「嘖！又要掃嘔吐物了喔，煩死了。」之類的話，但男人根本沒空管這些事。

到碰上運輸馬車為止的確是很幸運，但在那之後就出問題了。

因為這個馬車的車夫上車後便性格大變，情緒忽然高昂起來，讓馬車一路狂奔。而且在到達鎮上之前完全沒停過。

看到先他一步坐在貨架上的人的樣子就該察覺到這點了。男人非常怨歎自己的愚蠢。

然而急忙趕路的男人也沒有餘力注意這些，在搭上後才初次了解到這馬車十分危險。親身體驗。受到了教訓。深感後悔。可惜為時已晚。

結果已經出來了。他因暈車所苦，衰弱到甚至無法走路的程度。

好幾位乘客因為恐懼而白了頭髮，首度為了自己仍活著一事感到喜悅，甚至感受到了神的存在。

『我再也不要搭馬車了……』

儘管受嘔吐感折磨著，男人仍暗自下定了決心。

稍事休息後，他踏入了傭兵公會。

那裡的樣子以一句話來說就是食堂，換個說法形容的話就像是家庭式餐廳。實在不像是會有傭兵前來造訪的樣子。

店內裝飾有觀葉植物，且每個角落都打理得很乾淨。店內沉穩的氣氛感覺很受學生歡迎，彷彿會有不少團體或情侶來用餐。

要不是有接待櫃台和公佈欄，這裡就像是間高格調的食堂。

在這樣的店裡，只有男人的裝扮顯得格格不入。

像是要遮住臉似地圍著圍巾，穿著黑色的大衣與皮鎧。腰部上也裝備著彎刀和鐮形鉤刀作為武器。和其他客人及店裡的氛圍大相逕庭，一看就很可疑。

男人正環視著周遭，尋找他在等待的對象。

由於一樓和二樓的樓中樓空間都有公會餐廳提供給客人的座位，確認一樓沒有他要等的人之後，他便沿著牆邊的樓梯上到二樓。

『那些傢伙在……啊，在那裡。』

他要找的那些人就在樓中樓正中央的座位上喝著茶。

穿著品味不錯，像是商人的兩個男人，以及應該是魔導士的兩個女人，共四人。

那兩個男人應該是負責帶路的吧。其中一位女性年齡約莫二十多歲，齊肩的捲髮、有些細長的眼睛，給人富有知性的印象。是位穿著金屬胸甲和主色調為紅黑的長袍的魔導士。

另一位則是綁著馬尾，眼角有些下垂，還帶著些許稚氣的年輕少女。

少女也是魔導士，身上的綠色長袍相當醒目。裝備則是皮製脛甲及皮鎧。看起來雖然有些像劍士，但從長袍及法杖可以辨別出她是魔導士。

由於他們的裝備比周遭的傭兵身上的更為昂貴，所以在傭兵公會中只有這一桌的人格外突出。很明顯的是等級較高的人。

「趕上啦？我還以為搞錯會合的日子了呢。」

「亞特先生，你很慢耶？再等一個小時我就打算回旅館去了。」

「遲到了二十分鐘喔？不過真虧你趕得上啊？你在索利斯提亞公爵領吧？」

「運氣好攔到了一輛馬車，老實說我以為自己沒辦法跟妳們會合呢。」

臉上露出苦笑的同時，被稱為亞特的男人脫下了斗篷的帽子。

年紀約莫二十多歲。特徵是有些翹起來的頭髮，是個看起來比實際年齡年輕的娃娃臉青年。就算只看裝備也知道他並非泛泛之輩。打扮簡直就像黑社會的殺手。

雖然感覺人不錯的樣子，但他會不時注意不被他人察覺地警戒著周遭，從這微小的動作便能看出他是個相當有實力的人吧。

真要說起來，要是能夠注意到他那若無其事的動作，那個注意到的人肯定也有一定的實力。他的動作看起來就是這麼的自然。

「你們也是，辛苦你們帶路了。你們是從國內一路送她們過來的吧？」

「不會，這是我們的工作。」

「既然已經平安會合，我們就先回旅館去了。還有其他交涉工作。」

「抱歉啊，給你們添麻煩了。」

兩個男人起身後，沒多說什麼便離去了。

他們是負責諜報工作，屬於某國的間諜。這次是接下了幫兩位女性魔導士帶路的任務。只有要脫離索利斯提亞魔法王國的時候才會再跟他們一起行動。

在這段期間內，他們會去執行蒐集情報的任務。

「哎呀～我還以為要死了呢。沒想到是由兩匹斯雷普尼爾拉的馬車，而且路上還又搖又摔的，真的很慘呢。」

「夏克緹小姐也很擔心你喔？畢竟你一個人擅自行動。」

「這也沒辦法啊，是上面那些傢伙拜託我的～我也不想做危險的東西啊～結果很慘就是了。」

「發生什麼事了嗎？」

「雖然不能大聲說出來，不過……（在實驗過程中，人類變成魔物了。）」

「「！」」

聽到他小聲說出的情報，讓兩人說不出話來。

接著在下一瞬間，她們以彷彿帶著恐懼，抑或是輕蔑的眼神看向亞特。

對亞特而言，也不是他喜歡才做出這種結果的，一切絕非他所願。

「亞特先生……太過分了，根本不是人。」

「莉莎……別用那種眼神看我。我沒想到那會變成那麼糟糕的玩意啊。只是偶然挖出的碎片，居然會引發這麼不得了的結果。」

在某國挖掘到的礦石。擁有只要對其輸入魔力，便會給予使用者力量的效果。而用那個礦石製作的魔導具的實驗，結果以實驗對象化為魔物告終。

要是沒有副作用且效果極佳，這原本是打算作為軍事裝備正式量產的。然而在知道這實在過於危險的情況下，這個研究應該會被捨棄吧。

按照原本的預定，這應該是不會產生犧牲者的安全魔導具才對。

莉莎長長的馬尾晃動著，眼眶泛淚的盯著他。夏克緹則是玩著自己的捲髮，同時深深地嘆了口氣。

「唉，反正我用賣給黑社會裡的糟糕傢伙的方式處理掉了。那種危險的東西也不能一直保管著。」

「那樣沒問題嗎？不會影響到我們嗎？不會追溯販售管道，抓到我們吧？」

「我可以理解夏克緹妳的擔心，但那個也不能一直留在手邊啊。要是讓其他國家得知，一定會被施壓的。」

「唉～……只能說還好數量不多。不過賣給那些黑社會的傢伙，會有不少一般民眾受害吧？」

「那要看怎麼調整吧。我加了少許不好的藥進去才處分掉的。反正會買這種玩意的傢伙也不是什麼好東西。」

「對夏克緹小姐來說心情很複雜吧，畢竟以前是以當律師為目標的人。」

莉莎這句話讓夏克緹重重地嘆了口氣。

包含亞特在內的三人都是轉生者。而以當律師為目標的夏克緹是相信所謂的正義的。當然，她也知道這世上沒有絕對的正義，但是她作夢也沒想到，自己居然會站在默許販售危險物品的立場上。

「面對戰爭也只能放下這些了。」

「要是事跡敗露，亞特先生就是A級戰犯嘍？」

「嗚哇～……糟透了。唉，儘管是間接造成的，但多少會有些受害者吧。我也不想使出這種手段，可是實在不能讓那個留下來。」

「咦？夏克緹小姐……這樣的話，我們會變成共犯嗎？」

認真看待亞特的臆測，莉莎一邊顫抖一邊反問。

「「…………」」

不管怎麼想，這事情要是被人知道就糟了。

在三個多月以前，他們三人被丟在山岳地帶的小國邊境。

試著尋找人類居住的聚落後，他們雖然碰巧來到了一個小村落，然而那是個只靠著些許糧食過著窮困生活的貧乏村落。亞特等人為了生存而在滿是岩石的山麓中探索，尋找可以當作食物的東西。而以結果來說，村子也終於從飢餓和貧苦中解放了。

從他們三人的角度看來，要貧乏的村子分食物給他們也很過意不去，所以他們才拚命的尋找食物罷了。然而將亞特等人發現，被稱為岩石芋的「波爾特」栽種在村裡後，波爾特以驚人的速度大量繁殖，糧食也因此變得充裕了。這個消息在附近的村裡傳了開來，最後傳入了國王的耳中。接著他們便被招攬至「伊薩拉斯王國」的王城。

這件事本身並不是什麼壞事。問題是這個伊薩拉斯王國正準備開始發起戰爭。因為糧食問題得到些許改善，才有了開戰的餘裕吧。他們將亞特等人視為國家重要人士迎入王城，委託他們協助開發武器。

伊薩拉斯王國使用神祕的礦石進行研究，而亞特參與了要刻劃在守護符上的魔方式的開發工作，製作出來的就是「戰士護符」的試做品。

而為了實驗其效果，他們找了幾個像小混混的傭兵測試，結果所有人都變成怪物了。這樣可不能拿來用。

本來是打算觀察魔法術式運作的狀況的，卻得知了這實際上是個麻煩又危險的東西。

總之由於計畫突然受挫，開戰一事便往後延了。

以某方面來說也算他們幸運吧。

「哎呀，至少這樣我們行動上也比較輕鬆了吧。」

「是這樣沒錯，不過不會引發戰爭吧？要是村裡的人們被捲入的話……」

「我想至少不會進攻索利斯提亞魔法王國了吧。因為經由歐拉斯大河入侵的路線被堵住了，侵略作戰也得重新規劃。我是反對戰爭啦。」

「哦～那也有更多時間可以在這裡調查了吧。我想去一次學院的圖書館看看呢。」

「我也是這麼打算。因為『解讀文字』技能是標準配備，我們幾個也能看得懂書。」

他們有一個目的。為了完成這個目的，首先必須獲取情報。

而他們為了蒐集情報而看上的地方，就是以擁有各國中最大藏書量為傲，稱為「索利斯提亞魔法王國國立伊斯特魯魔法學術院」的學術機關內的大圖書館。

老實說大多會簡稱為「學院」或是「伊斯特魯魔法學院」，幾乎沒有人會用正式名稱來稱呼那裡。

「那麼差不多該出發了吧？」

「是啊。想調查事情還是早點去比較好。」

「也順便調查一下感覺可以運用在各種產業上的道具吧。我想多少讓生活變得輕鬆一點。」

「有時間的話就這麼做吧。不過可別忘了我們的目的喔？莉莎。」

「我知道。不過我不像亞特先生那樣是個重度玩家，很不擅長調查喔。盡是在四處冒險，我想調查時我只會礙事而已。」

雖然莉莎沒什麼自信，但對亞特來說，現在他連貓的手都想借來一用了。人手是愈多愈好。

一邊確認接下來的預定一邊用完餐，在櫃台付了餐費後，他們便以大圖書館為目標，快步走在城裡的大道上。

◇◇◇◇◇◇

沿著史提拉城的主要通道往北邊前進，穿過成為學生們休息之處的公園後，便能看到巨大的建築物出現在眼前。

歌德風的造型，以及不限類別，聚集了各式建築技術的藝術性設計。這棟建築物散發出一種有如知名文化遺產的威嚴感。

「這個……是聖母院嗎？建築風格非常像耶。」

「不過這有兩倍大吧？仔細看的話有很多反覆增建擴張的痕跡喔？」

「說不定人只要徹底地煩惱過後，總是會得到同樣的結果。比起那個，妳為什麼可以看出增修改建的地方啊？我完全看不出來。」

「只要看使用的石材顏色就可以分辨出來嘍？也有連接的痕跡，看來是從途中才開始使用混凝土塊的。古羅馬混凝土相當堅固，這世界明明沒有大型的建築用機械，真厲害啊。」

「莉莎妳真清楚啊。」

「哎呀，因為我爸爸是建築相關的業者，我為了點心師傅的修業，也曾調查過當地的事。」

伊斯特魯魔法學院的占地面積廣闊得嚇人。

就連建築物大得沒必要的大圖書館，在這廣大的占地面積中也不過就占了一小部分。

在學院腹地內的建築物幾乎都是研究設施，甚至也有讓貴族子女住的宿舍，是不惜耗費巨資建造出來的玩意。

正確來說是因為開發交易都市的途中忽然受挫，利用了那時建造的建築物才會這麼寬闊。然而正是因為以開發都市的構想為基礎，學院的腹地才會這麼無謂的大。

因為是索利斯提亞魔法王國建國前的事，所以不清楚當時是基於怎樣的討論結果來開發都市的，唯一能確定的只有因為這個都市導致財政陷入了困境。

在開發當時所建造，極盡奢侈之能事的華美劇院及音樂廳等建築物目前仍存在於各處。

當時的國王雖然留下了「伊斯特魯會成為史上有名，最美的藝術之都吧」這樣的話，最後卻因為爆發了政變使得這藝術之都根本沒能完成。

因為國王的要求才開始執行的政策引發了民眾的反感，轉變為過去被視為底層的魔導士貴族勢力抬頭的國家。當時的國王被烙上了愚者之名留存於歷史上。

這段歷史被刻在公園的紀念碑上，而且諷刺的是藝術之都還被拿來當成培育魔導士的地方。真要說就是回收再利用吧。

「為什麼會留下紀念碑啊？」

「雖然說得好聽點是為了歷史傳承，但簡單來說就是對民眾的宣傳啦。想藉此告訴大家『我們不會變得像那個愚蠢的國王一樣』或是『我們是為了正義而戰』，是一種將自己的行為正當化的玩意。」

「想要一個冠冕堂皇的理由吧。實際上又是怎麼樣呢？」

「誰知道？這只是我的猜測，不過大概是因為魔導士原本的地位很低吧。幸好當時的國王是個傾心於藝術的獨裁者，他們才能在背後動手腳成功奪權。」

刻在上面的有初代索利斯提亞魔法王國國王的名字，以及參與政變的魔法貴族們的家名。是作為魔導士貴族們打倒當時政權的證明而留下的產物。

之所以會將紀念碑放在史提拉城，想必是因為這是愚蠢的王最費心的城鎮吧。

「留下紀念碑這種東西有意義嗎？這樣豈不是暴露出他們是有所預謀才發動政變的嗎？結果只是身為魔導士的貴族們希望能夠提高地位而引發的叛亂吧？」

「因為民眾會傾向幫助象徵著簡單易懂的正義的一方。反正跟內政相關的事情民眾幾乎不知情，那時的生活好像也很苦。這邊也記載了類似的事情喔？哎呀，就算國家的首領換了人，民眾只要生活上沒出問題就不會有什麼騷動啦。」

單靠一個紀念碑便解讀出了歷史背後的情形。

雖然不隨波逐流這點是值得誇讚，但也顯得她的性格十分彆扭。

夏克緹的個性也是相當難搞。

「我們感覺簡直像在觀光耶？」

「在調查歷史的意義上來說，我們沒做錯什麼喔？」

「不會把紀念碑上記載的事情照單全收這點是很可靠啦，但是妳就不能老實地欣賞一下建築物的藝術美嗎？這態度令人不敢恭維耶。」

「哎呀，我也是有用我自己的方式在欣賞喔？『那個建築物的裝飾品用了多少預算呢？』或是『有好好付錢給工匠們嗎？』等等，只要看就可以大致掌握這些情報喔？根據我的見解，這不管怎麼想都超支了吧。也難怪底下的人會謀反呀。而且還是都市規模的開發案，只靠民眾的稅金是不夠的。如果是商業國家的話，根本就不會發生政變。因為就一般的想法來看國家應該很有錢才對。」

還真是相當專業的欣賞法。

的確，要衡量當時的為政者及國家的經濟能力，世界遺產等級的建築物是最優秀的資料。

在優秀的文化遺產中，也有不少是在建造途中突然中止後又改建，或是在未完成的狀態下就被放置不管的東西。在某些情況下，就算是同樣的建築物，其中也有建築風格完全不同的城。會留下這種建築物的國家，大多是致力於發展貿易的富裕之國。

從這些文化遺產上也能看出換了當家、經歷過他國的侵略戰爭，以及被其他執政者改建過等歷史背景。

而伊斯特魯魔法學院也是存於這樣的歷史中的一個建築物。

「比起律師更像會計師呢。」

「根據工作不同，律師有時也會做像是會計師的事情喔？」

「對我來說這些太專業了，搞不懂啦！純粹的欣賞建築之美就好了吧。」

「你在說什麼啊？像這種風格優美的建築物，光是建造就要花上相當多的預算喔？要是經濟富裕那還好說，這可不是小國的國王可以基於興趣而做的事情。這學院的規模，以及周遭的建築物……到底讓民眾們受了多少苦呀？奈良的大佛也是，當時可是有大量的人因饑饉而餓著肚子喔？建造大佛這種事能夠拯救他們嗎。我是認為要是有這種錢，應該拿去振興經濟才對。」

夏克緹正以現代的知識來批判過去。

「順帶一提，瑪麗．安東尼似乎是無罪的喔？當時好像是因為錢都花在新大陸那邊導致經濟崩壞，貴族的生活開銷是在預算內的喔。雖然無知又蒙昧的民眾們引發了革命，但是經濟狀況是沒辦法輕易恢復的。革命後也經歷了一段很窮困的時光不是嗎？政治果然還是要開放比較好。我覺得民眾要是什麼都不知道，擅自判斷引發革命後只會導向慘烈的下場，死於冤罪的人們太可憐了。」

「知識真是重要呢。」

「那是現在該說的話嗎？」

「恐怖分子也是高舉著自己的正義，但我想真要建國的話，也會變成獨裁國家吧。不管怎麼想，思想過於偏激的人類都不可能理解所謂的經濟，一定很快就會被一樣的恐怖分子給滅國。就算搬出神明來也不可能獲救的。自我中心又任性的小孩子們揮舞著武器，是能夠改變什麼呢？是不知道自己的存在就是造成貧困的原因嗎。」

「恐怖分子只不過是仇視其他經濟富裕國家，性格扭曲的人吧。謊稱神的旨意的詐欺師要多少就有多少。眼下這個『梅提斯聖法神國』也是一群詐欺師。」

「民族糾紛可不是那麼單純的事情喔？底下分成許多派系，還有其他繁瑣的歷史背景……」

「誰知道啊！」

從歷史上會學到什麼這點因人而異。

實際上，伊薩拉斯王國目前正遭受梅提斯聖法神國的軍事威脅。

雖然在政治上並沒有神的存在，然而那個國家只用一句「這是神的旨意」就帶過了。結果導致伊薩拉斯王國開始強化軍事實力。夏克緹完全掌握了這些情勢。

而不上不下的一般大學生和致力於通過國考的兩人之間，有著名為學力，無法填補的巨大鴻溝。

「比起那個，我們差不多該去圖書館了吧？亞特先生好像很累的樣子，趕快去把要調查的事情查一查，悠閒地觀光吧。」

「莉莎妳這點子真不錯。」

「不，是夏克緹害話題走向整個偏掉的吧……」

亞特是打算在一般觀光的同時調查想知道的事情的，然而不知道是哪裡出錯了，夏克緹開始考察歷史背後的真相之後，話題就轉向了奇怪的方向。

終於把話題拉回正軌後，他疲憊地嘆了口氣。

他非常不擅長參與這種困難的話題。

「那麼我們走吧。」

「好。」

「我原本就想趕快去的啊……唉，算了……」

儘管有些自暴自棄，亞特仍穿過了大圖書館的門。裡面整齊地排列著供人讀書的桌子，學院的學生們認真地翻閱著書本。

其中也不時可以看到一般民眾的身影。

書籍非常昂貴，所以將貴重的書本開放供一般民眾閱覽的國家並不多，但從這一點來看也可以得知，至少在索利斯提亞魔法王國，政治是開放民眾參與的。

不過依據種類或內容，某些書本中也存有危險的知識。這種書會被放在只有學生或講師可以進去的區域接受管制。圖書館的管理員及負責警備的衛兵總是嚴格地監視著。

「好厲害……」

「居然有三層樓喔……雖然有分類，但要從這藏書量中找到想要的書感覺很辛苦啊。」

「問一下管理員不就好了?像這種設施應該有國家公務員在管理吧？是說要以怎樣的書為基準來找？」

「基本上是歷史和遺跡相關的書，其他還有宗教方面的資料。聽說這所學院裡也設有經濟學科，營運方針比起魔法學院，更接近一般大學吧。」

「可以理解這藏書的數量，感覺會花上一段時間呢。看來沒辦法輕鬆搞定。」

「畢竟我們還沒開始啊？宗教方面的書就拜託莉莎了。夏克緹則是歷史書。我去找跟遺跡有關的書。要徹底的調查跟『四神』有關的事情。」

亞特等人覺得這個世界不太對勁。那是因為這個世界存有能力參數、技能還有等級制度這些自然界本不應存在的法則，而那些系統又和「Sword and Sorcery」有許多相似之處。

不，這個世界的系統本身雖然比「Sword and Sorcery」更粗糙，但曾見過的地形、可以採取或挖掘的各種物品名稱和遊戲幾乎相同。魔法雖然尚不發達，但有許多亞特熟知的魔法。魔物這方面雖然有很多未曾聽聞的種類，但也有很多他知道的魔物生息於此。

思考後，他們所得到的結論──碰巧和跟他們屬於同類的「大賢者」相同。為了驗證自己的推論，需要有大量的情報才能得到確切的證據，所以他們才會像這樣來到大圖書館。

不過要調查的書籍數量極為龐大，前途多難到了甚至讓他有些頭暈的程度。

煩躁地嘆了口氣，亞特在櫃台支付了入館費，朝著收有遺跡相關書籍的區域前進。

◇　◇　◇　◇　◇　◇

搭上船後約三天，傑羅斯等人的目的地是在河流下游的塞尚城。

船雖然是帆船，但要是沒有風就只能順著河水移動，速度很難快得起來。

這個季節大多是逆風，速度會因為風阻而下降，不管怎樣都要花上不少時間。

這樣下去很難說能不能趕上預定集合的日子，然而說起大叔呢……

「「嗚嘔～～～～～～！」」

……和伊莉絲兩人感情很好地一起暈船了。

大叔並不知情，不過他的弟子茨維特也碰巧曾在這個航路的同一個地點為暈船所苦。師傅和弟子都在此暈船了，感情還真不是普通的好啊。

「還、還沒……到目的地嗎……」

「好痛苦……快死了……乾脆殺了我……」

「沒想到你們兩個這麼不習慣搭船啊～……又沒帶暈船藥。」

無視傻眼的嘉內，兩個人捂著嘴，和嘔吐感奮鬥著。

這兩個人原本就沒什麼機會搭船，所以完全不習慣船的晃動。儘管現在已經算是比較習慣了，但早已被逼至無法重新振作起來的狀態。

就算抵達了塞尚，照他們這個狀態就連想要換乘馬車都沒辦法吧。

「唉，再過一下就到了，你們再忍耐一下吧？」

「我是希望忍得住啊……嗚噗！」

「嗚……我再也不要搭什麼船了……」

「別這麼說，真的馬上就要到了……可是啊，這樣真的好嗎？大叔……」

「……什麼事？」

「我是指把雷娜帶到學院去這件事。畢竟是那傢伙，她一定會……」

說著說著，嘉內的臉便迅速地紅了起來。

儘管只有一瞬間，但時間停住了。

兩人慢慢地反芻著嘉內所說的話，在腦中反覆思索著。想通了她的話時，大叔和伊莉絲露出了十分戲劇性的驚愕表情，想起了被他們遺忘的最糟糕的問題。

雷娜極為熱愛年紀只差一點點就要成年的少年，是個重度正太控。而且別說什麼摘取青澀的果實了，根本是不知節制的暴食，是可以面不改色地說出「我啊……是活在少年時的回憶中的女人」這種話的強者。

在嘉內注意到的這個瞬間前，急著準備的傑羅斯和因為生活十分窮困，一心只想賺取生活費的伊莉絲完全忘記了雷娜的性癖。

沒錯，放任雷娜不管，就等同於將暴龍給放入羊群之中。

「這樣啊……我就想說我好像忘了什麼事。這樣下去的話少年們就會慘遭毒手……戶外教學就會化為淫慾橫流之處……嗚嘔！」

「我太擔心錢了，沒注意到這點……雷娜小姐……這下可糟了，叔叔……唔噗！」

按照現況，肯定會增加可憐的犧牲者。那裡對雷娜而言根本是天堂。

雖然是打算彌補人手不足的問題，但以某方面來說根本是放出了最危險的貪食野獸。可是眼下這狀況他們也無計可施。

順帶一提，三隻咕咕們到剛剛為止都還在吃釣上來的魚，不過現在已經在照顧暈船中的兩人了。真是相當體貼的雞。

「我們可是在道路上打倒了獸人王喔～！當小鬼們的護衛根本輕而易舉。」

「哦～看你們一臉不怎麼樣的樣子，意外地很能幹嘛？」

「那當然！上級魔物什麼的，來多少我們都奉陪！」

同樣是乘客的一群說著大話的男人們，外觀看起來怎麼樣都像是品行低劣的傭兵，實力感覺也不怎麼樣。怎麼想都不像是能夠勝過獸人王的樣子。

『道路？……該不會是那個吧？……嗚！嘔～！』

已經沒有東西可以吐出來的大叔，只能拚命的忍耐著被不斷湧上的嘔吐感折磨著這地獄般的痛苦。

而船終於要抵達塞尚城了。

◇◇◇◇◇◇

「陸地真好……要死果然還是要死在陸地上，回程不要再搭船了吧……」

「是啊……真沒想到會晃成那樣。」

下船後一小時。兩人雖然終於脫離了嘔吐感，但還是很不舒服。

就算是全身穿著最強裝備的大叔，輸給暈船的樣子還是非常的遜。嘉內等人也一臉傻眼的樣子。

因戀愛症候群發作的笨蛋情侶暴露大會以及途中的風阻，導致船抵達的時間大幅地延遲了。這下要是不快點趕往史提拉城就糟了。

學院方準備給史提拉傭兵公會的徵募時間只到今天日落的鐘聲響起時。事情變成這樣也只能不擇手段趕去了。不過他們的暈船還沒完全恢復，仍被嘔吐感折磨著。

「真沒用。居然因為那種程度的搖晃就暈船了。」

「這點實在無可奈何啊，是習慣的問題……下次是不是該來研究一下暈船藥呢……」

「叔叔，要是你做出來的話拜託教我……我也想要……」

「沒想到你也有弱點呢……該說傑羅斯先生也是人類嗎？」

「雷娜小姐……要是我不是人的話，到底是什麼東西啊？我也是有不擅長面對的事物的，像是巨大小強之類的。」

「「「不要再提起那個了！」」」

可以做出昆蟲最強裝備的「強大巨蟑」。

然而牠是被許多人們厭惡的悲哀魔物。

「喲，小姐們。要不要搭我們的馬車啊？」

「反正妳們也是要去史提拉城吧？就讓妳們搭便車吧。要坐我身上也行喔，嘿嘿嘿。」

「看來妳們沒準備馬車吧？就算現在才想叫馬車來也沒用的喔？」

是在船上說大話的男人們。

不管怎麼看，很顯然地他們都是因為別的理由才來搭話的。

「沒必要。我們有腳。」

「是啊，而且我們也不想搭上感覺事後得付出更高代價的馬車。」

「一看就知道你們別有用心喔？想搭訕的話希望你們去別的地方呢～」

伊莉絲等人明明不該這麼做的，卻說了很挑釁的話，會激怒男人們也是理所當然吧。

然而先抱著邪念搭話的是他們，只因為對方不領情就生氣這也太荒謬了。

不過要是他們是能夠理解這點的人，一開始就不會向伊莉絲等人搭訕了。傭兵中有很多這種沒常識的人。

明明想早點去史提拉城的，卻又捲進了麻煩事中，大叔煩惱得頭都要痛起來了。

「難道帶著咕咕的傢伙比較好嗎！」

「我們幾個可是打倒了獸人王喔！跟年輕的我們相比，那種奇怪的大叔有比較好嗎！」

「不要小看咕咕！牠們可是比你們還強喔？而且仔細看還滿可愛的。」

「畢竟叔叔有鍛鍊過牠們呢～可以說是最強的生物？」

「牠們說不定可以瞬間打倒獸人王呢……很懷疑牠們是不是真的是雞就是了。」

咕咕們不知為何有些害羞。

不，說不定牠們是在表達謙虛之意。

「獸人王啊……你們只是圍毆了瀕死的那傢伙而已吧？我看你們連以平常的獸人為對手都會經歷一番苦戰敗下陣來了，獸人王你們應付不來吧。」

「你、你說什麼啊！」

「我們可是憑實力打倒牠的！不要說那些沒有根據的話！」

「是嗎～？不是在護衛商人的途中，所有人一起上去圍毆被不知道是什麼的黑色物體撞飛的獸人王而已嗎？在法芙蘭的道路上……」

說大話吹捧自己的傭兵們全都別過臉去。

他們沒想到現場會有知道真相的人在吧。

「什麼嘛～原來打倒獸人王的是叔叔啊。」

「因為在彎道尾端的地方看到被襲擊的商人們，我也來不及停下來，就直接撞上去了。因為有感受到撞擊力道，所以我想獸人王應該已經快死了吧？畢竟是以接近一百二十公里的時速撞飛牠的。」

「搶了別人的功勞當作自己的東西還這麼洋洋得意？真是不可信賴的傭兵啊。感覺會在途中就叛逃呢。」

「居然在打倒對手的當事人面前吹噓。真丟臉啊……」

傭兵們的氣勢萎縮到了有些悲哀的程度。

要是沒有眼前這一身黑的大叔，他們現在早就被獸人王給殺了吧。以某種意義上來說傑羅斯也算是他們的救命恩人。

這裡要是出口反駁的話只會讓他們更加丟臉。這麼想的他們便迅速地搭上馬車，像是要逃走似地快速離開了。

「逃走了啊……同樣是傭兵，這些傢伙真是丟臉啊。」

「真不想跟他們一起工作呢。感覺會誤會什麼撲上來的樣子。」

「雷娜小姐是撲上去的那一方吧……我們也趕快走吧。」

三人開始向前走後，大叔在旁邊從道具欄中拿出了哈里・雷霆十三世，以後座正後方的金屬零件固定住拖車。

這台拖車的四輪各自獨立，也能透過魔法訊號和機車同步煞車，構造上相當安全。就是沒有安全帶跟安全氣囊這點有點可惜。

「叔叔……你是要我們坐在這台拖車上嗎？」

「比馬車更穩喔？有加裝懸吊系統，所以不太會震動。」

「還細心的準備了座墊……」

「因為這樣咕咕們也可以坐啊。」

「雖然我會遵守安全駕駛，不過比馬車還快喔。還有改良的空間就是了。」

伊莉絲等人將行李放上拖車。

沒過多久，她們便搭上了這台由漆黑的機車拉著的拖車，一行人出發前往史提拉城。

以時速六十公里的安全駕駛速度……

◇◇◇◇◇◇

走在道路上的馬車悠哉地朝著史提拉城的方向前進。

坐在馬車貨架上的男人們全是傭兵，一群人組成了名為「紅毛熊」的小隊。

儘管所有人都是地痞流氓，但完成了不少工作，所以公會方面也沒多說什麼。而這些男人們臉上掛著不滿的表情，消沉地坐在貨架上。

「真是的，他為什麼會知道那件事啊！太衰了吧！」

「誰知道啊！啊啊～那個紅髮的，感覺是個好女人啊～……胸部也很大。」
「另外一個女人也不錯啊？都是那個一身黑的男人礙事啊～」
「我……覺得另一個平胸的少女……」
「「「你認真的嗎！」」」
看來伊莉絲這種類型也是有市場需求的，不過臉紅的只有感覺非常堅實的傭兵。伊莉絲等人的小隊似乎在各種意義上都陷入了危機。
「那個臭傢伙，多嘴什麼！」
「欸，那個大叔……為什麼會知道那件事啊？很奇怪吧。」
「誰知道啊！」
他對於被大叔給妨礙，沒能順利搭訕的一事仍懷恨在心。
「那些傢伙也是要去當護衛的吧？那麼就算有個傢伙受傷也不會有人知道吧？」
「私底下偷偷動手嗎？原來如此，這樣的話那些女人們就……嘿嘿嘿嘿。」
「在那之前，我們來得及去應徵嗎？時間上應該很緊迫喔？」
「不要緊啦，截止時間到今天日落的鐘聲響起的時候，要趕上綽綽有餘……嗯？」
——咻轟轟轟轟轟轟轟轟轟轟轟轟轟轟轟轟轟轟轟轟轟轟轟！
曾經在某處聽過，像是要撕裂耳膜般的尖銳聲音急速逼近。
他們覺得不對勁而看向後方，只見有什麼一邊揚起塵土一邊朝這邊靠近。
接著闖入視線中的那個黑色玩意便一口氣從傭兵們搭乘的馬車旁邊呼嘯而過。

經過時，吃驚的馬兒們失去控制，使他們的馬車偏離道路，急速衝進森林後翻倒了。馬車的車軸完全折斷，在他們修理的時候太陽就下山了。

雖然這些傭兵八成也是想去承接護衛學生的委託，然而最後他們並未趕上應徵時間，抵達的時候公會職員已經準備回家了。就算強硬地想逼職員讓他們應徵，也反被職員報復，取消了他們的工作。

他們剩下的只有馬車的修理費及交通費等債務以及身上的傷。

儘管很想同情他們，但從他們的行動看來，會有這結果也是自作自受。

第四話　茨維特強迫薩姆托爾面對現實

茨維特作了一個夢。

他之所以知道自己在作夢，是因為周遭的景色顯示他在一間灰暗又不舒服的房子裡。

看到被破壞得像是廢墟的房間，他實在不覺得這是現實。

更何況茨維特的身體正有如被什麼給引誘著，擅自往前走著。

雖然完全不讓人覺得這是現實的浮游感讓他知道這是夢境，然而困擾的是他不知道該怎麼讓自己醒過來。

然後無視自身的意志，茨維特靜靜地打開了眼前的房門。

『你來了啊，茨維特……我在等你呢。』

他認得這個聲音。是他的好友，在同派系內一起暢談夢想的伙伴，也是宿舍的室友。這肯定是迪歐的聲音。

只是他不知為何披著漆黑的斗篷，不願把臉轉過來。

面對這樣的迪歐，茨維特的嘴巴擅自動了起來。

『迪歐……你找我有什麼事？』

『呵……迪歐啊……真是令人懷念的名字。』

『不，你是迪歐吧？是怎樣？你那個……感覺很老舊的斗篷是……』

對方沒有回應。

無可奈何的茨維特只好走向對方，這時迪歐開口了。

『茨維特……我無論如何都想和她攜手度過人生。可是你知道有人在妨礙我這麼做對吧？』

『是啊……你的戀愛之路非常危險……這你也應該很清楚了吧？』

『所以啊……我……和庫洛伊薩斯聯手了。』

『不是吧，為什麼是庫洛伊薩斯啊？就算和那傢伙聯手，也不可能會勝過我爺爺吧？』

然而迪歐的話並沒有停下來。

不僅如此，他的肩膀似乎還愉快地顫抖著。他在笑。

『那是因為受限於是人類這件事啊……茨維特……』

『啥？』

『沒錯，我不當人類啦，茨維特喔喔喔喔喔喔喔喔！』

『你不當人類是要變成什麼啊啊啊啊啊啊啊！』

轉過身的迪歐臉上，戴著某個大賢者看到一定會說「哎呀～這是展示在博物館裡的玩意呢～」，以翡翠製成的面具。

是某個王戴著，和王一起被埋葬，現在展示在知名博物館裡的那個東西。

『只要有這股力量……就辦得到！』

『什麼啊？你是指那一邊啊！對手是爺爺還是瑟雷絲緹娜啊？』

『兩者皆是！我得向庫洛伊薩斯道謝才行呢。』

在迪歐這麼說的同時，房間的一隅忽然被聚光燈給照亮，站在那裡的庫洛伊薩斯擺出冷酷性感又有型的姿勢站在那裡。

『庫洛伊薩斯！你對迪歐做了什麼！』

『什麼做了什麼，我只是請他參與了我的實驗啊？沒想到會演變成這種狀況……還真是有趣啊。』

『你這傢伙，到底對他做了什麼啊啊啊啊啊啊啊啊啊啊！』

『很多事情呢……沒錯，各式各樣的……呵呵呵。』

庫洛伊薩斯將眼鏡往上一推，臉上浮現了極為瘋狂的黑暗笑容。

然而事情並未就此結束。

『在這裡啊，跟在緹娜身邊的臭蟲！老夫不會讓你得逞的，不會讓你得逞的喔喔喔喔喔喔喔喔！』

『呃，爺爺……！是說你這話是哪種意思啊！』

『當然包含了兩方面的意思啊啊啊啊啊啊啊啊啊啊啊啊！』

突然現身的克雷斯頓老人家，瞬間便進入了熱血燃燒的狀態。而且不知道是不是錯覺，他的身體看起來意外地有肌肉。

因為那隔著衣服也能看出的健壯體格，從茨維特的眼裡看來，祖父的身影顯得格外龐大。

『為了葬送接近緹娜身邊的噁心蟲子們，老夫經過鍛鍊……終於獲得了鋼鐵的肉體！』

克雷斯頓忽然脫去了上衣，出現在那裡的是完全讓人想像不到是老人身軀的強韌肉體。

頭部明明是慈眉善目的老人，身體卻完全是習武之人。不是魔導士會有的肉體。

這過於衝擊的一幕，讓茨維特啞口無言。

『爺、爺爺……那身體到底是……』

『沒什麼～只是拜託傑羅斯先生鍛鍊的成果。大部分的傢伙都可以靠這拳頭就解決掉！』

聚光燈再度亮起，在燈光正下方，傑羅斯掛著冷酷無情的虛無笑容，徐徐地抽著菸，若無其事地舉起豎著拇指的手，很滿意的樣子。

『喂，師傅！你做了什麼啊啊啊啊啊啊啊！』

『哎呀～因為受了克雷斯頓先生的委託嘛？我只是稍微指點他一下而已……不過他非常成功地改造了肉體呢～那個……已經不是老人了呢……』

『不……你以這麼認真的表情後悔我也很困擾啊，到底是做了什麼，才會變成那種肌肉男啊？』

『……他經歷地獄後活著回來了。只能這麼說呢。那已經脫離人類的範疇了。哎呀～真可怕、真可怕♪』

『你一點都不後悔喔！不如說還很得意？師傅你也是，到底是做了什麼啊！』

兩個改造人早已無視茨維特的存在，彼此對峙著。

一邊改造了肉體，一邊則是改造為非人的生物。雙方都已經不是人類了。

『真有趣……要不要來試試看哪邊的肉體才是人類中最強的啊？』

『正合我意，老夫會把你燒得連灰都不剩的！』

『讓我把這話原封不動的還給你吧。URYYYYYYYYYYYY！』

『讓對手變回灰燼吧，我的火焰啊！「地獄破壞龍」！』

接著雙方都放出了超乎常理的火焰及鬥氣。

儘管只是互相瞪視著對方，其力量仍充滿了整個房間，到了讓人覺得沉重的程度，狀況一觸即發。對峙中的兩人充滿殺氣，狀況一片混亂。

『唔嗯……看來我跟你個性很合呢，庫洛伊薩斯♪你做的還真不錯。』

『我也是，出現了相當有趣的結果呢。到底是怎樣才能讓年老體衰的爺爺變得那麼健康呢……呵呵呵……實在是很棒呢♪』

『你們為什麼那麼冷靜啊！這下根本一團亂吧，要怎麼收拾這狀況啊！』

雖然夢的內容經常與現實完全無關，也毫無脈絡可循，但這實在是太慘了。

從沒見過面的兩人意氣相投，另一邊則是展開了壯烈的戰鬥。狀況混亂到了讓他覺得如果這是自己的夢拜託快點醒來吧的程度。

『『啊……』』

『欸？』

將茨維特夾在中間，迫近的地獄之火與帶有驚人威力鬥氣的拳頭使出的連續攻擊。

連骨頭都會燒得一乾二淨的熱量，以及彷彿會將四肢全都粉碎的打擊產生的衝擊同時襲來，讓他成為了悽慘的屍體。完全被無端波及。

茨維特的意識逐漸遠去，然後——

「嗚哇啊啊啊啊啊啊啊啊啊喔！」

「嗚哇！嚇我一跳～……別嚇我啊，茨維特。」

——他醒來了。

他呼吸紊亂地環視周遭後，發現這裡是熟悉的宿舍房間。

從旁邊的窗戶看出去，外頭小鳥們正開心地來回飛舞著。是非常平穩的早晨。

房間內整理得有條不紊，十分徹底，連一個垃圾都沒有。

一旁的是意外地被從床上跳起來的茨維特嚇到的，和他同寢室的迪歐。

是害他作惡夢的原因之一。

「是夢啊……我作了奇怪的夢。」

「既然會跳起來，內容應該很驚人吧？我可以問問是怎樣的夢嗎？」

「別問我……是說，你手上拿的那個面具是什麼？」

「這個？是庫洛伊薩斯給我的，但看起來就很可疑。不知道該怎麼處理才好……」

雖然不是翡翠製的面具，但那是個散發著極為可疑氣息的石製面具。

額頭處還有一個可以嵌入某種寶石的凹槽。

「庫洛伊薩斯啊……我說這話是為你好，可千萬別戴上那面具喔？」

「我怎麼可能會戴啊！我是想要把它處理掉，正困擾著呢。畢竟是人家送的，我也不好丟掉……該怎麼辦？」

「那就好。因為是那傢伙蒐集的東西，一定不是什麼好東西。」

「我也這麼想。比起那個，差不多該去吃早餐了，你換個衣服吧？我會先去食堂就是了。」

「是啊，不過……那個你要怎麼處理？」

「我會先收到箱子裡面封印起來。畢竟這個要是落入了別人的手裡，感覺會發生無法挽回的事。」

「這真是個明智的判斷……」

面對擁有常識的迪歐，茨維特安心地嘆了口氣。

庫洛伊薩斯的禮物就這樣被封印了。

雖然茨維特作了奇怪的夢，但他重新調整心情，讓自己的意識恢復到一如往常的日常生活。首先該去吃早餐。

在那之後，依然沒能確定這個面具的歸處。

此外，茨維特非常疑惑庫洛伊薩斯到底是從哪裡弄來這些奇怪的東西的。

「這夢境……應該不會成真吧？」

就算在換衣服，茨維特也一直祈禱著這夢千萬不要變成現實。

應該很清爽的早晨，不知為何吹過了一陣冷風。

◇◇◇◇◇◇

這天中午，三兄妹齊聚在學院裡的露天咖啡座。

「來了……師傅要來了……老實說真不想見到他……畢竟在魔法研究上還沒有半點成果。」

「是啊……如今的我們真的該見他嗎，很令人煩惱呢。」

「是那麼可怕的人嗎？那個，好像是叫做傑羅斯先生的人？」

庫洛伊薩斯不明所以地看著從早上開始便坐立難安的茨維特和瑟雷絲緹娜。

畢竟庫洛伊薩斯根本沒見過傑羅斯，雖然有聽說過關於他的事，但對這個人並沒有明確的印象。

說是「極為睿智的大賢者」。

說是「比任何人都熱愛農業的隱世之人」。

說是「格鬥能力異常高的大魔導士」，從頭到尾都超乎常理，也該有個限度吧。

個性上也是，說什麼「性格溫厚但非常扭曲，是會救助孤兒們的好人，但也是個會毫不留情地虐殺敵人的破壞者」，完全搞不懂。

依常識來想，會虐殺他人的不可能會是什麼好人，而會救助孤兒的好人，人格卻很扭曲這點也很矛盾。根本無法判斷他到底是冷酷還是慈悲。

此外，不斷轉戰各處反覆實驗魔法的話，應該會變成一個相當殘酷的人才對，他卻不知為何一邊務農一邊低調的過活，簡直讓人摸不著頭緒。

更何況還說個性很像庫洛伊薩斯，這更是讓他一下子完全不知該從何判斷起。

「該怎麼說呢……我覺得他應該是個跟我完全相反的人啊？」

「安心吧，他絕對是個跟你意氣相投的人……」

「是啊。不僅思考方式跟庫洛伊薩斯哥哥很像，行動準則也非常接近喔？」

「我可不是那麼扭曲的人。我基本上除了研究以外的事情怎樣都好，不會特別想跟其他人扯上關係喔。」

『不，這樣就已經很像了！而且身為一個人，這想法本身就很扭曲！』瑟雷絲緹娜和茨維特在內心中無聲地吶喊著。

不懂的只有庫洛伊薩斯本人而已。

「師傅大概什麼時候會到？」

「根據蜜絲卡的說法，應該是下午會到……但今天我已經約好要教低年級的大家魔法了，所以沒辦法去見老師。真遺憾……」

「我也得去參加派系的集會啊～真麻煩……」

「這樣的話，必定會變成要由我去見他了……可是我跟他是初次見面喔？」

「這點請不用擔心。」

「「「嗚哇！」」」

不知從何處現身的冷酷女僕。

面不改色地以手指推了推眼鏡。

「蜜絲卡，妳是什麼時候……？」

「還是老樣子神出鬼沒呢……拜託不要嚇我們。」

「妳最近……是不是有點失控啊？」

最近的她似乎很興奮。行動比過去更沒有脈絡可言。

雖然外表看起來很冷酷，有時卻會說出一些沒來由的傻話調侃瑟雷絲緹娜。

當然，這影響也波及到了茨維特和庫洛伊薩斯。

有太多可以吐槽的地方了。

「依據我的情報，傑羅斯先生在中午過後便抵達了塞尚城的港口，接下來應該會在三小時後抵達這裡。他似乎製作了什麼很厲害的魔導具。迎接他一事就交給我吧。」

「魔導具？大賢者做的嗎！」

「庫洛伊薩斯！你太大聲了！」

「老師的事情必須保密才行喔？不能把他的職業說出口啦！」

「抱歉……這話不禁引起了我的興趣。到底做了怎樣的魔導具……不對，從這話來推測，應該是用來當作交通工具的魔導具吧？」

只要扯到研究，更何況是魔導具的事情，庫洛伊薩斯的腦細胞便活躍了起來。

沒人知道傑羅斯製作了機車的事情，只有一小部分的人看過實品，但也不知道那實際上是怎樣的玩意。

唉，那台機車用了好幾個現成的魔導具，構造上只是個比較大的玩具，但就算這樣，其速度及堅固程度仍非常驚人。

實際上，用了鐵、祕銀、山銅，還加上了不知道是什麼的凶惡魔導具製成的這台機車，擁有把它視為玩具會出很大問題的攻擊力。

由於使用的材料本身就很超乎常理，是個從旁觀者的角度看來極為想要得到的東西。畢竟這甚至使用了黑龍的鱗片和甲殼，可以輕易地反彈魔法攻擊。

問題是身為製作者的大叔只是重視外觀，所以在性能方面不是很了解。沒人知道他在製作時還說了「還是看起來帥氣一點比較好吧……雖然理想是像某某騎士那樣的機車，但要是能夠變形就太棒了」類似這樣的話。

他也考慮過變形的事情，但基於構造上的問題還是放棄了，做成了比較簡單的樣式。

「喂，蜜絲卡……從塞尚城就算搭馬車過來，快的話也要花上半天時間喔？師傅到底做了什麼東西啊。」

「誰知道呢？只能肯定那一定是個超乎常理的東西。畢竟那是傑羅斯先生啊。」

「老師做出什麼都不奇怪呢。我想那應該是很方便的東西吧……」

「方便的東西啊……大小姐認為以驚人的速度飛向天空的農業器材是方便的東西嗎？」

「「啥？」」

大叔以前試做的打穀機曾制霸了天空，然而那次失敗的事情只有一小部分的人知道。

而知道這件事的蜜絲卡……或者該說是索利斯提亞公爵家的情報網果然不能小覷。

「為什麼農業器材會飛上天？師傅到底做了什麼東西……」

「我不知道……就連想要理解老師到底想要做什麼都辦不到，是因為我還太不成熟了嗎？」

「只是失敗了吧？雖然我不知道他做了什麼，但我想應該是魔法術式出了問題，或是效果太強才造成這種結果的吧？」

「你很了解師傅呢……庫洛伊薩斯。」

「是啊……為什麼我會覺得你比起接受老師指導的我們，更能夠確實地理解他在想什麼呢？」

就算沒有在現場看到，庫洛伊薩斯也說中了事實。

光是這樣就能多少看出他和傑羅斯是同類。

扯上有興趣的事，就會一股腦地衝過頭這點真的非常相似。差別只有一個是室內活動派，一個是戶外活動派吧。

「老實說，你要是除了魔法之外也去學習格鬥技巧，變得非常強的話就會變成師傅了。你們的個性真的一模一樣。」

「不過老師會好好打理自己喔？沒像庫洛伊薩斯哥哥這麼慘。」

「啊～還有這一點啊……畢竟庫洛伊薩斯的房間是危險地區呢～」

「你們是不是在以傑羅斯先生為藉口批判我啊？那是拐著彎在給我忠告嗎？」

結果來說是這樣沒錯吧。

就算是大叔，至少也是會打理好自己的。

跟製造出超越腐海的危險區域的庫洛伊薩斯不同。

「大小姐，時間差不多了。要是不趕快過去，在那邊偷看這裡的妹妹們就要衝過來了喔？其中也有庫洛伊薩斯少爺的粉絲在，情況會變得相當混亂吧。」

「「妹妹們？」」

「大小姐和烏爾娜小姐變得親密起來後，以此為契機，受到了許多低年級女孩們的仰慕。甚至到了被稱為『姊姊大人』的程度。」

「瑟雷絲緹娜妳也是，都做了些什麼啊！為什麼會走上姊姊大人的路線啊！」

唉，以她的狀況來說，她一開始只是親切地指導她們魔法而已，不知何時就成了「姊姊大人」。

不是刻意要搞百合，這只是她普通地受到學妹們仰慕後所造成的結果。

「大家都是好孩子喔？只是不知道為什麼會叫我『姊姊大人』。這是為什麼呢？我實在是不懂。其中明明也有跟我同年的女孩……」

「妳完全沒自覺喔……完全不懂其中意義這點還真有妳的風格啊……」

她不知道「姊姊大人」這個稱呼原本代表的意義。

仰慕瑟雷絲緹娜的低年級生們，全都是些不擅長使用魔法的吊車尾學生，然而由於她改良過的魔法術式讓魔法變得更好用了，而且瑟雷絲緹娜還親自教導她們魔法，讓她們對瑟雷絲緹娜抱有強烈的憧憬。

現在的瑟雷絲緹娜被人以「魔導天使」的別名稱呼這件事，當事者也完全不知情。

儘管成為了不論誰都很憧憬的反轉人生贏家，甚至被稱為天才，平常還是老樣子，沒有人會向她搭話，現在她仍認為自己的朋友只有卡洛絲緹跟烏爾娜。

因為長時間沒有朋友，讓她對來自他人的好感非常遲鈍。

「好了，話說回來，就讓庫洛伊薩斯去見師傅吧。畢竟你要為那個魔法媒介的戒指道謝吧？然後蜜絲卡，不好意思，拜託妳陪庫洛伊薩斯一起去。」

「啊！確實是有這件事。那個戒指真的是個好東西呢。唔嗯……那麼，直接見面請他指導我或許也不錯。讓這個機會溜掉就太可惜了。」

「我知道了，茨維特少爺。畢竟是庫洛伊薩斯少爺，我想他一定會拿研究中的報告帶去，而且會在不知道旅館位置的情況下到處亂走，途中被可疑攤販的奇怪商品給吸引住而停下腳步。也不能再給學院添更多的麻煩了，我會算準時間去宿舍迎接他過去的。」

「拜託妳了……雖然拜託應該陪在瑟雷絲緹娜身邊的妳或許不太對，但這傢伙不知道師傅的長相。也沒辦法拜託其他人。我想老爸應該安排了旅館給師傅，但庫洛伊薩斯就算知道是哪間旅館也絕對會亂繞去別的地方。光是準備也會花上不少時間吧。」

「畢竟安排在庫洛伊薩斯身邊的女僕們全都逃走了呢。要是沒有伊・琳小姐的話，庫洛伊薩斯少爺應該會在垃圾中腐敗吧。這一點是肯定的。」

蜜絲卡對於雇主的家人也毫不留情。不如說因為會乾脆地說出事實而受到重用。同時她也絕對不會將必須保密的事情說出去，深受當家的信賴。她真的是個極為優秀的女僕。雖然得加上「不管她平常的態度是怎樣」這點……

「那麼庫洛伊薩斯少爺，時間到時我會去迎接您的。」

「嗯。那麼我在時間到前先做些準備吧。也有東西想拿去問問傑羅斯先生的意見。」

「啊～……又得去參加沒意義的辯論會了。我一點都不想見到那些血統主義的笨蛋啊……」

「我也是之前就約好了，沒辦法呢……得把老師教給我們的事情多少推廣出去才行。」

對於那些為了顯著提升魔法能力而煩惱的學妹們，瑟雷絲緹娜燃起了必須教導她們正確的魔法知識的熱切念頭。

瑟雷絲緹娜完全不知道這些學妹中有在拉攏人進入索利斯提亞派的派系魔導士。就在本人沒注意到的情況下，她成了索利斯提亞派的先鋒，派系也迅速地壯大起來。

這背後雖然有經由某大賢者之手最佳化的魔法存在，但是大家都絕口不提這魔法的事。為了避免情報洩露給對立的派系，對外的說法都是瑟雷絲緹娜自行改良的魔法術式廣為流傳，而他們索利斯提亞派也是使用這個魔法術式。

能夠使用大叔的魔法術式的，現在只有極少數備受信任的魔導士而已。

「那今天就到這裡吧。錢我來付。」

「真不好意思，茨維特哥哥。那麼我就先告辭了。」

「呵呵呵……仔細想想，我一直想和傑羅斯先生好好談一次關於魔法的事情，這真的是個好機會呢。呼呼呼……事情有趣起來了。」

庫洛伊薩斯是個我行我素的人。

而且他打從心底感到開心的樣子。

「庫洛伊薩斯少爺，您要穿著那件長袍去見傑羅斯先生嗎？仔細一看感覺有些髒了，換一件比較好吧。我沒記錯的話，昨天您老家那邊應該送了長袍過來吧？」

「這件不行嗎？我覺得光看的話髒汙沒那麼明顯啊。」

「「「不能穿那件長袍去會客吧（喔）！」」」

庫洛伊薩斯根據個人喜好穿著藍色的長袍。而其中有很大一部分的理由是因為髒了看不太出來。

本來學院中也和一般的魔導士一樣，有指定制服和長袍的顏色，長袍依據成績高低，由下往上分別是「灰色」、「黑色」、「紅色」。唯有「白色」的長袍是肩負國防重任的最高級魔導士的證明，不會配給學生。

可是把學生和已經獨當一面的魔導士相提並論，還不是很會使用魔法的學生們之間很有可能會因為長袍的顏色而引發差別待遇橫行的問題。

此外，就算想買學院指定的有色長袍，價格也十分昂貴，最便宜的「灰色」對於一般市民家庭來說也是一筆不小的開銷，導致學生家長抱怨連連。因為這所學院中比起貴族和富裕家庭出身的學生，有更多父母硬是想辦法讓小孩入學，一般家庭出身的學生。

結果校規便放寬為學生可以自由決定要穿的長袍，有色長袍中只有「紅色」會由學院發給成績優秀的學生。

只有制服還留有當時的規定仍有分色，但要選擇哪個顏色也是個人的自由。所以茨維特穿了紅色，庫洛伊薩斯則是藍色。

真要說起來，學院發給學生「紅色」長袍只是一種既定形式，幾乎沒有人會穿。茨維特雖然算是個例外，但主要還是個人喜好的問題。

庫洛伊薩斯當然也有紅色的長袍，可是——

「我不想穿紅色的長袍。太不適合我了，要穿的話還不如穿老家送來的藍色長袍吧……咦？我塞到哪裡去了呢……」

「你啊……長袍是最近才送來的吧？已經消失在垃圾堆中了嗎？」

「因為沒人願意幫忙啊。明明有很多效果很有趣的魔導具，作為研究家來說真是不合格啊。」

茨維特雖然在心裡想著『什麼有趣的魔導具，根本是危險物品吧！這世上哪有想主動踏入危險地帶的笨蛋啊！』不過他還是忍著沒說出口。

結果庫洛伊薩斯開始翻找長袍，他的房間又變得更亂了。

腐海就這樣逐漸擴張。而今天又會有不知名的生物在無人知曉的情況下被放到外頭去吧。

他為什麼能夠平安無事的待在這裡，實在是充滿了謎團。

◇◇◇◇◇◇◇

「啊～……今天果然也沒有任何成果呢。真是沒意義的時光……」

「真的。茨維特提出的作戰方案很值得深思呢。連預期的損失都精密計算過了，對應這點，將受害程度控制在最小限度內的作戰方案實在漂亮。」

「別說了……戰爭還是不要發生比較好。這種作戰方案最好用不上。」

「雖然是這樣沒錯，但戳破現實沒有這麼天真美好的，不就是茨維特你嗎？」

「是啦……所以為了守護平穩的生活，不設想最糟的狀況是不行的。讓那些只想邀功的傢伙領軍的話，只會增加無謂的犧牲。」

茨維特和迪歐一如往常地參加了惠斯勒派的戰術研討會。

研討會上進行的不是有意義的辯論，而是充滿了由血統主義派的人所提出，情勢完全順著我方發展的作戰方案。最後果然還是變成了由茨維特等人將他們提出的作戰一一反駁回去的狀況。

由於事情發展總是如此，茨維特都感到厭煩了。他在走廊上淨是不停地嘆氣。

「唔？」

「呃……」

會跟同派系的人擦身而過也是理所當然的事，然而今天偏偏碰上了他討厭的對象。是包含薩姆托爾和布雷曼伊特在內，血統主義的傢伙們。

「你是這樣跟人打招呼的啊，真是得意忘形……」

對方一碰面就想找架吵的態度讓茨維特有些不爽，但他有些在意薩姆托爾最近的動作，所以此時便冷靜地誘導薩姆托爾。

「這點你也是吧。聽說你私底下偷偷和一些骯髒的傢伙碰面？是打算幹掉我嗎？」

「你、你在說什麼啊……你隨口胡說的事情我哪知道！」

「哦～……你最近和奇怪的傢伙約在某處的酒館密會不是嗎？到底是在盤算些什麼呢……」

茨維特露出毫無懼色的笑容。然而這只是在虛張聲勢，他沒有任何確切的證據，只是隨便放話而已。

可是曾聽說過關於索利斯提亞公爵情報網傳聞的薩姆托爾，臉上卻露出了十分慌張焦急的神色。

看到他這樣子，茨維特便確定他肯定在盤算些什麼。

「我才不知道咧，你到底在說什麼啊！無的放矢也要有個限度，少胡說八道！」

「既然不知道有這回事的話當作耳邊風聽過不就好了？唉，那些黑社會的傢伙程度怎樣我是不知道啦，但我也是有王牌的。這次就讓我拿出來用用吧？」

「什麼？王牌……？」

自己的計畫忽然被人挖了出來，而且還已經對此有所準備這件事，讓薩姆托爾冷汗直流。而且他也非常在意茨維特所說的「王牌」。

當然這只是茨維特在虛張聲勢，然而對於無法確定其真偽的薩姆托爾來說，這是他無論如何都想問出的情報，卻也是他無法開口問的事情。

要是這時他追問茨維特，茨維特一定會反問他「你為什麼這麼在意這件事？」，等於是承認了他們「正在盤算些什麼」。

茨維特露出了勝利的笑容，繼續拋下給予他致命一擊的話語。

「唉，沒關係。比起那個，要是計畫失敗了，你的立場會變得怎麼樣呢？假設僥倖成功了，等待著你的也只有破滅一途吧。」

「唔！什、什麼……你這話是什麼意思！」

「就這樣，我沒有詳細跟你說明的義務吧？我們之間又不是感情多好的關係，自己去調查一下如何？還是你也不過就是個只會靠他人力量的人渣？」

「你、你這傢伙……」

薩姆托爾以嫌惡的眼神瞪著茨維特。

儘管被他這樣看著，茨維特仍想著『照這樣看來，他幹了很蠢的事情吧。雖說是虛張聲勢，但還真沒想到他會這麼明顯地有所動搖』，內心對於薩姆托爾這麼容易上鉤一事感到傻眼。茨維特雖然得到了確切的證據，也仍未忘記繼續演戲，維持著臉上的表情。

該誇獎他真不愧是公爵家的人吧。

薩姆托爾表現出的態度就是這麼明顯，單純的令人忍不住想要大笑出聲。

「你們就好好享受現在的自由吧。畢竟等事情結束後你們所有人應該都會受罰吧。」

「哼、哼！我可是惠斯勒家的——有王室的血統喔，哪能懲罰我……」

「當然可以。就算你的母親是我祖父的異母兄妹，我想惠斯勒侯爵家也無法保護你吧。因為同樣是王室血統，我的順位比較高。要怎麼處分你都不會有問題。你做得太過火了，薩姆托爾。」

具有王室血統的人享有特殊待遇，就算犯了什麼罪也不可侵犯這權益，常常無法受到制裁。

薩姆托爾母親的血統，是前任國王的異母妹妹——也就是茨維特的祖父，克雷斯頓前公爵的異母兄妹。由於女性的王位繼承權不高，所以身為其血親的薩姆托爾，王位繼承權也排到了第十七位，相當低。再加上克雷斯頓的繼承權排在第二，孫子茨維特的王位繼承權也必然會比較高，排在第六。能夠制裁具有王室血統的人的，只有同樣擁有王室血統的人，而繼承權愈高意見愈容易受到採納。索利斯提亞公爵家有充分的權限可以處置薩姆托爾。

「唉，這事對我來說不重要啦。接下來是你的問題，好好想想你未來的方針吧。」

留下這句話後，茨維特和迪歐便離開了現場。

說起留在現場的薩姆托爾和布雷曼伊特……

「無論成功或失敗都會下地獄……別開玩笑了！」

「怎麼辦？薩姆托爾……我們已經完全與索利斯提亞公爵家為敵了喔，這下別說解決茨維特了，我們……」

兩人臉色發青。當然，他們完全沒注意到這只是茨維特在虛張聲勢。

茨維特那堂堂正正的態度提升了剛剛那些話的可信度，被連帶煽動起的危機感也奪去了他們冷靜判斷的能力。

更何況茨維特的父親，德魯薩西斯公爵的存在太強大了。不，應該說太糟了。

就算沒有證據，索利斯提亞公爵家也擁有可以輕易地處分他們的權力。而且薩姆托爾的老家，惠斯勒侯爵家也不會保護他們。正確來說是無法保護他們。擁有的權力差太多了。

薩姆托爾似乎終於注意到自己的行為有多麼輕率，然而為時已晚。

要是沒有提出暗殺委託的話，他或許還有未來，但是現在只剩死路一條了。

「可惡！事情變成這樣……只好帶那傢伙一起上路了……」

愚蠢的人不管怎樣都很愚蠢。

性格傲慢的薩姆托爾陷入了狹隘的思考中。就連在旁邊看著的其他血統主義派的人都感覺到自己有危險了。

『這下可糟了……我可不想跟這種笨蛋一起去送死。』

布雷曼伊特為了自保，決定出賣薩姆托爾。以自己的安全為優先。

反正這些人只是為了追求權力才會湊在一起的，之間根本沒有什麼信賴關係。

無論如何，情勢已經開始變化了。

第五話　大叔和S級的公會長交手

傑羅斯在快到史提拉城前的小山丘停下了魔導機車。

從結論來說，他們要從這座山丘走進城裡，可是在進城前發生了一個問題。

「嗚噗！好噗書湖……」

「快吐了……嗚噁～！」

雷娜和嘉內完全暈車了。

這兩人雖然沒暈船，但似乎無法忍受初次搭乘的拖車晃動。大叔是安全駕駛，所以應該是因為坐上了不習慣的交通工具才會這樣。

以時速六十公里的速度移動，對於異世界的人來說是未知的領域。

「沒想到妳們兩個這麼不擅長搭乘交通工具呢，明明沒有暈船……」

「真的。我們只是沿著道路筆直地前進而已喔？」

「哪有啊……嗚噗！超晃的……」

「好可怕……身體被搖晃了好幾次，還以驚人的速度穿過彎道……嗚……」

確實很難說道路是筆直的，途中不時有彎道及段差，使車身隨之晃動。

再加上道路雖說有整修過，但也是石板路，車輪的痕跡等造成路面十分凹凸不平，不過他們追過了所有商人們的貨運馬車。唉，其實在騎了一段路之後覺得該讓雷娜和嘉內休息，也休息了一下——

但說白了就是這比馬車還快。而這兩人對這速度毫無抵抗力，度過了有如地獄般的時光。會暈車也是沒辦法的事。

「你們兩個太奇怪了……搭船時明明吐成那個樣子……嘔！」

「這個……不是人該搭的東西……嗚噗！」

「哎呀，這畢竟是機車。妳們第一次坐，我想會這樣也是理所當然的啦？」

「意外的很接近城鎮了呢。就算加上休息時間也花不到三個小時嘛。雖然是有先預期可能會發生爆胎啊、遇上盜賊等等的狀況啦。」

就算馬車單程需要花上十個小時的距離，騎機車也不需要多少時間。

畢竟兩者的速度有壓倒性的差距，不過乘客的體感時間又不一樣了。對嘉內和雷娜來說，以高速奔馳的機車所花的些許時間，感覺就像是持續了一輩子一樣。一開始還能欣賞風景，接著馬上就失去了這份餘裕，在高速移動的拖車內暈了車。然後就是一段生不如死的時間。

這就跟初次搭上的雲霄飛車，是會有許多人暈過去的尖叫機器是一樣的狀況吧。

「也可以看見城鎮了，從這邊開始用走的過去吧。要是騎著這個去街上一定會引起騷動的。畢竟和馬車不同嘛。」

「我想這兩個人也沒辦法再忍耐下去了。反正感覺可以輕鬆地趕上應徵時間，就這麼辦吧。」

雷娜和嘉內連插話的力氣都沒有。彼此的立場和搭船時完全顛倒了。

她們面色鐵青，光是要跟在大叔和伊莉絲身後就用盡了全力。

二十分鐘後，以緩慢的速度走著的大叔等人，終於穿過了史提拉城的城門。

◇◇◇◇◇◇

以伊斯特魯魔法學院為中心的史提拉城，說起來就是個學院都市。

像是要圍住整個城鎮，初等學科學院、中等學科學院、高等學科學院，依照各學年分別有三所校舍，還包含了給學生住的宿舍，腹地十分廣大。

主要有鍊金學、藥學、金工學、魔導學，其他還有很多規模較小的學科，然而因為上課的教室設置在好幾個地方，所以總是給人很雜亂的印象。

原本貴族和一般學生的校舍是分開的，但市井出身、想成為魔導士的學生突然增加，理所當然的，差別待遇的問題便浮上了檯面。「貴族的人數明明比較少，卻霸占著尚有空間的校舍，太奇怪了。」就是理由之一。當時魔法貴族雖然擁有權勢，但那時正是派系開始掌握權力的時候，最後引發了捲入許多一般學生在內的抗爭活動。後來成功獲得勝利，廢除了以身分作為區隔的差別待遇，統籌了整所學院。

只是那個派系如今也沉溺於權勢之中了，真是諷刺。

而那時一般學生也經常利用這個學院都市中的史提拉傭兵公會來賺取學費。

雖然傭兵活動的成果也多少會影響到學院的評價，不過現在大多數的人都往學術研究的路線發展，幾乎沒有學生會來公會了。這也是派系鬥爭開始後的影響。

另一方面，由於會有從學院那邊發來，諸如採取藥草等物的委託工作，想要接下這些委託的傭兵們便會聚集到這個城鎮裡。其中最多的就是魔法藥的藥效實驗，請傭兵喝下初次製成的魔法藥，也就是類似人體實驗的委託工作。

這對於傭兵來說雖然是有風險的工作，但可以獲得魔法藥作為報酬這點非常方便。

所以這種工作在財務困窘的傭兵間很受歡迎。

如果是危險的藥品就會以罪犯來做實驗，所以會在確認安全後再請傭兵們實際驗證功效。要是效果不錯就會交由商人們販售，而這些收入也是學院貴重的營運資金的一環。

從這一面來看，與其說是魔法學院，不如說是以培育專業人員為目的的專門學校還比較貼切。

「這裡就是傭兵公會啊～這建築物還真漂亮耶？」

「桑特魯的傭兵公會不管怎麼看都像是酒館呢……傍晚時會出現很多醉漢。這裡簡直像是高級牛排館啊……」

「傑羅斯先生有去過傭兵公會嗎？」

「我經常把那裡當作酒館喔？會和飯場土木工程的矮人們去那邊喝酒。雖然餐點很好吃啦，但還真虧那裡可以作為公會營運下去呢。實在太亂了。」

「哎呀，畢竟是傭兵聚集的地方，我們也常被纏上呢。」

因為是素行不良的傭兵們聚會的場所，傭兵公會大多是酒館。

然而史提拉傭兵公會由於也會有學生前來，顧慮到這點才裝潢成餐廳的樣子。而實際上也是間餐廳沒錯。

「話說回來，叔叔。你有傭兵的身分證，公會卡片嗎？」

「這次因為有很多狀況，所以變成由德魯薩西斯先生幫我準備。只是要是不把這封信拿給公會長，我就拿不到公會卡片的樣子。」

傑羅斯一邊說，一邊從同時收有地圖等物的信封中把信拿了出來。

「不愧是有公爵家關係的人，真厲害啊。我們可是慢慢賺了錢才能登錄公會的……」

「我們那時候的辛勞相比之下真蠢啊……大叔真狡猾。」

「我是不知道登錄要花多少錢啦，但我有自信可以賺到一定的錢喔？雖然我不會那麼做啦～因為我不想出名啊。」

三人冷漠的視線刺在大叔身上。

他絕對不是在刻意挖苦她們，然而對三位女傭兵來說大叔就等同於卑鄙兩字。

不過本來在網路遊戲「Sword and Sorcery」中，要將素材製成武器，製作過程就莫名其妙的很寫實，得實際動手製作。也就是說製作上和現實生活沒什麼差異，都得費工夫去做。

假設要鍛造一把劍，途中要是沒認真做，就會做出一把鈍劍。連一瞬間都不能鬆懈的製作過程簡直就跟專業工匠沒兩樣。決定製作成功或是失敗的系統判定也嚴格的嚇人，跟現實中的工匠工作起來的感覺相比毫不遜色。

現在的傑羅斯的確是個開滿外掛的作弊角色，但就算是在遊戲中，他也確實地做了相應的努力。那些成果化為了現在的能力，也就是練到極致才能使用的魔導鍊成。然而並非生產職業的伊莉絲，以及當傭兵維生的嘉內和雷娜是無法了解這些事的吧。

傑羅斯正是因為了解「Sword and Sorcery」的一切，才會發現遊戲跟這個異世界的相似之處，並且懷疑遊戲世界是否根本是拷貝這個異世界製成的。

不過對於另外三人來說這根本無關緊要。因為她們覺得大叔很狡猾這點是不會改變的。

儘管背上承受著三人充滿怨恨的視線，大叔仍走向接待櫃台。

擔任接待員的是位年輕的男性員工。

「不好意思，我想承接護衛學生的委託，請問可以在這裡辦理手續嗎？」

「是，在這裡辦就可以了。這個工作的應徵期限再過一下下就要結束了，還好你們趕上了呢。」

「哦？還真是好險啊……我聽說要承接委託必須要有公會卡片或介紹信，我該把介紹信拿給誰才好呢？」

「介紹信嗎？可以請你給我看一下嗎？」

「這是介紹信。介紹者交待我要把這個交給公會長，可以請你幫我轉交嗎？」

「請稍等一下……這、這是……」

傑羅斯遞出的信件封口上，蓋著索利斯提亞公爵家的家紋。

男性員工努力將驚愕壓抑在心中，立刻走向背後的門。

「……他好像很慌張的樣子耶？走起路來甚至同手同腳，這有這麼值得吃驚嗎？」

「大叔……拿到公爵家的信，一般來說都會變成那樣喔？」

「傑羅斯先生感覺也是有些缺乏常識呢，真令人困擾～」

「被雷娜小姐這麼說，感覺真是完蛋了……」

被喜歡「吃」未成年少年的人懷疑自己沒常識這點真是非他所願。

不過索利斯提亞公爵家可說是王室末席的家族，對方會表現出慌張的樣子也是無可奈何的事。

由於大叔所知的有權勢者大多是企業家或是財團的人，所以的確不太能掌握貴族的權力到底有多大。

而這對日常生活也沒有任何影響，所以他完全沒在意這件事。

大叔的想法從這個世界的人看來也有些偏差。轉生者和這個世界的原住民在思考方式上似乎有巨大的鴻溝。

沒過多久，傭兵公會的男性員工帶了個年齡約在二十到三十歲間的青年回來，可是這青年怎麼看都很可疑。

長得很美動作卻有些諂媚，花香調的香水及臉上的妝容都引發人生理上的恐懼。

一言以蔽之就是個「男大姊」。

「你就是公爵大人介紹的傑羅斯先生呀～我是負責管理這個公會分部的人，名叫賽馮。請多指教喔～♡」

「……這、這還真是多禮了，我是傑羅斯沒錯……不過德魯薩西斯先生寫了些什麼？我有種不好的預感……」

「嗯～……單刀直入的說，就是想要給傑羅斯先生S級的傭兵資格呢。那位大人還真是突然提了很亂來的要求呢……」

「那位大人……？先不管S級什麼的，您和德魯薩西斯先生的關係是？」

「唔呼呼，很在意嗎？不過這是祕‧密♡」

煩死了。而且超噁心。只能用這兩個形容詞道盡一切。

光看外表是個五官端正的美青年，然而他的行為舉止毫無破綻。

他的身手肯定不差，但是卻激起了某種似曾相識的恐怖感。

「事不宜遲～我想見識一下傑羅斯先生的實力呢～看起來感覺……很強呢。」

雖然只有一瞬間，但「男大姊」身上散發出了有如銳利的刀刃般的氣息。恐怕是公會內最強的人。

不過以大叔的基準來看，他的實力確實遠勝過於周遭其他的傭兵們，然而並不構成什麼威脅。在別的意義上很有威脅性就是了……

「這是指……在場和你過幾招嗎？用劍來說明？」

「就是這樣。我也好久沒有和比自己高強的對手過招了……都要濕了呢♡」

「「「濕哪裡啊！」」」

賽馮那刻意強調腰部的動作，讓他快要想起了心底深處已經遺忘的什麼東西。

不知為何大叔只要把焦點對上賽馮的特定部位，就彷彿會聽到「喀鏘鏘鏘鏘鏘鏘鏘！」的音效。

「這可不妙！快全力逃走啊啊啊啊啊啊啊！」本能是這樣告訴他的。

無論是誰來看，賽馮在各種意義上都很危險。

「雖然我是個和平主義者啦……」

「從法芙蘭大深綠地帶活下來的人，是哪張嘴敢說自己是和平主義者啊？不管怎麼想都不是普通人吧？」

「信上連這種事情都寫了嗎！真討厭～……我想逃走了。」

「既然這樣，在床上也可以喔。無論從前面還是後面，上下全都好好享受也不要緊喔？這樣的話我就把公會卡片跟我的一切都交．給．你♡」

「還請讓我用劍跟你過招吧……跟在床上相比，戰鬥好多了。」

「哎呀，真遺憾……」

大叔選擇了不拖泥帶水的方式。而賽馮則是打從心底感到遺憾的樣子。

『我被盯上了嗎！』這時大叔心裡這麼想。

「等一下！賽馮是……那個『閃光之賽馮』嗎？那不是S級的傭兵嗎！」

「哎呀？這位巨乳的小姐還真清楚呢？明明最近還滿多人不知道的。」

「巨乳是多餘的！怎麼可能不知道啊，你可是以刺劍打倒了飛龍和地獄奇美拉，最強的劍士耶！」

「也曾經有過那樣的事情呢～……真懷念呀。」

賽馮以望向遠方的眼神抬頭看向虛無的某處。

「閃光之賽馮」。在升至S級前是個默默無聞的劍士，當上傭兵後立刻展露頭角，接連完成了許多高難度的任務，是最強的劍士之一。使用的武器是細長的劍「刺劍」，擅長確實地貫穿對手的弱點給予致命傷，因其快速的劍術而獲得了「閃光」的別名，極具實力。

不過也有傳聞說「閃光」的名號是來自於他可以將許多男人瞬間帶上床而來的。等回過神來，不知何時已經把人帶到床上，在對方心中劃下了永遠不會抹滅的傷痕這點也十分有名。

他的另一個別名是「百人斬賽馮」。這似乎也是因別種意義上曾和百人同床過而獲得的別稱，然而沒人能確認真相為何。

他的本性全都蒙在一層神祕的面紗之下，可是沒有任何人去探究。

而沒人探究的理由也很單純，因為恐懼……

「大叔，收手吧！對手太糟了。」

「如果可以我也想啊……但是我需要公會卡片……」

「以別種意義上來說對手很糟呢。一個沒搞好說不定會被拉入薔薇的世界喔？」

「叔叔……你知道怎麼調配痔瘡藥嗎？要是輸了的話會被拖上床喔？」

「只有這點我想避免啊……我會恨你的，德魯薩西斯先生……」

眼前是比起過去曾見過的白猿更可怕的威脅。

可是為了承接護衛任務，必須要有公會卡片。事到如今，大叔對於自己沒早點去登錄成為傭兵一事極為後悔。真是令人悔恨的失誤啊。

唉，畢竟沒人能料到會在這裡遇見男大姊吧。

「那麼就來一場吧。我來帶路。後面改裝成訓練場了，就讓我在那裡確認一下你的實力吧。」

「剛剛……這句話的口氣是不是有點奇怪啊？你是不是在計畫什麼？」

「……是你多心了。怎麼可能會有那種事呢。」

「在你回答前中間停頓了一段時間耶？」

「是你多心了。想太多嘍♡」

大叔等人跟在他身後來到了後面的訓練場。不過在這段期間內傑羅斯的背上一直有股寒意。

訓練場中其實很安靜，沒什麼人在使用。頂多只有傭兵新手會在這裡接受指導。

「武器怎麼辦？要使用訓練用的模型劍嗎？如果不會弄壞的話是可以用啦。」

「這種東西不是消耗品嗎？壞了的話會用經費買新的吧？」

「就算是傭兵公會，也得從營運資金中想辦法撥出經費才行啊。就算是消耗品也不會輕易撥出經費的。」

「這年頭要過活真辛苦啊……到處都不景氣嗎？編列補充消耗品的經費是必要吧。」

「賺得不多所以沒辦法啊。要是有像你這樣實力足以去法芙蘭大深綠地帶狩獵的傭兵，這間公會也不需要經營餐廳了～」

看來這裡是為了賺取經費才會開餐廳的。

魔物的水準低落，公會賺的錢當然也會變少。這附近的魔物幾乎連魔石都不太會掉，更何況傭兵們的實力也不怎麼樣。

「真沒辦法。就用我自己的武器吧……」

「唔呼呼，讓我好好享受一下吧。要是贏了我的話，我就陪你一‧整‧晚‧喲♡」

「可以故意輸掉嗎？」

「這樣的話，就由你來陪我嘍？而且要到早上為止，濃烈地……」

「不管輸贏都是地獄嘛！」

大叔打從心底希望他只是在開玩笑。

可是很遺憾地，賽馮不管在哪種意義上都是認真的樣子。

「我不需要公會卡片以外的東西。反正也只有這一次。」

「哎呀～我被討厭了嗎？那麼，差不多要來確認一下傑羅斯先生的實力嘍？」

「嗯，開始吧。畢竟對我來說除了公會卡片之外的東西都是多餘的。」

「唔呼呼……就讓我好好見識一下吧。最強魔導士的力量……」

一開始只是想說難得可以看到公會長跟人過招的樣子，所以訓練中的年輕傭兵和負責擔任教官的職員們也湊過來看熱鬧，然而當這兩人面對彼此時，場上的空氣變了。

剛剛那開玩笑的氣氛忽然消失，訓練場的空氣忽然變得極為冰冷沉重。

空氣沉重得簡直讓在一旁看熱鬧的伊莉絲等人和周圍訓練中的傭兵無法呼吸。有如凶惡的野獸在對峙著。

大叔兩手拿著軍用小刀，賽馮也只是用右手拔出了慣用的刺劍，擺好架式，然而時間彷彿停止了似地，兩人動也不動。

「這是……怎麼回事？」

「氣氛一觸即發……好沉重，而且他們動也不動……」

「不是不動……是不能動……沒想到大叔居然是這種程度的怪物……」

「叔叔很強喔？畢竟他會被人稱作『殲滅者』不是沒有原因的。」

「還真是不得了的別稱啊……他的實力到底多強啊……真希望這場對決趕快結束。」

嘉內等人初次見到「殲滅者」實力的一部分。

只不過是隨意地將小刀拿在手上站著而已，卻讓人不敢將目光從他身上移開。

這就像是他們在當傭兵的經驗中培養出的，面對強力魔物時的狀況。

只要目光移開了就會死。眼前就是這樣的狀況。

「呵呵呵……沒想到你居然有這等實力呢。世界還真是寬廣啊，我都興奮起來了♪」

「你很開心的樣子呢。所以呢？這種情況下我該先出手嗎？」

「雖然是希望你這麼做，但很遺憾的是我好像沒有那種餘裕呢～我有多少年沒有嘗過這種當挑戰者的滋味了呢。」

「既然如此，我來拋硬幣，等硬幣落地的瞬間我們就一起出手如何？」

「真是個好主意呢♡真是讓人緊張興奮得不得了啊……」

大叔把小刀先收回刀鞘後，拿出了一枚硬幣，以拇指將硬幣彈上空中。

硬幣在兩人中間落下，然而從對峙的兩人眼中看來，硬幣簡直像是以慢動作鏡頭拍攝一樣，以極為遲緩的速度緩緩落下。

接著，在硬幣掉落地面的同時，兩人動了起來。

和剛剛的寂靜不同，兩人以激烈的速度行動。同時響起的金屬聲，是他們的武器互相撞擊所發出的聲音。

刺劍雖然是攻擊範圍較廣、專門用來突刺的武器，然而賽馮用不知何時握在左手上，被稱為格檔匕首的短劍來防禦，使出了攻防一體的劍術。

相對的，用軍用小刀戰鬥的傑羅斯也以小刀搭配臂甲，藉由反擊和格鬥技能來對應眼前的狀況。

賽馮漂亮地擋下打算衝入他懷中掌握優勢的大叔，不讓他靠近。

在雙方都無法使出決定一擊的狀況下，刀劍不斷交會著。

「好厲害……那個大叔到底是何方神聖啊……」

「他和公會長勢均力敵耶……這技術太驚人了。」

在一旁看著的人們全都屏息以待。實力高強的兩人交手的樣子，是令旁觀者說不出話來的強烈景象。

而狀況立刻發生了變化。

近身戰鬥中的賽馮忽然往後跳開，接著在他原本站著的地方出現了很深的裂痕。那是傑羅斯使出的格鬥技能「烈空踢」造成的。

由於他瞄準了腳邊，又在沒有任何準備動作的情況下忽然攻擊，除了往後退開之外別無他法。然而賽馮在跳開後瞬間加速拉近彼此的距離，朝傑羅斯使出銳利的突刺。

「唔！」

但是使出攻擊的賽馮忽然以一個側跳遠離了傑羅斯，額頭上流下汗水苦笑著。

「還真是可怕呢……沒想到你居然會在這種狀況下打算破壞我的武器……」

「能夠注意到這點的你也很厲害呢。我明明是打算反擊的，居然這麼快就被看穿了……是從實戰中鍛鍊出的直覺嗎？」

「老實說我差點就中招了。瞄準我腳下的『烈空踢』該不會也是為了破壞武器所作的準備吧？」

「誰知道呢，被發現的話不就沒意義了嗎？」

傑羅斯配合賽馮使出突刺的時機，揮出了握著小刀，穿有臂甲的拳頭。要是賽馮沒注意到的話，刺劍八成會被破壞。

是個只要稍微輕忽大意就是失去性命的狀況。

「沒想到居然會用這種方式來使用『牙毀』啊～……老實說真是可怕呢。」

「既然被看穿了就沒意義了吧。好了，該怎麼辦呢……」

「說這話不太好意思，但你這實在不是魔導士的戰鬥方式喔？」

「因為我不是什麼正經的魔導士啊。只要是能用上的手段，無論有多麼卑鄙我都會用上的。」

「真是愈來愈讓人喜歡你了呢……這不是讓我熱血沸騰起來了嗎。這次換我出手嘍？」

賽馮的身體模糊了一下，在此同時出現了好幾個他的身影。

接著他便立刻使出了連續的突刺攻擊，不過傑羅斯以軍用小刀全擋了下來。

但是這樣下去傑羅斯只能單方面防禦而已。

「哇！居然是『幻影神速劍』？可是……」

「不會吧……大叔居然全用小刀擋下了耶？」

「唉，畢竟是叔叔嘛……不過這下可不能隨便出手嘍？」

面對接連而來的突刺，要是沒能好好避開的話就會被攻擊。

不過大叔採取了別的方式來對應眼前的狀況。賽馮也因為他的迎擊方式而一陣驚愕。

「什麼！」

傑羅斯以同樣的技巧迎擊刺劍，開始用以刀尖對上劍尖的方式來防下這些攻擊。

這是結合了格鬥技與劍術，看穿對方的攻擊並迎擊的「點尖擊」。

而要是只有這樣，那就不是「殲滅者」了。

刺劍算是單手劍，以格檔匕首來防禦保身。要說的話這是非常堅實的劍術。但論起攻擊手段還是以刺劍為主，格檔匕首的功用跟用盾來防禦沒什麼差別。

看起來一樣是使用兩把武器戰鬥，但實際上是單手劍和雙刀的對決。

就算以格檔匕首攻擊，因為不是慣用手，使出的攻擊會比較無力。很容易就能看穿。

賽馮注意到忽然逼近眼前的小刀，急忙撇開頭，以刺劍的護手部分彈開了攻擊。而他在擋下攻擊後才注意到傑羅斯丟出了小刀。

此時以「蠢動」移動的傑羅斯用左手抓住被彈開的小刀，這次換成以右手的刀刺向賽馮的頸項。傑羅斯之所以丟出小刀，是為了讓賽馮的視線至少有一瞬間離開自己的身上。

雖然沒想到刀子會在沒有任何預備動作的狀況下就飛過來，但能夠追上那把刀子的身體能力也很不尋常。等賽馮發現的時候，人已經被軍用小刀抵著脖子了。

「在這種時候使出劍技『裏．瞬天雙牙』……真是愈來愈不像魔導士了呢。看來你很擅長攻其不備的戰鬥方式呢。真要說起來，比起『劍士』，應該更像『暗殺者』吧？」

「我是魔導士喔？基本上算是啦。」

過去可以獨自迎戰ＰＫ職玩家並瞬間打倒對方的傑羅斯。

連近身戰都純熟到暗殺者程度時，就已經遠遠脫離魔導士的範疇了。

「是不小心被熱血沖昏頭的我輸了呢……你毫無疑問是Ｓ級的。說不定在那之上就是了。」

「級數什麼的根本沒意義啦～我可是魔導士喔？」

「是哪張嘴好意思說這種話啊……我也是Ｓ級的，你可是輕易就勝過我了呢……」

「不不不，老實說我贏得很辛苦喔？畢竟年紀也不小了。」

「是嗎？至少在我看來你還滿游刃有餘的喔？」

大叔是打算認真迎戰的，但途中便發現自己頗有餘裕。

他知道賽馮也是認真的在攻擊，然而自己的能力卻遠遠在他之上，這點簡直令他吃驚。

從大叔的角度來看，S級和一般人也沒太大差異。等級超過1800可不是說笑的，儘管如此他仍因自己壓倒性的實力而感到困惑。

他完全不知道自己的力量跟其他人到底差了多少。

自己的力量實在太過強大了。

「我不太清楚自己的標準呢……我是真的很認真和你交手的……」

「這世界真的很大呢～比我強的人這應該是第五個了吧？而且你還遠比其他的人強得多了呢。」

「意外的多呢……我果然搞不懂標準是什麼……」

「這個國家裡也沒幾個比我還強的人喔？傑羅斯先生是這之中最強的呢～真是太．棒．了♡」

「可以請你不要用那種戀愛中少女的眼神看著我嗎……」

「沒辦法，因為……人家勃起了嘛。」

——喀鏘鏘鏘鏘鏘鏘鏘鏘鏘！

這次就算他擺出了煩惱的姿勢，仍然以特定部位為中心，確實地響起了那個音效。

然後大叔便逃走了。而且是以全力高速奔跑……

「哎呀，真是個害羞小生呢。不過這點也很棒……讓人迷上他了呢。」

「……不，那是打從心底覺得厭惡吧？」

「傑羅斯先生……得小心屁股才行呢。要是有破綻的話會被吃掉的……」

「我想他應該不想被雷娜小姐這樣說喔？叔叔……不會再回到這裡了吧……」

正如伊莉絲所說，大叔就這樣直接逃去了德魯薩西斯準備的旅館。為了從公會的男大姊身邊逃開……

結果公會雖然給了傑羅斯的公會卡片，但他一直到了旅館才拿到。當然是伊莉絲等人先代為收下的。不過大叔要接過卡片時異常的恐懼。

想起幾個月前的惡夢，他詛咒著這個世界的不合理。

總之大叔平安地（？）登錄成了傭兵。

雖然是S級的，但也算是合理的安排吧。

在這之後，大叔雖然身為勝過S級傭兵的魔導士而聞名一時，但這又是別的故事了。

◇◇◇◇◇◇

雖然是題外話，但傑羅斯在和S級的男大姊對峙時，咕咕們正在接待櫃台前等待著。

「嗚哇~♡好漂亮的羽毛……而且還蓬蓬鬆鬆的。」

「聽說咕咕很凶暴，但這樣仔細一看，感覺很可愛呢。」

「而且在可愛中，該怎麼說呢？有一種凜然的氣勢，感覺比這附近的男人還要強呢♡」

而且被女性員工們圍著，非常受歡迎。

「咕咕……（總覺得……很不好意思啊？）」

「咕咕……咕咕。（在下很不擅長這種事情啊……）」

「咕咕，咕咕咕。（我們也真是罪過啊。沒想到竟會跨越種族，擄獲其他雌性的心。）」

不管進化得多麼凶惡，只要老實地乖乖待著牠們就是普通的雞。

而且在傑羅斯的照料下，牠們的羽毛充滿光澤，看起來非常的高雅。

跟普通農家的狂野咕咕完全不同。

「為什麼不讓我們接受委託啊！就跟你說我們路上發生意外了啊！」

「就算你這麼說……但規定就是這樣。」

「別開玩笑了！你以為我們是誰啊！」

看來接待櫃台承接護衛學生委託的時間已經過了，而在期限後才趕到的傭兵們正在抱怨。

他們恐怕是從史提拉城外來的傭兵，憤怒的他們揪住準備回去的男性員工領口，脅迫員工讓他們接受委託。

——鏘鏘————！

看到這個景象的瞬間，咕咕們的眼神化為了猛禽看到獵物的眼神。

「「「咕咕！（受死吧！）」」」

那是只有一瞬間的事。人類們短暫地浮在空中，被強烈但不至於要命的打擊和斬擊痛揍了一頓。瞬間就被打倒了。

「咕咕……（斬了無聊的東西呢……）」

「咕咕，咕咕咕，咕咕咕咕？（山凱你砍下去了嗎？比起那個，桑凱是什麼時候學會格鬥技的？之前明明還很拙劣的……）」

「咕咕咕咕咕，咕咕！（只靠弓是不能戰鬥的。也當作是護身用，我請師傅好好鍛鍊過了。）」

「咕咕，咕咕咕咕咕咕。（在下沒砍下去喔？只不過是把他們身上穿的東西給斬碎了……）」

被打倒的傭兵們，其中一個人的裝備被切成了碎片，全身赤裸；另一個人則是全身都腫了起來，到了會讓人誤以為他很胖的程度。

這些雞的實力又變得比以前更強上了好幾倍。

除了三隻雞外，周圍陷入了一片沉默。公會所有員工的視線都集中在三隻雞身上。

然後……

「「「呀啊啊啊啊啊啊啊啊啊啊啊啊♡」」」

響起了尖銳的歡呼聲。

「咕咕們好強喔！」

「瞬間就打倒了作亂的傭兵，好帥！又可愛又強，太棒了！」

「如果是人類的話，要我獻身也行喔♡」

咕咕們一下子變成了大紅人。

在那之後，直到大叔全力逃出去之前，三隻咕咕都被女性員工們給圍著。

距離這件事過了一個月後，帶著狂野咕咕的傭兵增加了不少，然而這也只是無關緊要的事。

總之烏凱、山凱、桑凱這三隻雞創造了傳說！

牠們成為了瞬間打倒傭兵的「三武雞」！

這幾隻武鬥派咕咕的傳說就從這裡開始，不過這真的是件無關緊要的事。

第六話　大叔與庫洛伊薩斯相見

「這是……怎樣……？」

從傭兵公會拚死逃走的大叔逃進了德魯薩西斯指定的旅館，然而這旅館房間也散發著異樣的光芒。

以單人房來說顯得格外寬敞，房內裝飾著繪畫及色彩豔麗的花瓶及鮮花，地上更是鋪著柔軟的地毯，還有大到要睡兩到三人都沒問題的床。

這充滿高級感，不管怎麼想都不是普通旅館的房間讓傑羅斯愣在原地。沙發也非常柔軟，服務生也徹底鍛鍊過的樣子。

別說服務心多到滿出來了，這根本到了反而會讓人感到戒慎恐懼的等級了。

「這間房……不管怎麼看都不是給一個人住的房間吧？」

硬要說的話，就是米其林三星等級飯店的ＶＩＰ房。

房間本身是非常好沒錯，但對於傑羅斯這一介小市民而言，是個有些無法放鬆下來的房間。

鋪在床上的床單連一絲皺褶都沒有，可見他們對客人有多麼用心。

以稱讚的意義上來說，這是個太過光彩奪目的房間。

「德魯薩西斯先生……這個房間，怎麼想都不適合我吧……？」

這除了自己之外沒有任何人在的寬廣房間著實讓他愣住了。

三流的旅館就不用說了，如果是二流的旅館他也會直接跳上床，療癒身心的疲憊吧。然而要大剌剌的跳上鋪著連一絲皺褶都沒有的床單，感覺十分高級的床鋪，他便有些遲疑了。

大叔雖然有住過高級旅館，但本質上還是個普通小市民。很不擅長處在這種感覺很高級的環境中。基本上依他的個性，待在約四疊半榻榻米的小房間裡比較能夠放鬆下來，大過頭反而會讓他有點害怕。

對長時間住在鄉下，已經完全習慣那種生活的他來說，住在這種旅館裡無論身心都無法平靜下來。

在他還是上班族的時候或許還能適應吧，但大叔早已遠離那種世界了，所以這個環境只讓他不知如何是好。

「這實在太大了吧……唉，雖然這個大小是很適合用來換機車的裝備啦，但得先把這高級的地毯移開才行，地板……不會吧！是大理石磁磚？」

總之由於德魯薩西斯準備了不適合他的高級旅館，已經有十年左右沒有住過這種房間的大叔完全失去了免疫力。準備便宜的旅館也好啊……

傭兵公會的公會長那件事情也是，大叔的心中多少累積了一些不滿。

——叩！叩！

正當他不知道該如何是好時，門外傳來了敲門聲，讓大叔疑惑地歪著頭。因為他用全力逃走了，所以伊莉絲等人一定還在傭兵公會。從能力參數看來大叔遠勝於她們，奔跑的速度也是壓倒性的快，她們不可能這麼快便跟他會合。

由於在這邊思考也無濟於事，大叔決定把門打開。

就算來訪者是強盜，他也有能力可以輕鬆應付對方，所以沒必要猶豫。

「來了，請問是哪位……哦？」

打開門後出現的是個令人懷念的面孔。

在那裡的是有著深藍色頭髮、戴著眼鏡的女僕，同時也是負責照顧瑟雷絲緹娜的蜜絲卡。

「好久不見了，傑羅斯先生。」

「是蜜絲卡小姐啊，好久不見了。我還以為要再過一陣子才會看到妳，沒想到妳的動作這麼快。」

「因為知道傑羅斯先生今天會抵達史提拉，所以我便算準時間過來旅館拜訪了。這應該不是那麼值得驚訝的事情吧。」

「不，我很吃驚啊。我才剛抵達旅館……難道到處都有密探嗎？」

「這是商業機密。就算對象是傑羅斯先生，也恕我無法告知。」

光靠她這句話，就能了解到這個學院都市中有相當多的密探。

畢竟是能幹的德魯薩西斯。保護自己孩子的手段這種事情他當然有所準備，不過行動能快到這種程度，密探想必不只數人。

光是去思考他的部下規模究竟有多大就讓人不寒而慄。

「遺憾的是茨維特少爺和大小姐沒辦法過來。雖然不是因為課業……但已經事先有約了。不過作為替代，請庫洛伊薩斯少爺來了。」

「庫洛伊薩斯……啊！是茨維特的弟弟吧。他之前寫的報告很不錯。看來他把那個作為魔法媒介的戒指給徹底研究過了呢……是說他在哪裡？」

蜜絲卡的背後沒有庫洛伊薩斯的身影，反而不知為何有個被麻繩給捆起來的奇怪東西倒在走廊上。

然而仔細一看，那個東西正像毛毛蟲一樣蠕動著。

「……我想應該不是，但那個被麻繩綑著的東西是……」

「是庫洛伊薩斯少爺。因為只要一不盯著他，他就會跑到可疑的攤販那裡去，實在拿他沒辦法……我『真的』是無可奈何才會把他綁著帶過來的。」

蜜絲卡的眼鏡發出奇妙的光輝。

雖然她刻意強調了「真的」這兩個字，然而就眼前的狀況，她根本非常樂意把庫洛伊薩斯綁起來吧。她的嘴角微微地上揚。

『妳絕對樂在其中吧』，大叔雖然這樣想卻沒說出口。要說為什麼，就是因為她正踩著變成毛毛蟲的庫洛伊薩斯。

她就連對待雇主的兒子都毫不留情的行為令大叔十分恐懼。

「不過這感覺做得有些太過火了吧？」

「畢竟除了我不管等了多久庫洛伊薩斯少爺都不從房裡出來，我只好狠下心強行闖入之外，他手上還拿著標記有可疑攤販會出現的地圖，正打算出門。少爺之前明明自己說了『想要見見傑羅斯先生』，卻立刻忘了說好的事，以自己的興趣為優先，所以我才忍不住……我對於這麼做並不後悔，不如說很開心。」

「不……這樣好嗎？他好歹也是公爵家的次男吧？妳這樣乾脆地踢他可以嗎？」

「公爵家就是允許我做這種事情！更何況是被別的目的給吸去注意力的庫洛伊薩斯少爺不對。」

她毫不猶豫，斬釘截鐵地這麼說。

女僕暴政。蜜絲卡的行動力讓大叔嚇到目瞪口呆。

就算對象是公爵家的二少爺也完全沒在客氣，而且毫不留情。

「哎、哎呀……一直站在門口說話也不太好，還請進來吧。」

「打擾了。」

蜜絲卡冷酷地簡單致意後，便用繩子拖著庫洛伊薩斯進入房內。

大叔的內心中浮現了『她該不會就這樣一路把他拖到這裡來了吧？』這樣的疑問。

而像是看穿了大叔的想法，冷酷女僕一邊推了推眼鏡，一邊小聲地說了句話。

「還請放心，到途中為止都是靠馬車移動的，拖在後面就是了……」

「他會死吧！這樣做真的很危險耶？」

「沒事的。我有計算過距離，以就算拖行也不會死的程度繞上了好幾圈繩子，讓繩子有足夠的厚度。為了讓庫洛伊薩斯少爺可以體驗到舒適的緊張感，我有特別費心安排。」

「完全不能放心吧！在這種奇怪的方面上確保他的安全是要怎樣啊！」

「平穩無趣的生活會讓人腐敗的。我認為有時還是需要一些緊張感。」

「不需要！生活中一點都不需要這種緊張感！」

大叔對於在好一陣子沒見到的期間內，個性變得非常危險的女僕感到一陣戰慄。不，說不定她的個性本來就是這樣……

「唉，有一半是開玩笑的啦……」

「那就代表有一半是真的嗎！到底哪些部分是假的，哪些是真的啊！」

「用馬車拖過來是假的，實際上是用馬拖過來的，有什麼問題嗎？」

「不管怎樣都是拖過來的嗎？這到底是什麼懲罰遊戲啊！」

真是可怕的女僕。

明明在克雷斯頓的住處是以細心工作廣受好評的女僕，實際上卻是個行為過激的人。大叔有種要是被她的外表給騙了，那可不是受傷便能了事的感覺。

「唉，反正還活著就好了。麻煩解開繩子吧。我有些事情想請他幫忙。」

「要解開嗎？……有些麻煩呢，不能就保持現在這個樣子嗎？」

「不，這樣不行吧！因為是有些麻煩的工作，所以想拜託他幫忙。我想更換一下高速移動用的魔導具上的裝備，不過人手有些不夠啊。」

「魔導具嗎！」

「嗚喔！」

庫洛伊薩斯從毛毛蟲的姿勢用力跳了起來。

事情跟魔法扯上關係，他就遠比常人還要更為狂熱。

看到庫洛伊薩斯的反應，就算是大叔也嚇了一跳。

「魔導具在哪裡！是怎樣的魔導具？性能呢？是擁有什麼能力的東西？是穿著型的嗎？是像武器那樣屬於物理攻擊的類型嗎？效果持續時間呢？範圍呢？不要隱瞞，把一切都告訴我吧！」

「……你跟我算是初次見面吧？連招呼都不打就先問魔導具的事情？」

「這就是庫洛伊薩斯少爺。非常喜歡研究魔法和魔導具，對除此之外的事情毫無興趣。這種人是公爵家的二少爺，您應該可以理解我們有多辛苦了吧？」

「興趣之外的事情怎樣都無所謂的類型啊……這家族的人還真是很有個性耶？」

前當家是個偏愛孫女的笨蛋爺爺，身為現任當家的父親是個不知道在背地裡做了些什麼的神祕人物，哥哥是個熱血少年，弟弟是魔法狂。妹妹瑟雷絲緹娜應該是最像樣的吧。

「失禮了，我是庫洛伊薩斯・汎・索利斯提亞。曾從哥哥和妹妹口中聽聞大賢者傑羅斯先生您的傳聞。我從以前就很希望能和您談談，很遺憾一直沒有機會。所以我才想藉由這次的機會前來，希望能接受傑羅斯先生您的指導。」

「……你是被拖來的對吧。身體還好嗎？聽說你是被馬給拖行過來的？」

「我認真地感到性命碰上了危機。蜜絲卡最近毫不留情這點也很讓人困擾呢……真是的，要是我死了怎麼辦？」

面對庫洛伊薩斯不滿的瞪視，蜜絲卡以一副事不關己的表情帶過了。

普通來說是有可能致死的危險行為，然而庫洛伊薩斯也一副理所當然的樣子接受了這件事，由此也可窺見索利斯提亞公爵家的異常之處。

「比起那個，可以快點幫我解開繩索嗎？要是又倒下，我可能沒辦法再起身了……」

「是啊……稍等我一下……小刀……這不行……這個毒效太強了，呃～……」

大叔在道具欄中翻找可以用的小刀，卻盡是些帶有危險附加效果的東西。全是些光是割個繩子就會發動危險魔法的小刀。

軍用小刀因為刀身太厚又過於鋒利，沒辦法插進繩子的縫隙間。

其他的小刀也是為了好玩而改造過的危險武器，不適合拿來做這種單純的事。不僅附加的魔法威力很強，而且每個都是賣剩的失敗作品。

「……乾脆以毫米為單位試著砍你一刀好了？雖然失敗會受傷，不過值得慶幸的是我也會使用回復魔法。怎麼樣？就算不小心砍斷了手指，也可以接回去的喔……？」

「……請你用普通的方法割斷繩子吧。據我所知，您揮起武器來就算沒失敗，感覺我也會沒命。」

「要是當場死亡就沒辦法治療了啊～……該怎麼辦呢。」

繩子以簡直該被稱為專家的技巧毫無縫隙地纏繞在他身上。就算用比較小的小刀，要割斷這繩子感覺也很辛苦。而且仔細一看繩子裡還添加了鋼線。

就算要用小刀割開，要是不夠鋒利，也不可能割得斷吧。

「傑羅斯先生，你身上有這麼多把小刀，卻沒有一把比較像樣的嗎？」

「沒有呢～就算是比較好一點的，也會發動中範圍的攻擊魔法。留下來的都是我以半開玩笑的心態製作出來的惡搞武器啊～正常的小刀都賣出去了呢～……」

「真沒辦法，我把常用的小刀借給您吧，之後要還給我喔？」

「妳有小刀喔！既然這樣，蜜絲卡小姐妳來割開繩子不就好了？」

「這個藝術捆綁作品是我完成的，您要我親手破壞自己的作品嗎？傑羅斯先生您……真是太殘忍了……」

看來她對於綁上繩子這件事抱有什麼堅持。

沒辦法，大叔只能借用小刀，從打結處的旁邊慢慢地割開。

由於很可怕地完全沒有縫隙，繩子本身又編入了鋼線，異常地堅韌。

「總有一天要幫大小姐綁上龜甲……咳咳！還請您當作沒聽到。」

「……妳剛剛是不是若無其事地說出了很不得了的事情？比起那個，這把小刀的形狀很誇張耶，是做什麼用的？而且妳為什麼會隨身攜帶小刀啊？」

「這是少女的祕密。」

借來的小刀形狀說不出的誇張。

刀身的形狀莫名地扭曲，好不容易才能看出這是一把小刀，而且還像是某個民族在舉行儀式時用的東西一樣，散發出邪魔歪道又噁心的氣息。

刀上很明顯地吸收了不少血，染上了血鏽的顏色。上頭有骷髏和蛇等感覺很不舒服的裝飾，看一眼就能感受到這把刀上有種黑暗的氣息。讓人覺得絕對會受詛咒。

真的不知道是拿來做什麼用的。

「那種事情無所謂，請快點割斷繩子吧。維持在這個狀態下實在很痛苦耶？」

「這個……是從哪裡得到的啊？實在太像用來刺殺要獻給惡魔的活祭品的東西了……」

拿著不祥的小刀，大叔在各種意義上都感到非常困惑。

最後在十五分鐘後，庫洛伊薩斯終於被解放了。

◇　◇　◇　◇　◇　◇

大叔和從束縛中被解放開來的庫洛伊薩斯一起更換機車的裝備。

由於房間是寬闊的石造房，所以大叔可以從道具欄中拿出機車。

如果這是木造建築，地板很有可能會坍塌。

「這裡，讓後座的框架保持水平。我現在要固定邊車的傳動軸，請你從對面那一側往這邊推。」

「雖然是很單純的問題，不過為什麼現在才要裝上去？有個突出的東西很礙事，不太好弄呢……」

「這裡面裝了我以前基於興趣所製作的武器喔。雖然只能對正前方使用，但多少能夠牽制敵人吧。

（威力似乎太強了點就是了。）」

「你剛剛說了什麼危險的話嗎？威力什麼的……」

「沒這回事，是你多心了……螺絲鎖不太上去呢，是設計上出了差錯嗎？」

外觀看起來雖是美式機車的形狀，但加上邊車後，也不會給人太突兀的感覺。這台邊車雖然沒有給人坐的位置，但相對的有個像細長貨櫃的東西突出在外。

要把邊車的傳動軸固定到底盤上時，那個東西超級礙事。

「……這裡面有武器嗎？看起來感覺是魔導武器……」

「這邊就先讓我保密吧。不知道這裡有沒有別人的耳目，而且我也不想量產這台機車。想要的話就自己做吧。至少我啊～是不會做的喔？這東西我不是很想公諸於世呢……」

「……是很危險的武器呢。真在意到底是怎樣的東西……可以拆解看看嗎？我身為研究者的本能正在蠢蠢欲動呢。」

「不行……這個拆解後要再組回去太麻煩了～而且這是未完成的東西，給人看太丟臉了，要是你可以不要深究那就幫了大忙了。」

「這個是半成品嗎？……真是不得了的技術啊。」

儘管這從大叔的角度來看只是基於興趣所作的玩具，在庫洛伊薩斯的眼中可是未知的技術。

好奇心受到刺激，庫洛伊薩斯露出了比實際年齡還年幼，有些孩子氣的表情。

「因為我是以『魔導鍊成』隨便做的，除了外觀跟外層裝甲外都很偷工減料，也花了太多心思在外加的武裝上，性能上不是很穩定。」

「請等一下！你剛剛說了『魔導鍊成』吧？你會用那個嗎？那可是魔導士的目標中最高的頂點之一喔！」

「咦？『魔導鍊成』是把鍊金術師或鍛造師等職業的技能或是金工等創作系的技能提升到某個等級後就能學會的喔？不如說學會後的問題還比較大……不僅會做出大量不良或有缺陷的東西，為了要做出擁有想要的性能或效果的東西，要消耗掉多少的素材和礦物啊……」

「……魔導鍊成不是魔導士練到專精後的一個頂點嗎？我是這麼聽說的……」

「就算不簡單，不過是學得會喔？要練到專精必須有捨棄大量素材的覺悟呢。我為了蒐集素材，得到了挖掘、採集，還有藥師的技能，而且技能統合後還發展成了職業技能。最近還出現了『神仙人』這種職業技能，但我完全搞不清楚到底是基於什麼原理造成的。」

大叔原本就習得了大量的技能，並發展成了職業技能，現在只要稍微做一點什麼事情就會獲得新的職業技能。從知道這個事實之後，傑羅斯就不看自己的能力參數了。反正能辦到的事情跟可用的能力會擅自浮現在他腦中。

要一一確認也很麻煩，他認為反正平常不太會用到，也沒必要太在意。實際上他現在是樣樣通，樣樣鬆。

「『神仙人』這還真搞不懂是神還是仙人呢……是東方的魔導士吧？」

「我完全不知道這個世界到底是基於什麼原則在運作的。雖然我想大概是因為我把武術和魔法相關的職業技能練到專精了才會出現這個技能啦，但事到如今對我來說這根本是多餘的職業技能啊～根本不知道這職業，而且感覺像是什麼老師傅一樣，形象很差。」

大叔和庫洛伊薩斯一邊連接纜線，一邊聊天。

蜜絲卡悠閒地坐在沙發上，優雅地享用著紅茶。

在那之後他們也繼續幫哈里·雷霆十三世追加裝甲和更換細部零件，車子外觀看來也變得有如軍用車，非常硬派。

工作告一段落的兩人，隔著桌子開始討論魔法來。

◇◇◇◇◇◇

「……所以這是我自己獨自分析解讀後，再重新構成的魔法，您覺得如何？」

「魔法本身雖然是很普通的東西，不過很穩定呢……自修能達到這種程度的話就已經及格嘍。而且不僅很仔細地構成了魔法術式，魔法陣的形狀也不錯……可以給個八十五分吧。」

「八十五分嗎，剩下的十五分是有哪些地方不足呢？」

「首先是魔法陣太大了吧？只要能夠盡可能地縮小魔法陣，就有空間可以記住其他的魔法。魔法文字本身是沒什麼問題，可是有七條礙事的線呢。要是沒有這個問題，就能認可你為足以獨當一面的魔導士了吧。另外魔法術式中有幾個不夠周全的地方也讓人有點在意。哎呀，畢竟是第一次製作魔法陣，細節就別管了。」

庫洛伊薩斯獨自重新編寫了現有的魔法，並將成果展現給大叔看。

雖然魔法術式的構造本身還不夠周全，仍相當穩定且能發揮效果，所以大叔認為庫洛伊薩斯應該很有生產職業的才能。

販售魔法卷軸的話，應該可以賺取不少收入吧。

能夠從大賢者手中拿到及格的分數，庫洛伊薩斯似乎十分滿意。

「可以的話我想製作魔導具呢。我知道是要把魔法術式刻在魔石上，但沒有實際製作過。傑羅斯先生，關於這方面有什麼訣竅嗎？」

「要把魔法術式刻在魔石上的話，最好有『控制魔法』的技能。在刻入魔法術式時，要是不能好好維持住建構起來的魔法術式的形狀，就會在魔石內形成歪曲的魔法陣。這樣一來有可能會產生奇怪的效果，或是因為魔力外漏，而無法發揮像樣的功效。」

「原來如此……所以瑟雷絲緹娜和哥哥才會練習『控制魔力』啊……把技能鍛鍊為高階技能，就可以成為能夠運用在各種地方的基本功呢。」

「唉，要以成為怎樣的魔導士為目標，就看他們兩個自己的決定了。我是不會說什麼的。」

因為庫洛伊薩斯是個研究者吧，有不知道或是有疑問的事，他便平淡地接連拋出問題。

大叔有些難以說明這種感覺，但就算只是在回答問題，這也真的是很快樂的一段時光。甚至讓他有種自己還在玩遊戲時和伙伴們聊天的錯覺。

「是說這一疊魔法術式的紙……是從哪裡拿出來的？你不是被綁成一團了嗎？」

「不是蜜絲卡拿著嗎？我是從她那邊接過來的……」

「不，我開門的時候，蜜絲卡小姐手上沒有拿任何東西啊……」

兩人看向蜜絲卡。

蜜絲卡推了推眼鏡，輕聲說了一句。

「傑羅斯先生、庫洛伊薩斯少爺，女僕的裙子裡藏有很多祕密喔？」

「裙子裡……這一疊文件很厚耶！」

「是怎樣把這一疊……這厚度跟辭典有得拚，走路時會很礙事吧……真搞不懂啊。」

「我覺得不要知道女僕的祕密比較好喔？要是知道就無法挽回了。」

『『……到底是怎樣的女僕啊！無法挽回又是……知道了到底會怎樣啊？』』

女僕應該是被僱用來幫忙處理身邊大小事的家管才對，但他們實在不知道蜜絲卡所說的女僕究竟是什麼。雖然想問，但身上同時也感受到一股討厭的寒意。

這兩人對於女僕這個職業感受到了某種不祥的氣息。

而蜜絲卡眼鏡反光，只是靜靜地微笑看著這裡。老實說超可怕的。

「那麼……差不多該講正事了。首先把這個給你吧。」

大叔拿出的是戒指和守護符。

雖然兩個都沒多加裝飾，但仔細看就會發現戒指上刻有複雜的幾何圖案，並嵌入了微不足道的小小魔石。

守護符也一樣，雖然只是在嵌有魔石的金屬底座上加了條細繩製成的簡樸玩意，然而庫洛伊薩斯知道這裡面封有多到令人難以置信的魔力。

庫洛伊薩斯分別將它們拿在手中，不禁屏息。

「這、這是……魔導具嗎？我可以問一下這有什麼效用嗎？」

「守護符有針對攻擊自動展開防護屏障的效果，戒指則是可以和我的面具做連動，告訴我戒指的所在位置。有危機時只要解放魔力，就能發出特殊的波動，讓我知道你們遇上了危險。是緊急時的一張王牌。」

「兩種各有三個是……我可以當作這是分別要準備給我們的嗎？」

「嗯，這次被盯上的恐怕是茨維特吧，但你們兩個說不定也被盯上了。為了保險起見，我就多準備了。」

主導惠斯勒派的血統主義派想必覺得索利斯提亞公爵家礙事得不得了吧。

既然包含繼承人在內的三個人都在這裡，有可能會以他們所有人為目標。

以學校的例行公事為障眼法，讓事情看起來像是意外地處理掉他們。考慮到對方很有可能在欠缺思慮的情況下做出這種事，為了預防萬一，大叔便準備了這些魔導具。

「唉，雖然同時襲擊你們三人，簡直就像是在宣告事情是他們做的。不過畢竟是群基於愚蠢的想法行動的傢伙，還是做好準備比較好。」

「這真是太棒了……真想研究看看呢。」

「……庫洛伊薩斯，你不是打算要私吞這個，不交給茨維特吧？有一個不就好了。」

「唔！……為、為什麼您會這麼想？」

「因為如果是我，一定會立刻私吞，裝作不知道有這回事。你的個性跟我滿像的，所以大概可以猜到你的行動……」

「…………」

這話超有說服力的。

庫洛伊薩斯在之前就一直被說個性跟傑羅斯很相似，但他完全沒想到連本人都會這麼說。

一如所料，傑羅斯的猜測完美的命中，眼前的魔導具散發出的誘惑，讓庫洛伊薩斯的抵抗力降到低得嚇人的程度。他有自信自己一定會就這樣把這些東西帶回宿舍去，不拿給他們兩人。

庫洛伊薩斯的背上冷汗直流。

「蜜絲卡小姐，這些東西麻煩妳拿給他們兩個。」

「我知道了，傑羅斯先生。我會轉交給少爺和小姐的。」

「拜託妳了。這是護衛任務必備的王牌之一，還請確實交給他們。」

「傑羅斯先生……我就這麼不值得信任嗎？雖然我的確對魔導具很有興趣……」

「因為我是不會相信自己的。特別是扯上興趣，我有很高的機率會以興趣為優先。我大概可以理解同類在想什麼啦。」

大叔是庫洛伊薩斯的天敵。

不只是行動會被看穿，由於兩個人的性格很相似，庫洛伊薩斯也知道傑羅斯在想些什麼。

雖然很合得來，但庫洛伊薩斯也發覺了他們是無法互相為敵的關係。

「唉，只有這兩個也好。真想試試看它們的效果啊。」

「是認真的想私吞啊……果然跟我很像。小心點啊……」

「我想這點應該不用擔心，傑羅斯先生。因為庫洛伊薩斯少爺是個重度的家裡蹲，就算想要努力提升自己，頂多也只限於可以在室內完成的事情。絕對不會為了提升等級而去和魔物戰鬥。是個懶散到無藥可救的人。」

「也有跟我不像的地方啊……光是這樣就很值得慶幸了。」

大叔一點都不想遇到跟自己一模一樣的人。不，應該說他已經實際跟戰鬥方式和自己十分相似的人戰鬥過了，他仍記得那是個非常難對付的對手。

庫洛伊薩斯的性格跟他很像，但也只是相似而已，仍有不同的一面。老實說知道這件事真的讓他放心不少。將魔導具交給他們後，大叔與庫洛伊薩斯的初次見面就到這裡告一段落了。

魔導具當天內就送到了茨維特和瑟雷絲緹娜的手邊，一切都準備就緒了。

第七話　大叔受到衝擊

在某個城鎮的地下深處，有座曾經存在於地上的城鎮。

已經化為遺跡的地下城鎮，是犯罪集團「九頭蛇」的其中一個據點。

在被綻放光明的魔導具照亮的地下深處，廢墟的其中一間房內有好幾個人影。

一個是穿著黑色晚禮服的女人。

黑色的頭髮、身上佩帶著許多飾品，簡直像暴發戶女兒的打扮為其特徵。

披著披風，光看外表實在不覺得她是該出現在這種地方的人。

然而她的腰上掛著一把劍，身上的飾品也全是魔導具。

「欸，達令……這兩個人是？」

「我為了保險起見幫妳準備的幫手。因為妳出了什麼事我會很困擾的，莎蘭娜。」

穿著誇張西裝的男人嘴角斜斜地上揚。

這男人帶來的兩個人，外表不管怎麼看都還是青少年。

一個是穿著鎧甲的少年，然而因為戴著項圈，可見他是奴隸。

另一個則是將頭髮在兩側綁成小小的髮束，做忍者打扮的少女，不過服裝異常地醒目。是淡桃紅色的，一點都不低調。

「欸，加蘭斯先生。這個工作結束後，你真的會讓我脫離奴隸身分吧？」

「嗯，這就看你的工作表現了。要是知道你派得上用場，我就會釋放你。」

「那就好。我也有自己的目的，不想被當奴隸這種事浪費時間。」

「哎呀，小弟弟你有什麼人生目標嗎？還這麼年輕，真讓人感佩呢。」

「不要叫我小弟弟！我才不是小鬼！」

「這傢伙對合法的奴隸出手所以被告了，我在他成為犯罪奴隸時買了下來。」

合法奴隸受到法律的保障，就算戴著奴隸的項圈也不代表可以任人掌控。

要說的話就是用錢買來的僕役，要是買了奴隸的人硬是對奴隸出手，這個主人是有可能會被告的。

相較之下犯罪奴隸必須施加隸屬項圈，只要逃出一定的範圍外，身體便會感到劇烈疼痛。

由於隸屬項圈會透過和其他管理奴隸用的魔導具連動，只要奴隸跑出特定範圍外，就會發動精神系的魔法，讓身體產生劇烈疼痛。

依據所犯罪行不同，效果也會隨之改變。不過一般來說若是犯了重罪，項圈就會對身體發動攻擊魔法。

「真笨呢。明明多想一下再買奴隸就好了，難道你真的覺得買下奴隸後就可以為所欲為嗎？」

「嗚咕咕……因為是奇幻世界，所以我以為可以打造個奴隸後宮啊……」

「好好面對現實吧。這世上哪有可能會有那麼好的事，所以你才是小弟弟啊。（這個小弟弟和我是同類呢。要是可以利用就好了……但感覺很笨啊。）」

「這傢伙的名字好像叫做萊茵哈特十三世。明明是個笨蛋卻有個這麼不相稱的名字對吧？不過他很強。打倒了五十個衛兵，大鬧了一場的樣子，我想應該派得上用場，就買回來了。」

「那麼，那個女孩子是？」

女人看向那個桃紅色忍者，然而少女面無表情地吃著像是皮羅什基的麵包，感覺很幸福的咀嚼著。

怎麼看她都還是小學生，頂多只有國一吧。

「名字我不知道。因為她倒在路邊，我給她吃了點東西，不知為何就跟來了。但實力很不錯喔？」

「還真稀奇啊，達令居然會救助小孩子……」

「……忍者的命運就是在黑暗中生存，並消逝於黑暗之中。無須在意。」

「說是忍者，但妳不是一點都不低調嗎，不如說很醒目喔？達令，蘿莉控可是犯罪喔？就算是黑社會的人，這也有點……」

「怎麼可能會是那樣啊！我本來是想說或許可以拿去賣，沒想到卻撿到了很不得了的玩意。雖然外觀看起來是這樣，但她很顯然是我們這一類的人。我被買賣上的敵手給纏住時，她把那些傢伙都打退了。」

莎蘭娜瞇眼瞪著加蘭斯，嘆了口氣。

「居然還準備了幫手，還真是謹慎呢。這是代表我不值得信任嗎？」

「不，因為對手是那個索利斯提亞公爵……不知道他會採取什麼對策。為了保險起見，才會讓他們來當妳的護衛。」

「如果是這樣就好……」

莎蘭娜是覺得根本不需要護衛。

從她的角度看來，大部分的傢伙都很弱，她有自信能夠一擊解決。

她甚至覺得就算是公爵，她也能輕易地暗殺對方。

「他們不要礙我的事就好了。特別是這個女孩，並不是隸屬於你的吧？不會途中叛變嗎？」

「這點應該可以放心吧，畢竟她笨拙得沒辦法自己去賺錢。不然也不會倒在路邊了。」

「這樣啊，唉，也沒差啦。那我去工作嘍。」

「嗯……回來後我會好好寵愛妳的喔？」

「唔呵呵，那我會馬上完成工作後回來的。可別花心喔？」

「我才沒那種閒工夫咧。等下還要跟其他人談生意，可沒空玩樂啊。」

加蘭斯把莎蘭娜摟向自己後，便順勢來了個深吻。

舌頭互相交纏的淫穢聲響靜靜地傳了出來。

「可惡～……真羨慕～……」

「呵呵，這對小弟弟來說還太早了呢。那麼我出發嘍，達令。」

「喔，希望能聽到妳的好消息。」

「交給我吧，我馬上就會搞定了♪」

莎蘭娜等人離開有微弱照明的房間，消失在黑暗中。

「哼哼哼……讓我把過去欠的都還給你吧，德魯薩西斯公爵。將至今為止的仇恨加倍奉還……」

獨自留在房內的加蘭斯，臉上浮現了帶著陰險愉悅的笑容。

儘管完全沒想到這種像是小孩子們鬧著玩的委託，能夠給他向宿敵報仇雪恨的機會，他仍將這視為一個大好機會，決定放手一搏。

要是失敗了便沒有後路，他會沒辦法在這國家裡繼續做地下生意吧。

但他不認為這場復仇會失敗。

內心抱有各種想法的傢伙們開始行動，舞台將移動到拉瑪夫森林。

◇◇◇◇◇◇

史提拉的高級旅館「破曉明星亭」。

傑羅斯和與庫洛伊薩斯他們錯身而過的伊莉絲等人會合了。

他們現在在大叔的房裡，大叔雖然從伊莉絲手中接過了公會卡片，但聽到接下來發生的事情，表情變得愈來愈差。

因為那些內容他完全不願意相信。

「騙、騙人的吧？怎麼可能……那個男大姊怎麼會……」

傑羅斯一臉遭受衝擊的樣子，伊莉絲等人告知的真相令他戰慄不已。

「叔叔……雖然你可能不願意相信，但這是事實喔？」

「你的心情我能理解，不過接受現實吧……」

「傑羅斯先生，在這世上難以置信的真相要多少有多少喔？我認為你應該好好地接受這個事實。」

然而大叔完全聽不進去她們三人的聲音。

他的身體因這個世界的不合理而顫抖，就算他想接受她們所說的現實，他的理性也拒絕這麼做。

不，他是認真的拒絕接受這件事吧。

「這不可能……是那個男大姊耶！是那個斬釘截鐵的說『接下來我要瞄準你的屁股嘍♡』的賽馮耶！」

「我想他應該沒有斬釘截鐵的那樣說……不過好像有說過類似的話？」

「唉，也難怪你會這樣想……」

「畢竟外觀看起來是那樣……我可以理解叔叔的心情。」

「他、他居然……不是同性戀，是個直男？而且還已婚！甚至有五十三個老婆，完全是開後宮的狀態！怎麼可能會有這種蠢事！」

大叔發出了靈魂的怒吼。

伊莉絲等人在傭兵公會接過大叔的公會卡片後，從旁邊的公會員工口中得知了真相。她們只是把這件事情告訴大叔而已。

然而現在仍是單身的大叔無法接受這個事實。

「那麼，他那個打扮和言行舉止是……」

「據說是因為他的興趣是調侃新來的傭兵。叔叔被玩弄了對吧？」

「看起來會像男大姊，好像是因為他非常醉心於美的事物。我是不太懂啦……」

「我想應該沒人可以理解吧？就連我們都以為他是那一卦的了，我想傑羅斯先生無法分辨也不是什麼奇怪的事。」

以S級的傭兵的身分擔任史提拉傭兵公會的公會長，「閃光的賽馮」其實是個已婚的直男。雖然有他性喜男色的傳聞，然而實際上他喜歡的是男孩子氣的女性，妻子們全是像男性一樣健壯有力的女性。而且這樣的妻子居然有五十三人，非常驚人。

也就是說，雖然存有愛人和妻子的差異，但他和德魯薩西斯的關係是重視女性的伙伴。

只是因為和外觀上可能會被誤認為是男性的女性們交往，才會傳出他喜好男色的傳聞，實際上他不但徹底是個男人，還是個愛妻人士。

就連小孩好像都有三十八個，看來性生活也很活躍。

「開什麼玩笑……為什麼那種人可以娶得到老婆……而且居然還是一夫多妻！那種擁有不良興趣的傢伙，到底是怎麼結婚的……就連我都還沒結婚的說……」

「這話說得真實在啊，叔叔……」

「真討厭我可以了解你這不能接受的心情啊。明明不管怎麼看都是那一卦的人……」

「然而這就是現實。唉，這事情跟我也無關就是了。」

嘉內一副事不關己的樣子，但雷娜可不是這樣。她露出了不懷好意的笑容，壞心眼地以奇怪的視線看著嘉內。

「幹、幹嘛啊……有想說的話就快點說啊，這樣感覺真不舒服……」

「嗯～呼呼呼……賽馮先生喜歡的是像男性的女性對吧？既然如此，嘉內不也在他的守備範圍內嗎？」

「妳、妳說什麼啊！」

「啊！的確……別說什麼無關了，根本正中他的好球帶吧？」

沒錯，嘉內如果光看外表的話很有男子氣概，非常有可能被賽馮當作目標。

與其說事不關己，不如說搞不好被他給盯上了。

「要是他來搭訕妳的話怎麼辦？妳會成為後宮的一員嗎？」

「什麼？那、那怎麼可能啊！像我這種人才不會被他當作對象，怎麼會有男人想要我這種粗暴的女人啊！而且他也不是我喜歡的類型！」

「是這樣嗎～？我覺得嘉內小姐無論從哪方面看來都很有女人味啊？而且好像會在房間裡放布偶的樣子，我覺得應該比大家想得更有少女心喔。」

「大叔你為什麼會知道這件事！該不會是伊莉絲……」

「我什麼都沒說喔！叔叔只是擅自說出自己的推測……咦？嘉內小姐，妳有在收集布偶嗎？那些大量的布偶，原來不是孩子們的啊……」

嘉內自掘墳墓了。

伊莉絲和嘉內在同時是孤兒院的教會內受路賽莉絲照顧，然而分給嘉內的房間裡面塞滿了無數的布偶。

伊莉絲本來以為那些是給教會裡的孩子們玩的，不過那些其實是嘉內偷偷帶來的私人物品，伊莉絲不禁驚嘆出聲。

「明明過著傭兵生活，到底是把那麼多布偶藏在哪裡啊？我從沒看過妳帶著布偶的樣子耶……」

「唔……是拜託跟我一樣是孤兒院出身的伙伴們保管著。因為一直拜託人家保管也不太好，我才收回來的……不行嗎！」

「不要惱羞成怒。妳這樣卻在當傭兵，當然會讓人覺得難以置信吧？」

「唉，每個人的興趣各不相同嘛，這也沒什麼不好的吧？我覺得很可愛啊。」

「呶啊啊啊啊啊啊啊啊啊！」

被人說可愛的嘉內因為太過害羞而趴在桌子上。

看來她對於自己的外觀和興趣之間的落差很有心結。

「從傑羅斯先生的角度來看，嘉內怎麼樣？別看她這樣，她很會做飯喔，也有著至今仍認為有天會有騎著白馬的王子來迎接她這種愛作夢的一面。」

「妳為什麼會知道啊！我可不記得自己有說過喔！」

「之前我們一起去喝酒了對吧？妳那時候喝醉說溜嘴的。妳不記得了嗎？」

「完全不記得……我再也不要喝酒了。」

「酒可是邁向自滅的第一步呢。『就算喝酒也不要被酒給喝了』，小心點啊。」

看到嘉內和雷娜的互動，讓伊莉絲徹底感受到酒精的可怕。

伊莉絲在現代社會因為尚未成年不能喝酒，不過在這個世界已經是可以喝紅酒的年紀了。

害怕自己在什麼錯誤的狀況下喝醉說出奇怪的事，伊莉絲暗自發誓喝酒要僅止於小酌的程度。不過在那之前，她雖然至今都沒有喝過酒，但光聞到味道就會不舒服，或許她本來就是對酒精比較沒有抵抗力的體質。

「所以呢？傑羅斯先生覺得嘉內怎麼樣？」

「作為一個女性來看很可愛啊。想娶來當老婆呢……從現在開始嫁給我如何？雖然不知道能不能給妳幸福，但我會努力的喔？」

「哈啊啊啊啊啊啊啊啊？你你你……你在說什麼呀！」

「叔叔，莫非……你有在意的女性嗎？」

「這個啊……該說是在意嗎，只要看著嘉內小姐和路賽莉絲小姐，不知為何胸口處就會有些躁動不安，是為什麼呢？」

來到這個世界後初次體驗到的感覺。

特別是看著路賽莉絲和嘉內的時候，這個感覺就會忽然變得強烈起來，有種之後可能會無法抑制住的預感。大叔沒多想便老實地說了出來，可是……

「「……」」

雷娜和嘉內露出了嚴肅的表情。

不，嘉內滿臉通紅，不知為何一直偷瞄大叔。

『這什麼可愛的生物……應該說……真少女啊……』

先不管大叔的心聲，雷娜像是某個司令官似地把手肘靠在桌上，雙手交疊，深深地嘆了一口氣。

「傑羅斯先生……那個，是戀愛症候群喔？」

「……What's？」

「所以說，是戀愛症候群。搭船的時候你也看到了啊。簡單來說就是發情期喔？這代表傑羅斯先生跟嘉內很合。跟路賽莉絲小姐也是……」

「……………真的嗎？」

「真的。畢竟嘉內好像也有類似的感覺，雖然是猜測，但路賽莉絲小姐應該也有一樣的徵兆吧。要不要把她們兩個都娶回去啊？畢竟她們兩個是兒時玩伴，妻子間不會起爭執喔？」

「…………」

大叔的思考停止了。

浮現在他腦中的是那些因戀愛症候群而失控的人們。他將那些人的身影換成自己後，在腦內播放那些影像。

在喜歡的女性面前做出不得了的愛的告白後被人痛揍；在眾人面前上演有如舞台劇般，令人困擾的愛之暴露劇；從高處跳下；忽然全裸的飛撲過去推倒對方等，討厭的景象浮現後便消失了。

事情的嚴重性讓大叔的臉色逐漸發白。

順帶一提，說起跟這件事情完全無關的伊莉絲……

「路賽莉絲小姐有D罩杯呢……嘉內小姐有E罩杯……」

……和那兩人的胸部比較後，最後看向了自己的胸部。

「胸部嗎？叔叔是以胸部為基準來選的嗎？胸部大的女性就那麼好嗎！」

「……比起沒有，還是有比較好吧。雖然也要看對象啦……」

「果然是胸部嗎！巨乳就這麼好嗎～！」

流於激情的伊莉絲，和一不小心就下意識地回答了的大叔。

體型瘦小的伊莉絲對於沒有胸部一事非常的自卑。伊莉絲雖然揪著大叔的領子搖晃著他，但大叔本人沒受到什麼衝擊，因為他的心思根本不在這裡。

嘉內一邊看著這兩人一邊忸怩著。

但是她並不知道，傑羅斯不是騎著白馬的王子，而是騎著漆黑機車的殲滅者……

他不是會在馬背上閃閃發光，露出爽朗笑容的人，而是會在機車上散發著邪惡的光芒，使出殲滅魔法的危險人物。愛作夢的她仍未發現這件事。

只是知道最近開始察覺到的戀愛症候群的感覺對傑羅斯也產生了影響，讓嘉內變得愈來愈在意他了。

◇　◇　◇　◇　◇　◇

「……話題扯遠了，差不多該來認真討論工作的事情了……」

「擔任護衛的事情對吧。不過我們不一定可以負責護衛那個貴族吧？」

「是啊～……就算是有組成小隊的人，在當學生的護衛時也會被拆開。」

「我們也不知道能不能跟在護衛對象身邊呢。」

前往拉瑪夫森林進行實戰訓練的學生，每七個學生組成的小隊會配有一名護衛。然而那個負責護衛的傭兵不能任意選擇要保護的對象。

也就是說他們未必能陪在護衛對象茨維特的身邊。

「真有什麼萬一，就讓我們家那三隻鳥去跟著他吧。畢竟牠們比不怎麼樣的傭兵還強呢。」

「你是指咕咕們？那些孩子等級多高啊？總覺得好像比以前更強了耶？」
「是啊……老實說一點都不想在森林裡碰上牠們呢。遠比一般魔物強多了……」
「剛剛似乎也在我們不知道的時候，在傭兵公會裡創造了武勇傳說呢……傑羅斯先生，你對那些咕咕們做了些什麼嗎？唉，我想牠們不是三隻鳥而是雞就是了。」
若對手是一般傭兵，只靠一隻就能輕鬆對付，強得嚇人的雞。
比起完全進化的雞蛇還強，對於變強有著超乎尋常執著的強悍鳥類。沒有比牠們更適合擔任護衛的生物了吧，不過牠們一戰鬥起來可能會忘記自己的任務。
唉，畢竟只是魔物，這也沒辦法……
「叔叔……我覺得腦中浮現了非常可愛、讓人不禁想要微笑的景象耶？」
「是啊。緊跟在學生後面的三隻雞……這畫面毫無緊張感呢。」
「外觀雖然很可愛，但我想應該沒有比這更凶殘的護衛了。敵人們真可憐啊……」
「哎呀，畢竟等級已經超過４００了呢……真期待他們進化後會變成怎樣呢。」
「「「４００──────？」」」
魔物是會順應環境改變身體能力的生物。
住在人類居住領域的哥布林，和生長在嚴苛環境下的哥布林，就算等級相同，強度上也會有極大的差距。當然這力量的差距跟戰鬥所獲得的經驗有很大的關聯性。和等級超過１０００的大叔聯手的咕咕們，早已獲得了「界線突破」的技能。
與強者過招讓牠們的成長更為快速，經驗值累積的速度快得不得了。

儘管只是推測，但咕咕們最後要是進化成雞蛇的話，強悍程度應該會等同於中等的龍種吧。

而且牠們的等級現在也正順利提升中。大叔沒多想的便培育出了人類的天敵。

「叔叔……你是不是在無意間培育出了非常凶殘的生物啊？」

「幸好牠們擁有可以聽懂人話的智力……這要是野生魔物，會出現多少被害者啊……」

「真不懂你想做什麼……傑羅斯先生這麼憎恨人類嗎？」

就算不是刻意的，但他養出了非常麻煩的生物這點仍是不變的事實。

要是這些雞被放生，未來剩下的只有絕望吧。傭兵三人組這麼想著。

「怎麼可能呢。我憎恨的人……只有那傢伙。」

「啊～……麻煩的姊姊對吧。不過她現在不在了吧？」

「幸好不在。要是那傢伙在的話……我應該會再度變回『殲滅者』吧。反正在這個世界，就算殺了她也不需要煩惱處理屍體的事情……呵呵呵……」

「「「太可怕了吧！」」」

不願想起的姊姊身影浮現在腦海中，讓傑羅斯身上湧現出漆黑的殺意。

儘管這殺意已經多少有所壓抑了，仍足以帶給伊莉絲等人強烈到背脊發涼的壓迫感。也就是說大叔心中就是抱持著這種程度的恨意。

大叔的恨意非常根深柢固，當中完全沒有半點親情。

「唉，姊姊的事情怎樣都好啦。比起那個，我要給妳們三個人護身用的東西。畢竟這工作是配合我的狀況才請妳們來幫忙的。」

大叔拿出了和給茨維特等人一樣的守護符和戒指交給她們三個。

因為是硬拜託她們接下護衛委託的，大叔認為需要給她們些護身用的裝備，便事先多準備了。

「這個……看起來很樸素耶？」

「不過效果很厲害喔？能夠自動展開防禦屏障……而且還是一般魔法無法打破的程度。其他細節我就算鑑定了也搞不清楚就是了……」

「等等，我們真的可以收下嗎？這是拿去賣的話可以用高價賣出的魔導具吧！」

「戒指好像是可以得知我們所在位置的東西。只要釋放魔力便會發出緊急求救訊號。不愧是叔叔，可以自行製作出這種道具呢～」

遊戲時代的殲滅者們，五個人全都是生產職業。

雖然因為那些超乎尋常的傳說級傳聞廣為流傳所以沒什麼人知道，但他們其實很擅長製作裝備。

大叔以製作魔法為主，此外也會做一些武器、防具和魔導具。

他也會做魔法藥一類的回復系道具，不過這是因應需求，事後才學會的，立場上比較像是伙伴的助手。

「這也不花成本，就給妳們吧。請隨意使用吧。」

「……可以嗎？這要是賣了的話可以過上好一陣子的玩樂生活耶……」

「光是拿到這個就值得接下這委託了……這大概比護衛學生的任務報酬更值錢吧？」

「哇～♪叔叔，謝謝你！」

率直地為此感到高興的只有伊莉絲。

因為傑羅斯毫無自覺，所以特別說一下，這個魔導具稱作「守護護符」，要是拿去賣，應該可以賣出足以輕鬆玩樂二十年的高價。

只是因為大叔本人沒有自覺，實際上這個裝備的價值不遜於從遺跡發掘出的魔導具。現在看來雖然像是普通的項鍊，但要是加上裝飾，嵌入一些寶石之類的，應該就會立刻變成國寶級的寶物吧。

大叔連這種東西的價值都毫不關心。

順帶一提，拿到同樣魔導具的庫洛伊薩斯回到宿舍後非常興奮這件事是個祕密。

「實戰訓練是後天開始，明天就自由行動，療癒旅途的疲勞吧。雖然之後只能臨機應變，不過除了看運氣之外也沒別的辦法了。」

「是啊，明天就去城裡逛逛吧～♪」

「伊莉絲……我們可不是來玩的喔？這關係到我們的生活耶？」

「貧困真是痛苦啊～……光是能夠讓我們有工作這點就該感謝傑羅斯先生了。明天要做什麼呢♪」

『『這兩個人沒問題嗎？』』

傑羅斯和嘉內的不安成真，隔天伊莉絲以來玩的心情跑到了鎮上去，雷娜則是為了追求一時的愛而在城裡四處徘徊。

實戰訓練開始的當天，有部分低年級的男學生以身體不適為由臨時脫退了。

他們要是拿不到學分就會陷入絕境，卻不知為何非常幸福的樣子。同學年的朋友則是對於他們搖晃到腰跟腿都直不起來這點感到不可思議。

當然，不用說也知道，雷娜的肌膚異常的容光煥發。

肉食性野獸是不會挑時間和地點的。

◇◇◇◇◇◇

和庫洛伊薩斯在途中分開的蜜絲卡以平穩的腳步走向大圖書館。

原本是建來當作大聖堂的這座圖書館，曾因為預算狀況而突然停工，被放置不管了好一陣子。在提議要打造學院後才重新改建為讓學生們獲取知識的地方，現在則是以國內擁有最多藏書量的大圖書館聞名。

踏上大理石階梯，穿過設有巨大門扉的入口後，眼前便是陳列了大量書架的知識寶庫。

蜜絲卡確認坐在桌子前的兩人身分後，便以俐落優雅的步伐走向那一桌。

「久等了，茨維特少爺。大小姐看來也是辛苦了呢。」

「還真慢啊。庫洛伊薩斯那傢伙是失控了嗎？」

「您知道啊？」

「怎麼可能不知道！畢竟是那傢伙啊，他一定是把自己改良過的魔法陣什麼的給帶去了吧？」

「沒錯。少爺在那之後也問了很多事情。」

「自由的傢伙……以某方面來說還真令人羨慕。」

庫洛伊薩斯完全不受世俗拘束，非常自由。雖然他的行動多少有些問題，但當事人似乎只是在盡情享受自由的樣子。

不如說是茨維特背負了太多多餘的事物，雖然以他的狀況而言是結果上變成了這個樣子，要說起來他也算是派系的受害者。

畢竟他不但被洗腦，還慘烈的失戀了。不心懷怨恨才奇怪。

「蜜絲卡，是說老師還好嗎？」

「那一位有身體不好的時候嗎？萬一真的生了什麼病，我想他也能夠自己解決吧。」

「的確……是師傅的話應該做得到。」

「是啊，就連擔心他感覺都是多餘的事。」

若無其事地說了過分的話。

不過另外兩人也表示理解的點頭同意。

「算了，師父有說些什麼嗎？」

「傑羅斯先生基於保險起見，為兩位準備了魔導具。這就是那些魔導具。」

「守護符和戒指？這些有什麼效用？」

「守護符有能夠自動防禦意料之外的攻擊的效果。戒指則是可以讓他掌握兩位的位置，碰上危機時還可以利用釋放魔力的方式來通知他。原理我不是很清楚就是了。」

「不愧是師傅。沒想到能夠在短期間內準備出這種東西……」

「是呢……他到底有多厲害呢。總覺得老師的知識和技術簡直沒有極限。」

兩人一邊看著收到的魔導具，一邊感嘆。

然而此時蜜絲卡又丟下了新的炸彈。

「他也準備了像是交通工具的魔導具呢。是上面承載有武器的兩輪魔導具……」

「啥？師傅連那種東西都做了嗎！」

「裝備也看起來也非常不祥呢。看起來像是穿得一身黑的神父。是就算說他是侍奉邪神的神官也不奇怪的裝扮。」

「表面上是這樣，說不定是來做實驗的？暗殺者應該是很不錯的標的吧。」

「老師……做了相當醒目的裝扮耶？他是來當護衛的對吧？」

「「……」」

就因為有這種可能性在，兩人沉默以對。

要是被本人聽到，應該會一直奮力說到他們願意接受為止吧。

這兩人對大叔的認知到底是怎樣，還真是值得玩味。

「雖然有師傅在就安心了，但還是不能大意呢。」

「既然幫我準備了相同的魔導具，表示老師認為我也有可能被盯上，得謹慎行動才行吧。」

「我是覺得這是老爸的指示啦。醒目的打扮也有警告的意義在吧。」

正因茨維特知道傑羅斯不喜歡引人注目，才能像這樣汲取情報背後的意義出來。

兩人雖不知道真相，仍將事情解釋為有這種程度的危險正在逼近。

總之是足以讓他們繃緊精神的情報。

「感覺要到現場才會見到老師呢。」

「雖然會一起搭馬車過去，但傭兵們和我們會搭不同的馬車，所以會是那樣沒錯吧。」

「我有很多事情想問他的說，真可惜。」

「順帶一提，聽說傑羅斯先生帶了雞來當作備用戰力喔。根據傳聞，那些雞似乎非常凶猛。」

「「啥？」」

兩人並不知道烏凱這些雞的存在，也不知道牠們的體內藏有多強大的力量。

所以他們才會對大叔帶了雞來這件事感到疑惑。

雖然之後他們會得知這些雞有多強，然而現在他們完全無法推測大叔的意圖，只能埋頭苦思。

這是普通會有的想法。大叔的周遭盡是些超乎常理的事物。

無論如何，茨維特等人也做好了準備，要前往拉瑪夫森林進行實戰訓練。

只是目前兩人的腦中，被『『為什麼是咕咕？』』這疑問給占據了所有的思考。

常識被超出常理的事物給推翻，這點無論在哪個時代都是一樣的。

就算是異世界也不例外。

第八話　大叔前往拉瑪夫森林

要前往拉瑪夫森林的傭兵們，必須先去傭兵公會集合。

從那邊隨著馬車一路搖晃，途中和載著學生們的馬車會合。而所有的馬車數量居然高達四十輛，成了一個大車隊。

因為是向附近的農家或商人借來的馬車，有很多乘載量不同的馬車，大型的馬車會用來運送食物，學生和傭兵則是不斷交互以馬車移動或是徒步前往目的地。

守護學生們的馬車是兩個小隊的騎士們，他們也負責守護據點的任務。另一方面，在森林裡訓練時則是由傭兵隨行護衛。從傭兵身上學習剝取素材和採集材料的方法也是訓練的一環。

實戰訓練雖然是四天，但包含前後的交通時間，大約要花上十天。

不過要花上三天不斷步行或坐馬車移動也會累積不少疲勞，身體未經鍛鍊的學生在途中便用盡了體力，還沒開始訓練便出現了要退出的人。

這個實戰訓練是以提升學生的等級為目的，同時也是為了應對出事時要上戰場的事前演練。途中退出者會被視為不適合參加實戰，且未能好好鍛鍊自己，尚不成氣候的人，並因此被扣分。對研究職的人來說很辛苦吧。

特別是庫洛伊薩斯，走了兩天，讓他在體力上已經來到了極限。

「喂……庫洛伊薩斯，你沒事吧？」

「還行……不過再不搭上馬車就不好了。」

「你真的很沒體力呢……到換我們搭馬車還有一個小時喔？」

「馬車的數量雖然很多，但因為是從農家借來的運輸用馬車，給人搭乘的空間有限。我很懷疑有沒有可以讓我搭的地方呢。」

「在那之前你就會倒下了吧？所以我才叫你要鍛鍊一下啊……」

庫洛伊薩斯說不出話。

他平常都關在房間或實驗室裡，整天只顧著做研究。

體力會比常人更差也是無可奈何的事。

「真不該當上什麼首席……強制參加真是煩死了。」

「都到這裡了，你也差不多該放棄了吧。這不就代表了你倍受期待嗎。」

「這種我一點都不想要的期待，不正是他們強加給我的嗎……果然很煩人。」

之所以強制成績優秀的人參加是有理由的。學院方是打算藉由讓成績未達一定標準的學生們看看其優秀的表現，藉此激起那些學生的幹勁。唉，雖然實際上很難說這個策略到底有沒有效果。

順帶一提，希望參加實戰訓練的大多是未來想當傭兵的人。

學生是在戰時會被強制徵兵的預備兵，但當上傭兵的話就可以獲得某種程度的緩徵。這是因為傭兵一直都在國內討伐魔物，有助於維護國土的治安。

對於原本就是以戰鬥維生的人，強制徵兵也沒什麼意義。

「你妹妹體力還滿好的嘛？你看，她好像就在前面喔？」

「……因為她在大深綠地帶提升了等級。應該比我還有體力吧。」

「看來是這樣。她不知道為什麼還帶了權杖在身上，是真的預期要實際戰鬥吧。」

馬卡洛夫會對於穿著學校指定防具的瑟雷絲緹娜這兩天沒有搭乘馬車，一直走著這件事情感到不可思議也是無可厚非。

身上就算只有裝備，這些重量也會增加負擔。沒想到纖瘦的瑟雷絲緹娜居然會這麼有體力。先不管等級的差距，以普通的角度來看庫洛伊薩斯和瑟雷絲緹娜，也應該會基於體格不同而有體力上的差距，然而實際上瑟雷絲緹娜遠比庫洛伊薩斯健壯多了。

「你啊，身為哥哥豈不是很沒面子嗎？」

「…………」

瑟雷絲緹娜和獸人族的少女開心地邊走邊聊著天。

庫洛伊薩斯只能以欽羨的眼神看著這樣的妹妹。

◇◇◇◇◇◇

瑟雷絲緹娜和朋友烏爾娜以及卡洛絲緹一起行動。

瑟雷絲緹娜和烏爾娜一直都是用走的，缺乏體力的卡洛絲緹則是搭著馬車消除疲勞。學院生活大都耗費在調配藥草及研究上的卡洛絲緹，雖然不適合參加這種大規模演習活動，但因為她蹺了不少課，所以學分不夠。

當然，她在鍊金術及調藥方面獲得了很高的評價，但關於實戰，由於她把上課的時間都拿去做研究了，非得參加這個實戰訓練不可。

「卡洛絲緹也沒什麼體力呢。瑟雷絲緹娜大小姐明明沒事……」

「我、我不適合參加這種活動啦！其他同年的女孩也像我一樣累倒了啊。」

「我有鍛鍊過，跟她們的狀況不太一樣喔，烏爾娜。」

「真意外。我印象中的瑟雷絲緹娜大小姐是會在窗邊讀書的人呢～」

從身為獸人的烏爾娜眼裡看來，溫和的瑟雷絲緹娜全副武裝的樣子雖然很讓她意外，但就算走了很長的時間也完全沒有疲憊感這點更不可思議。

更別說烏爾娜從瑟雷絲緹娜身上感受到了遠比同齡的學生們更強的氣息。獸人族可以敏感地察覺對手的強度。

而烏爾娜感覺到了更強的氣息。

「比起那個啊～瑟雷絲緹娜大小姐……我感覺到了很強的氣息喔？而且有兩個……其中一個感覺非常恐怖。」

「很強的氣息嗎？是老師嗎？不過另一個……我就不太清楚了呢。」

「還有三個剛剛以驚人的氣勢從這個行列移動的氣息。這三個也非常強。」

「烏爾娜同學，這是表示在護衛之中具有相當實力的至少有五個人嗎？假設其中一個是瑟雷絲緹娜的家庭教師，真在意另外四個人是誰呢。」

卡洛絲緹從瑟雷絲緹娜和庫洛伊薩斯的對話中聽說了傑羅斯在這群傭兵中的事情。

她很想和傑羅斯見上一面，但她實在不敢在初次見面時就和對方搭話。

畢竟聽說對方是希望能夠過著平穩隱居生活的魔導士，像自己這種侯爵家的人不該隨意去搭話。更何況對方還是公爵家的客人。

「附近就有一個喔？好像正在靠近我們的樣子……」

「咦？妳知道是誰嗎？」

「真令人在意呢。對方說不定是很棒的男性呢。」

「馬上就可以看到嘍？啊，是那女孩。」

順著烏爾娜手指的方向，可以看到只有女性組成的傭兵小隊。

看她們好像有些吵鬧地走著，似乎沒發現瑟雷絲緹娜等人正在盯著自己。

「啊啊～……好閒喔～能不能來個獸人啊～」

「不要說這種危險的話！有這麼多人需要護衛的話很麻煩喔。」

「伊莉絲……妳外表明明這麼可愛，卻很激進呢？在平安抵達森林前克制一下。我也在忍耐啊。」

「欸～？因為很閒嘛～有叔叔跟我在，可以搞定大部分的魔物啦～……是說我才不想跟雷娜小姐相提並論咧～！」

「不，在那之前獵物就會被搶走了吧？被那三隻……」

在所有人都面露倦色時，吵吵鬧鬧地走著的女性傭兵小隊。

以紅棕色的雙馬尾為特徵，看起來跟瑟雷絲緹娜等人年紀差不多的少女魔導士，以及紅髮和栗子色頭髮的兩位女性。

不過瑟雷絲緹娜和卡洛絲緹在看的是別的地方。

「……那、那還真是……大呢。」

「是啊……非常。」

兩人在看的是紅髮女傭兵的胸部。

然後兩人同時看了看自己的胸部。

「那個實在太卑鄙了……有等同於廣範圍魔法的破壞力。」

「我有同感……到底要怎樣才能變成那樣……真羨慕。」

「這樣啊～？我只是覺得戰鬥時會很礙事啦～」

「而且長得高比例又好。就連身為女人的我看來都覺得是很有魅力的體型……為何有種輸了的感覺……」

「我懂，因為我也有同樣的感覺……特別是胸部……不過……」

『『至少贏過那個雙馬尾女孩了！』』

她們的心聲完美的同步。而且找回了些許自信。

大家想必已經知道了吧，女性傭兵小隊當然是指伊莉絲她們。

讓兩人嘗到敗北滋味的是嘉內，而伊莉絲則給了瑟雷絲緹娜她們希望。

伊莉絲也沒想到自己的扁平體型可以幫上他人的忙吧，仔細想想這還真是件失禮的事。

「不過啊～那個紅髮的人，感覺很粗暴耶？」

「妳太天真了，烏爾娜同學！那種人的女子力一定異常的高喔！」

「不僅擅長洗衣煮飯，說不定還會看詩集。雖然只是推測，但她一定很喜歡可愛的東西！」

「妳、妳們為什麼會知道啊？」

這兩人的女子力測量器真是非同小可。

能夠發現天敵的存在，更能精確的說中對方的戰鬥力。

女子力極低的烏爾娜被兩人恐怖得嚇人的魄力給震懾住了。

「啊！」

「咦？」

不知為何雙馬尾女孩──也就是伊莉絲，用手指著瑟雷絲緹娜，讓瑟雷絲緹娜一臉困惑。

瑟雷絲緹娜的內心想著「她該不會感覺到我想了很失禮的事情吧？」，慌張的冷汗直流。

「啊──果然！妳是叔叔的學生對吧？名字是……什麼來著？」

「伊莉絲……用手指著人家很失禮喔？是說這位是大叔認識的人嗎？」

「嗯。我記得她確實是叔叔當家教時的學生。被盜賊抓住時有見到過。而且她叫叔叔老師。」

「這麼說來，確實有點印象……那個時候真是得救了呢，差點就要被骯髒的人渣給玷汙了。」

『『不，雷娜（小姐）早就汙穢不堪了……昨晚不知道又吃了多少人（吧）？』』

雖然這樣想卻不說出口，這正是女人的友情。

以前，伊莉絲和雷娜在執行護衛商人的任務時，被盜賊襲擊並被抓了起來，而救她們脫離險境的正是傑羅斯等人，那時伊莉絲有和瑟雷絲緹娜打過照面。

雖然因為傳染病臥病在床的嘉內無從得知就是了。

「叔、叔叔？該不會是老師的朋友吧？啊……的確，好像曾在哪裡見過的樣子……莫非是從大深綠地帶回來的途中救助的……？」

「嗯，沒錯。太好了～我還在想要是我認錯人該怎麼辦呢。至於我們為什麼會在這裡，是因為我們和叔叔同行，接下了護衛任務的委託♪」

「身為受教會照顧的人，多少得賺一點錢才行啊。也不能再給路添更多麻煩了……」

「教會？路？妳們該不會也認識路賽莉絲小姐吧？」

「怎麼？妳認識路啊？我跟她是在同一個孤兒院長大的兒時玩伴。我們之間意外地有很多交集呢。」

「是、是呢……」

瑟雷絲緹娜內心想著「說不出口……我絕對不會把到剛剛為止我說了非常失禮的話這件事情說出來的！」，非常驚慌失措。

沒人知道彼此間是否在某處有什麼緣份相繫著。

在這個場合聯繫起眾人的是大叔，可是——

「所以老師人在哪裡呢？沒看到他呢……」

「叔叔？咦？這麼說來他在哪呀？剛剛還在旁邊的……」

——轟啪啊啊啊啊啊啊啊啊啊啊啊啊啊！

突然有什麼從周圍的森林裡高高飛起，一邊旋轉一邊墜落並埋入地底下。

仔細一看那好像是個人，但以傭兵來說打扮有些髒。

女性們又再度看到人類從森林裡飛出來的景象。

「雷娜，這是盜賊嗎？」

「我想應該是，該不會……」

「人、人從天上掉下來了耶？發生什麼事了？」

「好厲害……他們埋進地底下了耶？」

「該不會是老師？」

「嗯～雖然很接近，但應該不是。恐怕是白色惡魔們吧？」

瑟雷絲緹娜等人雖然不清楚狀況，但伊莉絲等人完全理解這個狀況。

那三隻凶惡的存在不在現場一事，讓她們發現了答案。

「「「白色惡魔？」」」

包含瑟雷絲緹娜在內，索利斯提亞家三兄妹並不知道。

前來護衛的不只有人類……

白色惡魔們正各自排除障礙中。

◇◇◇◇◇◇

茨維特走在傭兵們搭乘的馬車後方。

他自己看起來是沒什麼疲憊的樣子，然而他的朋友迪歐拄著木杖，走得像是遇難的人一樣。看來他也沒什麼體力。

「……迪歐，我覺得你差不多該搭上馬車了喔？」

「哼……茨維特。男人有不得不堅持下去的時候。瑟雷絲緹娜小姐從出發開始就一直用走的，為什麼我要去搭馬車……」

「不，你要是到了目的地動彈不得了該怎麼辦？因為想耍帥結果卻派不上用場，這樣更丟臉吧？考慮一下自己的步調，至少休息一下吧。」

「我已經決定就算再怎麼悽慘，都要堅持到最後了。你笑我也無所謂，但這就是我……」

迪歐非常頑固。

這雖然也是因為他對瑟雷絲緹娜的心意造成的，但要是因為這胡來的原因而導致他在實戰訓練的途中退出的話，也很給人添麻煩。

儘管如此仍不斷走著的他，是個努力錯方向的男人。

「你在這裡倒下的話，在瑟雷絲緹娜面前你要怎麼解釋？難道你想說『因為妳還在走，我怎麼能在馬車裡休息呢……』這樣嗎？只會造成她的困擾吧。」

「唔！的確……可是我不希望她覺得我是個沒用的傢伙。」

「那傢伙還在很後面的地方喔？我想她應該是看不到你的。首先，要是她問妳『為什麼不好好休息呢？』，你要怎麼回答？你不能對瑟雷絲緹娜找藉口吧。」

「……那可真丟臉。我知道了，茨維特。下次交換時我會去搭馬車的。」

「好好思考一下自己的步調要怎麼分配吧，現在就累得半死可不行吧。」

戀愛中的迪歐做的事情總是在白費功夫。

想讓對方留下印象而努力，卻奮力往錯誤的方向猛衝，導致醜態百出。

雖然可以理解他想在意中人面前耍帥的心情，但若是因此給其他人添了麻煩，有可能反而會讓自己的評價下降。

喜歡上最近人氣急速上升的瑟雷絲緹娜，迪歐因過於焦急而衝動做出的行動十分醒目。這次的事情也是，明明只要按照自己的步調分配體力就好，然而遺憾的是他並沒有那種餘裕，他太過努力想讓瑟雷絲緹娜對自己留下好印象了。

另一方面，身為當事者的瑟雷絲緹娜別說迪歐的好感了，連自己的人氣急速上升這個事實都沒發現。她對於周遭的事情完全漠不關心。

過了一陣子之後，迪歐搭上了馬車稍事休息。

「哦？在那邊的是茨維特吧？」

「誰啊……欸……師傅？」

忽然被人搭話而回頭後，只見出現在那裡的是穿得一身黑的大叔。

他身穿以黑龍皮膜製成的漆黑長袍，以及用黑鎧龍的甲殼做成的臂甲及脛甲，腰上掛著兩把軍用小刀。

黑鑛蜘蛛絲和祕銀纖維編織成的帽子壓低到遮住眼睛的程度，還戴著可以遮掩住眼睛周遭的面具。看起來實在很像黑暗祭司。

手上拿的魔法杖也果然是漆黑的，杖和劍型的武器化為一體，連細部都刻滿了的魔法術式有如優美的花紋。「魔改造魔法杖五四式改」，雖然外表看起來像是寶藏院流的十字槍，這仍是一把魔法師專用的優秀魔法杖。

外觀給人的感覺像是神父，卻不知為何散發出邪惡的氣息。

連茨維特在一瞬間都認不出他是誰。

「我還以為是我看錯了……跟蜜絲卡說的一樣，你不是做平常的打扮呢。」

「這是德魯薩西斯先生的要求，說是希望外表看起來也能給人很有實力的感覺。有這種超乎預期的對手在，對方要襲擊時或許會因此猶豫。有點像是給人下馬威的感覺吧。」

「……真厲害，我覺得看起來很醒目喔？該說和其他傭兵們等級明顯不同嗎，散發出很不得了的邪惡氣息呢……」

「等事情結束後就會換回原本的裝扮了，畢竟這怎麼看都太超過了。關於這次的委託，德魯薩西斯先生私底下也有所行動，目前只要維持警戒就行了。」

「果然是老爸啊……他想把地下組織連根剷除吧。」

「那個人私底下到底在做些什麼啊……外表看起來也像是黑手黨的首領，完全不像是公爵耶？」

「你問我我也不會知道的喔？雖然是親生父親，但老爸充滿了謎團啊……」

德魯薩西斯公爵在貴族中也因擁有很多謎團而相當有名。

對於曾經露出敵對態度的貴族，不知道他是怎麼做的，但他會讓對方領地在財政上從根本處產生破綻，最後讓那個貴族哭著低頭求他饒命。

雖然大叔對敵人也是毫不留情，然而德魯薩西斯公爵是個不會在檯面上做出醒目行動，背地裡將敵人導向破滅的策士。是個實在不像是貴族的殘忍暴徒。

「是說，既然委託師傅過來……代表我真的會在這次的訓練中遭受襲擊嗎？」

「根據德魯薩西斯先生的預測，恐怕是的……很有可能會派少數精銳過來吧。」

「居然策動了一群麻煩的傢伙，薩姆托爾那混帳……之後我要打到他不成人形！」

「那個薩什麼玩意的人沒參加這次的訓練嗎？我有大致看過需要警戒的人的資料，記得他成績還不錯吧？要是他在，趁現在先盯住他會比較輕鬆就是了。」

「他應該有參加才對，不過沒看到人。恐怕……」

「去幫襲擊的人帶路了嗎？真是個小嘍囉呢。很適合當作棄子吧……」

出發時還有看到薩姆托爾等血統主義派的人。

不過現在卻四處見不到他們的人影。想必是從途中開始分別在背地裡行動。

「除了師傅之外還有誰來？在老爸的安排下，有其他人混進護衛中也不奇怪。」

「除了我之外還有三個我認識的傭兵，另外就是……成長得超乎尋常的三隻咕咕。」

「這我也聽蜜絲卡說過……不過是狂野咕咕嗎？那種鳥能派上用場喔。」

「不要小看牠們。牠們不僅可以聽懂人話，還非常強。牠們可是強到足以打倒現場的所有傭兵喔。初次見面時，牠們的等級就已經超過２００了。」

「真的假的？那些異常強悍的雞是怎樣啊！師傅……你做了什麼？」

大叔默默地拿出菸，以魔法點燃，靜靜地讓煙填滿肺部。

「呼～～……」

「為什麼要裝傻帶過啊！你到底對那些狂野咕咕做了什麼！」

「呼……我只是每天跟牠們以拳交心而已。最近牠們也能揮出不錯的拳頭（翅膀）了呢……差不多沒什麼可以教牠們的了吧？而且牠們不是狂野咕咕，是亞種……」

「牠們……是鳥沒錯吧？拳頭？完全搞不懂……」

「翅膀也變得愈來愈鋒利了呢。之後說不定連山銅製成的劍都能砍斷。」

「到底要怎樣才能用翅膀做到那種事啊！你好好說明一下！」

大叔再度吸了一口菸，懶散地吐出一口煙霧。

「不要用眼睛看，去感受。」

「所以說，我根本搞不懂這是什麼意思啊！不知道的東西是要怎樣去感受啦！」

「你的道行還不夠呢，茨維特……閉上眼睛，仔細聽吧。聽到了嗎？愚者臨終前的慘叫……」

「啊？」

茨維特發出困惑聲的瞬間，有什麼東西從前方二十公尺處的森林裡高高飛起。

接著一邊如鑽頭般旋轉著一邊以高速接近，像是要衝向後方的行列似地墜落下來。

「這、這什麼？」

「恐怕是盜賊吧？被走在前面的咕咕們給發現，瞬間殲滅了的樣子。」

「這、這是怎樣啊！太奇怪了吧，狂野咕咕怎麼可能這麼強！」

「茨維特……」

「到底要怎樣才能讓咕咕變成可以殲滅人類的怪物啊！怎麼想都是師傅你做了些什麼吧！」

「茨維特！」

「幹嘛啊，迪歐！我現在有事要問……」

「茨維特……你繼續站在那裡會有危險喔？」

「啥？」

——咕唰啊啊啊啊啊啊啊啊啊啊啊啊啊啊啊啊啊！

在發出呆愣聲音的茨維特眼前，又有一個像是盜賊的男人從空中宛如鑽頭般一邊旋轉一邊墜落下來。並且揚起塵土，插在道路那堅硬且整平過的地面上。

「……真危險……是說這傢伙……」

「嗯，沒死呢。很好很好，看來牠們愈來愈知道怎麼手下留情了。呼……實力提升到超乎我預期的程度了呢。」

「……這已經是有手下留情了嗎？一般來說這會死人的吧？」

「以某方面來說，死了或許還比較幸福呢。被凶猛的野獸給盯上時，他們的運氣就已經用盡了。」

「不……那是……鳥吧？」

的確，掉下來的盜賊說不定死了還比較好。

雙手雙腳都向奇怪的方向扭曲，身體被打得腫了起來。一般來說應該已經死了，卻因為「手下留情」的技能效果而死不了。

「以為是旋○迴旋殺，沒想到卻是昇○拳這點真讓人吃驚。加上魔力，自行迴轉後以超高速擊出的拳，會有一瞬間超過音速。接著敵人就會被因此產生的旋風給捲起，一邊旋轉一邊上升，同時失去上下左右的平衡感，就這樣直接墜落。可以在連續攻擊後使出這招作為必殺一擊。呼……牠們還真是擁有不錯的招式呢。」

「這不是雞該用的招式吧！是說普通的雞根本辦不到這種事！還有這前方有盜賊團嗎？該不會是伏兵……」

冷靜想想，這就表示有盜賊潛伏在道路前方。而他們被走在前面的烏凱等雞給發現並打倒了。對於可以理解人類話語的雞來說，應該是做出「就算打倒也無所謂吧？」的判斷。可悲的盜賊們就這樣成了三隻雞出招的實驗對象。只能說他們運氣不好吧。

大叔到底養了什麼？茨維特無法不去懷疑這件事。

而大叔靜靜地抽著菸，露出絕佳笑容的同時，豎起了拇指。

「不，就算你對我露出這種爽朗的笑容，我也很困擾啊。」

「茨維特，這個世界中充滿了未知的事物。你不覺得人類是不可能了解這世上的一切的嗎？」

「我很害怕那個未知的事物啊……太不合常理了吧。」

「你師傅還真是……比聽說得更非比尋常啊。茨維特……」

在旁邊聽著他們對話的旁觀者迪歐冷汗直流。

大叔無視茨維特的話，默默抽著菸。

大叔已經不去思考那些瑣碎的事情了。

不，說不定他只是單純地放棄思考罷了。

◇◇◇◇◇◇◇

時間拉回稍早前。

沿著拉瑪夫森林前道路邊潛伏的盜賊們，正做好準備，等待學生們經過眼前。

在一週前，他們從平常就跟他們很親近的貴族那裡接下了某個工作。

工作內容是襲擊學生，並且下達了要是可以殺死某個貴族的孩子，其他要怎樣都隨便他們的指令。

雖然男人沒什麼用，但女人就算稍微年幼了點也可以好好享受一番，透過地下管道賣掉也可以換成錢。基於這個理由，他們忽然湧出了幹勁。

儘管這事聽起來很低劣，但盜賊就是這種生物。

「老大，他們來嘍……」

「好……準備弓。首先要優先解決那些傭兵們。」

「好久沒碰女人了呢～小鬼也好，讓我們好好樂一樂吧～」

「委託人也叫我們要留下一些人。把好貨給留下，之後就……」

盜賊是沒有道德觀念的。只要有可以發洩性慾的對象，就算是年幼的少女也無所謂。

「咕咕！」

不過這次他們的運氣太差了。

「什麼啊～？為什麼這裡會有狂野咕咕……」

「誰知道？因為很礙事，解決掉吧？」

「是啊，不能吃的鳥也沒用。這些傢伙的肉真的很難吃啊～」

——碰！

突如其來的撞擊聲讓盜賊發不出半點聲音。

回過神來，身邊的男人已經不見了，男人的身體貼在身後的大樹上沒了氣息。

他被烏凱的一擊打飛出去後撞上樹木，當下就死亡了。威力極為驚人。

「咕咕……（死了啊……要手下留情還真難呢。）」

「咕咕咕咕～（你在做什麼，殺掉就沒有意義了啊？在下等人是為了習得技能才在尋找對手的吧。）」

「咕咕，咕咕咕咕咕。（因為師傅可以當使出全力的我們的對手吧。事到如今叫我們手下留情不要殺掉對方，也沒辦法輕易辦到。）」

烏凱、山凱、桑凱太強了。

大部分的對手都能一擊打倒。一個不小心甚至有可能殺死同伴。雖然這是為了避免他們失手的訓練，但進展得不是很順利的樣子。

「咕咕～……（唔……在那個公會什麼的地方明明做得不錯，看來沒辦法輕易掌控呢。）」

「咕咕咕咕。（別在意。幸好有很多獵物。這次換在下去試試看吧。）」

「咕咕，咕咕咕咕～（這種事情，動作快的就贏了。既然如此，要不要來比比誰打倒的獵物多啊？當然，在下可完全不打算輸。）」

「「咕咕～！（有趣，這挑戰我接下了！）」」

三隻雞一起轉向盜賊們。

外觀看來是雞，卻散發出了簡直超乎尋常的霸氣。

盜賊們並不知道危險的對話已經成立了，但他們仍因為有不好的預感而準備逃走。

只可惜為時已晚。接著慘劇便開始上演了。

烏凱拉近距離後，便旋轉身體揮出拳頭（翅膀），給盜賊的下顎強勁的一擊。

在下顎骨碎裂的噁心聲音響起的同時，產生的旋風將盜賊的身體捲起，飛到了遙遠的天空上。

「什、什麼……這些咕咕是什麼玩意啊────！」

山凱也以盜賊為目標衝了過去。

明明只是奔跑而已，卻不知為何出現了無數的殘影，在殘影經過的瞬間，盜賊們的武器和防具全都被解體了。

其中也有被強烈的一擊給斬斷，噴出鮮血倒下的人。

得意忘形的盜賊們因眼前擴大的惡夢而恐懼。

「咕咕……（唔……這些傢伙太弱了。要手下留情也很難啊。）」

「咿、咿呀啊啊啊啊啊啊啊啊啊啊！」

「快、快逃啊啊啊啊啊！這些傢伙不是一般的雞！」

「糟了！這些傢伙顯然不尋常……咕喔！」

盜賊的頭被一根黑色的羽毛刺穿了。

桑凱沒讓對方看見自己的身影，確實地解決掉盜賊。牠自由地跳躍在樹木及空中，將翅膀上的羽毛像手裏劍一樣地射出去，一擊打倒對方。

「可惡！」

「咕咕……咕咕咕咕咕。（那只是殘影……下地獄去吧。）」

冷酷地低喃，牠從背後瞄準盜賊的頭部射出了羽毛。

幸好，這個盜賊沒死。不過被攻擊的位置不好，擊入腦中的羽毛放出了強力的麻痺毒，被毒給侵蝕的身體無法自由行動，必須臥病在床超過半年。

咕咕們的攻擊可怕的不是那強力的一擊，而是由於其附加效果造成的後遺症。

烏凱的攻擊有時會帶有「石化」的效果，身體會變得像石頭一樣堅硬無法醫治。山凱則是「猛毒」，用一般的解毒藥是無法治療的。桑凱則是有強力的「麻痺毒」，會讓敵人的四肢有好一陣子無法自由活動。

這三隻雞雖然幾乎擁有相同的能力，但因為戰鬥方式不同，「石化」或「麻痺」等異常狀態效果也配合牠們各自的戰鬥方式產生了變化。牠們不僅開始獲得了上級種族雞蛇的能力，包含等級差距在內，其附加效果實在非常可怕。

眼前是極為悽慘的活地獄。

被咕咕們盯上的這些盜賊瞬間便遭到壓制，終其一生都在後悔自己所犯下的惡行。

同時關於咕咕這種魔物的傳聞也隨之擴散，使牠們成了犯罪者懼怕的對象。

不過，雖然已經說過很多次了，但烏凱牠們是咕咕的亞種。而這件事情需要花上五十年的時光才會被學者給發現。

◇◇◇◇◇◇◇

「……太、太慘了……」

「那些傢伙是怎樣啊……」

「失敗了嗎……可惡！茨維特那傢伙真是走運……」

「──「不，這不是運氣的問題喔？那些咕咕顯然就不對勁吧────！」」

所有人都忍不住吐槽薩姆托爾的低語。

委託盜賊們襲擊學生的血統主義派等人，在稍遠處以「血統魔法」的「遙視」觀察狀況。

血統魔法是在舊時代時，將創作出的實驗性魔法安裝到罪犯身上，調查會對肉體產生什麼影響的實驗過程中誕生的。原本魔法術式應該會建構在潛意識領域的，然而在反覆實驗中魔法術式彼此干涉，變成了預料之外的魔法。

而且這魔法不知為何還會透過母親遺傳給孩子。舊時代的魔導士們未能解開這個現象發生的原因，這些罪犯便在邪神戰爭時的一團混亂之下獲得了解放。

由於可以遺傳給子孫的特殊性，讓這些人自稱擁有「舊時代延續下來的正統魔導士的血統」，然而由於該魔法具有「可遺傳」的特殊性，且為經過不同性質的變化的魔法，所以他們很難學會其他的魔法。潛意識的容量比一般的魔導士更少。

「遙視」也是這種魔法之一。是可以透過水晶球等魔法媒介顯現出特定範圍影像的魔法。乍看之下雖然很方便，但不管多努力，有效範圍頂多只能到一公里左右，而且距離愈遠消耗的魔力也愈多，實在不太好用。

而且技能中也有被稱作「鷹之眼」，用來探索遠處的技能，所以這個能力實在沒什麼意義。比起使用「遙視」的血統魔法，去學技能還比較快。

「那個咕咕戴著項圈喔？應該是有人飼養的吧？」

「太奇怪了！強成那樣的咕咕，誰能養啊！而且牠們本來個性就很凶暴耶！」

「牠們很顯然的是在保護學生們。恐怕……」

「是索利斯提亞公爵派來的嗎……看起來很蠢，但以戰力來說真是可怕啊……」

看到眼前的咕咕有多麼異常，包含薩姆托爾在內，血統主義派的眾人都感到驚愕與恐懼。畢竟牠們一擊就將盜賊給打倒了，絕非普通咕咕的強度。

不如說遠遠勝過普通的咕咕。

「這些咕咕是生長在大深綠地帶的吧？把那裡的咕咕捕獲回來……」

「那也就是說還有比這些雞更強的傢伙在不是嗎！怎麼辦啊，這事情要是敗露出去，我們可會變成罪犯喔！」

「我可不知道喔！都是薩姆托爾擅自開始行動的！」

「是啊，把責任都推到那傢伙頭上吧。」

薩姆托爾為了確保萬無一失的行動卻出現了與預期相反的結果。

連同胞都開始捨棄他，他現在正逐漸步向被孤立的狀態。

血統主義派從很久以前便存在，組織也擁有跟地下世界多少有掛勾的實力。

可是他們只是生下來便帶著具有缺陷的魔法，根本沒什麼好跩的。結果只不過是喜歡扯他人後腿的被害妄想症集團。

其中確實也有強力的血統魔法，然而像這種魔法多少帶有一定的風險以及缺乏實用性的問題，有許多很難說派得上用場的魔法。

此外，血統主義派的人也不管他們明明沒有留下任何功績這點，態度極為傲慢，所以其他魔導士也很厭惡他們。

「可惡！要是有繼承了『預知未來』的血統魔法的人，這種事情就不會……」

「那一族已經滅絕了不是嗎，拿那種不存在的東西出來說嘴也沒意義吧。」

「明明採取了無法從根本上解決問題的手段，卻想掌權啊……這傢伙。」

因為在這裡的人都是真心覺得自己很優秀，被同類說了挖苦的話便會不由自主地不爽起來。自尊心很強的更是如此。

「真不爽，但接下來也能交給那些傢伙了……」

「會失敗吧？要怎麼贏過那種東西啊。」

「這個組織也完蛋了吧？選作敵人的對象太糟了……」

事到如今才後悔也已經來不及了吧。

他們也不過就是學生，跟滿是權謀術數的世界無緣。

就算再怎麼擅長做些惹人厭的事情，在與能夠策動國家機關的公爵家為敵的時間點上就已經出局了，然而他們到現在還沒發現這件事。

畢竟他們只是一群不顧現實又天真的傢伙。

「沒辦法了……去會合地點吧。」

「你要負起責任喔？可別把我們拖下水。」

「沒錯，因為是你擅自行動的。」

「…………」

在現場的這群人到現在還以為自己是安全的。

他們的精神太幼稚了，以致於沒辦法發現這想法是錯的。

結果他們這些血統主義末端的學生們，開始按照預定前往和刺客會合的地點。

只是在這些人之中，並未看到布雷曼伊特的身影。

沒有人知道他到底消失到哪裡去了。

第九話　大叔抵達拉瑪夫森林

拉瑪夫森林。

幾乎位於索利斯提亞魔法王國正中央的廣大森林。

雖不及法芙蘭的大深綠地帶，但此處仍是有大量魔物棲息的領域。

會踏入這座森林的大多是傭兵或學者們，這裡雖是採集藥草、礦石，或是蒐集魔物素材的好地點，但作為騎士和魔導士們進行鍛鍊的地方也很有名。

由於這裡也很適合魔物生存，根據某個學者的說法，大地中流動的魔力可能滯留於某處。

從法芙蘭大深綠地帶流出的魔力滯留於這個森林，創造出了最適合魔物生存的環境。雖然有人提出了這樣的假設，目前仍不知道真相為何。

「也就是說這座森林在靈脈上啊。這樣的話，關於大深綠地帶的謎團也愈來愈深了呢～畢竟那座森林的動植物生命力都強得超乎尋常啊……」

「雖然龍脈的魔力好像是從桑特魯城正下方流過的，但目前沒有學者為這說法背書。」

「啊啊～……這樣我就知道曼德拉草的繁殖力為什麼會強成那樣了。原來是被地下流動的魔力影響了，其他植物也多少有受到影響吧。」

在拉瑪夫森林前的營地，學生和傭兵們正在紮營時，大叔和茨維特正在討論關於這塊土地的話題。

雖然不到大深綠地帶的程度，但棲息於這座森林的魔物也有一定的強度及危險性。

「這麼說來，到史提拉城的道路異常的寬闊呢，是有城砦嗎？」

「是啊，這個國家最大的要塞之一就在史提拉再過去的地方。為了輸送士兵和食物等物資，所以把街道拓寬了。途中比較窄的地方是用來埋伏敵軍，或是因為地形而無法拓寬的地點。」

「難怪路會一下子變窄，我的拖車差點就要飛出去了。」

「師傅……你到底是怎麼過來的啊？」

大叔思考了一下該怎麼回答茨維特的問題。

周圍有很多人，在這裡告訴他過於詳細的內容並非上策。

「哎呀，我就做了個魔導具。只是可以讓人搭上去移動的玩具啦。」

「玩具……而且魔導具應該不是可以輕易做出的東西才是……庫洛伊薩斯那傢伙也很興奮吧～只要扯上跟魔法相關的事情他就會一股腦地栽進去。」

「他提問個沒完呢。『這個是什麼？』，或是『這有什麼機能？』之類的，拜他所賜，更換裝備花了不少時間呢。」

「那個笨蛋……也該稍微自重點吧。」

庫洛伊薩斯對哈里．雷霆十三世就是這麼有興趣。

可是對於傑羅斯來說，這是個他仍有些不滿意的魔導具，車體本身是沒什麼問題，然而問題出在和庫洛伊薩斯一起組裝上去的邊車上。

畢竟至今他還沒有實際測試過，到底能夠發揮多少性能還是未知數。

考慮到和機車之間的平衡性，他在邊車上裝了魔導砲貨櫃，但他不覺得這具有足夠的穩定性，仍留有真的發出砲擊不知道會不會反被震飛出去的不安。

因為他只是做了廢物利用，實在不好意思說他其實沒有實際試用過。

「沒有仔細設計果然不行呢……只是重現記憶中的東西，隨意地將廢棄物結合在一起，實在太危險了～……」

「你在說什麼？師傅到底是用什麼東西過來的啊……」

「一言以蔽之就是『大型玩具』喔？也可以說是半成品啦。唉，雖然曾經發生過一次意外，但光是到此為止都沒有鬧出人命就很幸運了吧。」

「太危險了吧！你沒有考慮過安全性嗎？一般來說會在考慮安全性的情況下製作吧？那是魔導具不是嗎？」

「因為時間不夠啊，途中加了各式各樣的東西上去，就變成這種奇怪的狀態了。想要改良也沒時間，一直製作到最後一刻的結果都糟透了。哈哈哈哈哈。」

「……那不是很糟糕嗎？不是什麼好笑的事情吧。」

在行駛中拖車還因急轉彎而甩動，要保持平衡真是費了一番功夫。

為了彌補暈船、暈車後長時間休息所浪費的時間而加快了速度，然而有好幾次都差點發生意外導致翻車。

他真是作夢也沒想到在這途中他會使出傳說中的腳煞車。

「啊……早知道就該做成蝙○車？那個不僅是車，要是車身壞了也可以分離變化成機車……」

「不，這你跟我說我也不知道啊。你在說什麼啊？」

他有許多強力的引擎，真要做蝙〇車應該也沒問題吧。

事到如今才注意到這件事，可見製作當時有多麼趕。大叔開始回憶起當時的狀況。而茨維特當然跟不上他的思緒。

「茨維特！你不要顧著講話，來幫忙啦。人手不夠啊。」

「喔～抱歉，我現在就過去～」

「學生在設置帳篷啊。感覺很忙呢……」

「這一方面也是為了因應戰爭發生時的訓練。因為魔導士有服兵役的義務在，就算是學院裡的學生也一樣。真羨慕無論何時都有拒絕權的傭兵啊……」

「雖然我想應該派不上用場就是了。就算在這裡有了實戰經驗，也無法跟軍隊攜手合作吧。又沒有能夠了解作戰行動的知識，這根本像是去送死吧？」

「會參加這個訓練的有很多都是想當傭兵的人。就算不想也會從實戰中學會吧，在意這種事情也沒用。」

為了逃避兵役而去當傭兵。在大叔看來只覺得這根本是本末倒置。

在拿到公會卡片時，他也拿到了寫有傭兵義務的說明書，上面寫著傭兵到一定的等級前都有參戰的義務，藉由提升在公會的等級則可獲得緩徵。

此外，傭兵要是沒有接受一定量的委託，資格就會被取消，必須重新再登錄。而且重新登錄時會有等級下降等負面影響。說明書上詳細地記載了這些麻煩的內容。

公會卡片就算失效對傑羅斯來說也無所謂，但由於伊莉絲有參戰的義務，要是真的爆發戰爭，就算不想也得上戰場去。

乍看之下必須參戰的義務好像消失了，但實際上就算當上了傭兵，仍有被送到戰場上的危險性。茨維特因為是公爵家的人，必須強制參戰，所以不是很在意這些細節。

公會等級較高的人之所以可以獲得緩徵，主要的理由是因為考慮到培育擁有實力的傭兵要耗費多少時間，等級較高的傭兵無論如何都會是十分貴重的人才。在難以培育出老練傭兵的情況下，高等級的傭兵雖然不需要上戰場，但取而代之的是有鍛鍊尚不成熟的傭兵的義務。

伴隨著魔物的威脅，要確保人才也是相當嚴重的問題。

「迪歐那傢伙在叫我，我過去一下。真是的，我已經很久沒有搭過帳篷了。」

「我也去搭傭兵用的帳篷好了。雖然我是有準備自己的帳篷啦。」

「師傅，如果有準備，用自己的帳篷比較好喔？傭兵中好像也有小偷或是喜好男色的傢伙在。之前參加實戰訓練時，好像就有人被當作女人的替代品……被人帶進帳篷裡了。」

「真的嗎！這還真是討厭的工作啊……唉，畢竟還有咕咕們在，還是用我自己的帳篷吧……」

雖然應該是不會有變態想襲擊這把年紀的大叔，但他已經親身體驗過凡事都有例外這件事了，所以決定保持警戒。

大叔採取策略，打算徹底防止討厭的事情發生。

和茨維特分開後，傑羅斯為了確保設置自己帳篷的空間，走向了傭兵們的帳篷區。

◇　◇　◇　◇　◇　◇　◇

「這個……該怎麼做才好呢？我完全不懂……」

「我記得是要先把骨架組起來……然後放進這塊布裡面固定住，可是……」

「這個鎚子要怎麼辦？我也不是很清楚呢……嗯？」

瑟雷絲緹娜等人為了搭帳篷正陷入苦戰。

原本就是大小姐的卡洛絲緹根本沒在外露營過，當然也沒有搭過帳篷。瑟雷絲緹娜以前雖然有去大深綠地帶進行過實戰訓練，但都是騎士們在設置帳篷，她並不知道組裝的方法。

烏爾娜也一樣，再說使用這種道具本來就跟獸人的性格不合。

由於擁有說得好聽點是不拘小節，說得難聽點就是做事隨便的種族特性，與其要搭帳篷還不如露宿比較乾脆。雖然這特性也是他們會被說是野蠻種族的原因，但大多數的獸人族都不會拘泥於瑣碎的事情。

如果是方便的道具就會記住它的用法，然而因為討厭麻煩事，所以他們對需要以鐵管組成骨架再搭造的帳篷是敬謝不敏。畢竟他們原本就是完全不介意睡在地面上的種族。

「我知道我們有服兵役的義務在，但在舉辦這種訓練前應該先上課吧。忽然要人搭帳篷，我們哪辦得到啊！」

「唔嗯～這個鐵管要連接到哪裡啊～？咦？長度不一樣……這繩子是什麼？搞不懂啦～～！」

「這邊的大袋子是什麼？雖然是包著鐵管的東西，但好像有些大啊……到底是？」

對於兩個不知世事的大小姐和沒有朋友，從來沒去露營過的烏爾娜來說，要完成這個工作實在太困難了。

庫洛伊薩斯等人也在附近搭帳篷，不過他們有馬卡洛夫帶頭指示，所以非常有效率地搭了起來。

令人困擾的是在搭帳篷時按照規定不能詢問旁邊的人，講師們也一直在附近仔細地巡視著。能夠順利搭好帳篷的都是一般學生，貴族出身的人大都陷入了困境。雖說根本沒有搭建的說明書，在沒有經驗的情況下這也是理所當然的。

「椿子應該是要打進地下的東西吧，我不太清楚要怎麼組裝。有細的鐵管和長的鐵管，短的細繩是拿來做什麼的呢？」

「直接睡在地上也沒關係吧？反正也不會造成人家的困擾。」

「我才不要！這樣換衣服的時候要怎麼辦？我可沒辦法在眾人面前做出這麼不檢點的事情！」

「咦～？我是不在意啦～反正被人看到也不會少塊肉。」

「『身為一個女孩子，這實在是……』」

烏爾娜沒有所謂的羞恥心。

身為獸人的她，就算在都是人類的環境下被養大，仍是個充滿野性的女孩。

「烏爾娜……妳是個女生，還是多少在意一下周遭的眼光吧。」

「是啊。是說我有點在意，為什麼妳對我是直呼名字，卻叫瑟雷絲緹娜大小姐啊？」

「咦～？因為瑟雷絲緹娜大小姐是瑟雷絲緹娜大小姐啊？卡洛絲緹是卡洛絲緹，這有什麼奇怪的嗎～？」

「我也是貴族啊……為什麼稱呼我就不加大小姐呢？我實在不能接受。」

「？？？？？」

對烏爾娜來說，她是真心不懂卡洛絲緹說的話是什麼意思。

補充說明一下，獸人族是非常重情義的種族。對於恩人或強者會表現敬意，但除此之外就很隨便。

她之所以會對瑟雷絲緹娜表示敬意，是因為瑟雷絲緹娜在她被霸凌的時候幫了她。

由於獸人幾乎是用本能來判斷事物的，所以這之中完全沒有給人排順位的意思在。

簡單來說就像是瑟雷絲緹娜撿到了一隻小狗。而這隻小狗很黏她。

因為外觀看來跟人類差不多，所以卡洛絲緹會覺得自己被藐視了也是無可厚非的事情，但是原本獸人族就不會對像貴族這種在上位或有權力的人有任何差別待遇。

就算有任何區分，那也只有對方是不是恩人或強者的差別而已。

瑟雷絲緹娜一邊苦笑一邊說明這件事。

「我了解了。也就是說，獸人族就算和人共同生活，內在還是單靠著野性的直覺在過活對吧？」

「我當初也很困惑呢。希望她可以直接叫我名字，她卻拒絕，堅持要加上『大小姐』，老實說我很羨慕卡洛絲緹小姐呢。」

「是這樣嗎？真意外，我還以為妳就接受這個稱呼了呢……」

「被人加上敬稱稱呼感覺有點見外。我希望她能夠輕鬆地跟我說話就好……老實說我很嚮往能被人用綽號稱呼呢。」

「她除了加上『大小姐』之外，其他部分都很隨意啊。有必要這麼在意嗎？」

「關於這點真是得救了。莫名受人敬畏我也會覺得很不自在……」

原本就是情婦之子的瑟雷絲緹娜很不喜歡受人敬畏的稱呼。

幸好烏爾娜雖然會叫她「大小姐」，但除此之外非常自由奔放，總是毫無顧慮地和她說話。儘管對於稱呼多少有些不滿，但對於交到朋友這件事她還是覺得很高興。

「啊……」

「哦？」

瑟雷絲緹娜無意間看向旁邊，只見穿得一身黑的大叔正悠哉的邊走邊抽菸。完全違反了基本禮儀，不過這個世界根本沒有這種規則。

「咦？該、該不會是老師吧？你怎麼會在這裡？」

「因為我到剛剛為止都跟茨維特在一起。比起這個，打扮成這樣果然認不出來嗎……」

「第一眼完全沒發現喔，老師現在在做什麼？」

「我嗎？我現在正打算要回去傭兵們聚集的地方。因為紮營的地點和學生們不一樣。」

這個訓練為了讓學生們保有警戒心，學生和護衛的傭兵們設置帳篷的地點是分開的。由於不能一直護衛著，學院的方針讓傑羅斯十分苦惱。

「待在這裡也行吧？老師你是來保護哥哥的不是嗎，應該沒問題才是。」

「那個是我們私下要解決的問題啊。我是以傭兵的身分參加的，不一定能夠成為茨維特的護衛呢～」

傭兵們明天要抽籤決定負責護衛的學生小隊。

在不知道會分配去護衛哪個小隊的情況下，最好事先考慮各種可能性做好準備。畢竟不可能做到面面俱到，只能先把能做的事情安排好。

「……這三天沒什麼機會看到老師嗎？」

「我會走在前面先打倒魔物、陪咕咕們鍛鍊吧。再來就是護衛茨維特了。畢竟這是工作啊。」

「是這麼危險的狀況嗎？」

「唉，盜賊們也說是被某個貴族給僱用的，我想他們一定會有所行動吧～」

被咕咕們擊潰的盜賊們，在這之後被傭兵帶到了附近的城砦。

有一半被殘忍地殺害了，剩下的大多負有輕重傷。雖然是利用盜賊們準備的馬車運過去的，但重傷者恐怕連犯罪奴隸都當不成，會被處刑吧。

因為要治療的話，只留下輕傷的人，把重傷者處分掉的作法比較節省經費。犯罪者是沒有人權的。

「唉……為什麼事情會變成這樣呢。茨維特哥哥明明只是指出他們的錯誤而已，沒想到這會……」

「抱有不怎麼樣的野心的人，是聽不進他人意見的。因為他們極為傲慢，認為瞧不起他人是理所當然的事啊。」

「但在歷史中也有甚至被稱為英雄的野心家啊？」

「根據我調查的結果，那些人大多是處在對國家的政策不滿，侍奉的又是個昏君的情況下。就算同樣是野心家，也只有冷靜而且會考慮人民的事，擁有器量的人才會成功。」

「這是指只想滿足自己的野心家是不會成功的嗎？哥哥說那些人是血統主義派的，可是血統魔法真是那麼優秀的東西嗎？」

「經由遺傳繼承的魔法不是那麼了不起的東西。那是一生下來還是嬰兒時就擁有的魔法喔？只會占據潛意識領域的容量，效果本身不是什麼值得大驚小怪的東西。雖然其中也有極少數的強力魔法，但很難說能不能成長到足以靈活運用的年紀呢。能夠學會的魔法也很有限，無法使用威力較高的魔法。比較建議他們不要當魔導士，往其他路線發展呢。」

在這個王政國家林立的世界，有許多壯大後蔑視人民的王族。

貴族也是這樣，然而也有許多貴族因為貪戀權勢、輕蔑人民而引發了叛亂，因此失去了權位。引發叛亂的首腦則是在私底下動了一些手腳，給自己的行為賦予正當性，而被後世稱為英雄。

簡單來說就是要看多受到民眾支持，無視這一點的人一定會迎向毀滅的命運，不過也有做盡了壞事卻享壽天年的為政者在。叛亂未必都能以成功收場。

儘管如此，不知為何繼承了血統魔法的魔導士經常會引發叛亂，造成莫大的犧牲。這點連在「Sword and Sorcery」裡登場的NPC血統魔導士也是一樣，大叔有種奇妙的既視感。

『那真的是NPC嗎？要是那個不是NPC，而是真正的人，那「Sword and Sorcery」的世界到底是怎樣？是為了什麼才被創造的？』

這個世界和遊戲內的世界雖然很相似，但也有許多不同處。

只是目前一樣的是擁有血統魔法的魔導士比較容易引發叛亂這點。

他在「Sword and Sorcery」中曾打過繼承了血統魔法的NPC魔導士，那時候的感覺跟現實沒什麼差異。跟現實世界相比毫不遜色這點反而讓人很不舒服。

那令人受不了的態度也一樣，讓人無法區分遊戲和現實的界線。現在雖然會對這異樣感產生疑惑，但轉生之前他完全沒在意過這件事。

「是說……妳不去搭帳篷行嗎？有兩個人正用怨恨的眼神看著這裡喔？」

「咦？啊！」

在她背後的是無法組起帳篷，正以不滿的眼神瞪著這裡的卡洛絲緹。

烏爾娜只是在模仿她而已。

「瑟雷絲緹娜小姐，和認識的人聊天是沒關係，但請妳不要忘記這邊的事情好嗎？」

「抱歉！我一不小心就聊得太高興了……」

「那個叔叔就是瑟雷絲緹娜大小姐的老師？……嗚哇，這個人……好可怕。」

烏爾娜充滿活力地靠近瑟雷絲緹娜，卻在感覺到傑羅斯氣息的瞬間垂下了尾巴和獸耳。看來是將他判斷為不能與之為敵的對象了。

「唔，看來妳們搭帳篷碰上了困難呢。雖然是把作為支撐的骨架連結在一起，在袋狀的布幕內組合成立體的樣子，但這樣式有點老舊啊……」

「老師！這個訓練中是不能問其他人帳篷要怎麼組裝的……」

「連傭兵也是嗎？本來，忽然要完全沒有經驗的學生組裝帳篷，也只會讓學生陷入苦戰而已吧。」

「啊……這麼說來，沒有規定『不可以問傭兵』……」

沒錯，這個實戰訓練中也包含了出事時和傭兵們的交流訓練。

若是引發了戰爭，和傭兵之間也得緊密合作，一起完成作戰任務才行，而學院方也想藉由讓學生和傭兵交流，讓學生們學到更多事情。戰爭不是只有騎士和貴族要作戰。瑟雷絲緹娜終於了解這個訓練的意義了。

「沒辦法，我也來幫忙吧。畢竟妳們好像很困擾的樣子～」

「拜、拜託你了……因為這樣下去我們可能沒辦法休息。」

「貴族女孩和獸人族啊……還真是不適合做這種工作的成員呢～獸人族做事大多都很隨便啊～」

瑟雷絲緹娜的小隊在成員組成上本身就有點問題。

連簡單的組裝作業都辦不到，更何況她們的帳篷是舊式的，零件很多。骨架也是鐵製的，相當沉重，要三個女孩組裝起來有些費力吧。

傑羅斯無可奈何地出口指點。這個訓練不只是要強化和傭兵之間的交流，也得自己學會組裝帳篷的技術才行。

無論如何，瑟雷絲緹娜等人終於確保了睡覺的地方。

雖然是題外話，但大叔的帳篷是只要丟出去就會自動打開的類型，所以被拚命組裝帳篷的學生們白眼以對。

地球的戶外用具複製品，在他們的眼裡看來似乎非常狡猾。

◇◇◇◇◇◇◇

隔天，學生們終於要開始進行實戰訓練了。

雖然只是要進入拉瑪夫森林，找到魔物並打倒魔物而已，但對低年級的學生來說這是他們初次實際戰鬥。而高年級的學生中也有初次參加實戰訓練的人，不過他們的目的幾乎都是拿學分吧。

此外，由於實戰訓練的地點會換，根據地點不同，也有可能完全不會發生戰鬥。簡單來說就是弱小的魔物會立刻逃走，白跑一趟的可能性很高，能不能找到魔物也得看運氣。因此大多數的學生內心都是既緊張又期待。

不過還是得先吃早餐。

走了三天後，有許多動彈不得的學生，不先吃點東西養足體力，是沒辦法繼續往下走的。就算魔物很弱小，也不能保證絕對不會出人命。

馬車中也備有調理設備的攤販型馬車。這是傭兵公會準備的，有幾位廚師會不斷準備餐點。對於學生們而言這可是他們的命脈。

為了守護攤販和食物而配置了幾名傭兵當護衛，然而大叔望著正在準備早餐的廚師們，疑惑地哀號著。

伊莉絲因為在意傑羅斯的反應而出聲搭話。

「叔叔你怎麼了？」

「不是啊～那些廚師們很強耶?根本不需要護衛吧～？」

「的確，那身體鍛鍊得根本不像是廚師該有的體格。簡直像是哪裡來的軍人。是特種部隊嗎？」

「充滿了潛○諜影感啊。現在也像是會躲在紙箱裡，從暗處瞬間幹掉敵人的樣子。」

廚師們全都穿著廚師裝，然後在刀具皮袋中插滿了大小不一的菜刀，腰上的皮帶則是放了很多裝滿香料的容器。

像是為了獲取素材而盯上獵物的獵人，他們對眼前放著的食材露出野獸般的笑容，用驚人的技術瞬間料理起這些食材。

「天皺，調味交給你了！」

「好，我會弄成美味的料理的。左邊的肉就交給你了，可別失敗啦。」

「你在跟誰說話啊？我怎麼可能會失敗！」

「唔，敵人（排隊等著用餐的學生）增加了！隊長（主廚），請求支援！」

「我這裡也忙不過來啊！撐十分鐘，我馬上過去！」

「這裡也有敵方援軍！補給（已經做好事前處理的食材）還沒來嗎？已經要撐不住了！」

「嘖，飢餓的野狼們（餓著肚子的學生和傭兵）嗎……稍微客氣點吧！」

光從對話聽來實在不像是在做菜的樣子。

他們簡直站在名為廚房的戰場上。

「……該怎麼說呢～因為氣氛很緊張，所以光是看著好像就飽了……」

「讓人很擔心啊……廚師的世界總是處在戰爭中呢。」

「他們是專家。無論處在什麼情況下，都會賭上性命，將盛有料理的盤子送到客人面前……雖然有聽說過廚房如戰場，但這可真不得了。」

「他們正一一擊破飢餓的敵人（客人）喔？那些廚師到底是何方神聖啊……」

伊莉絲和大叔緊張地守護著料理戰士們充滿驚人魄力的戰鬥（下廚的景象）。

他們的戰鬥是認真的對決，是連些許失誤都不允許發生的困難任務。

他們逐一以料理擊倒排隊的客人，確實地攻擊他們的胃袋。

沒錯，他們的任務就是壓制住（餵飽）所有的敵人（客人）。

「感覺很好吃的樣子呢～……我們也去排隊吧？」

「是啊。聞到這個香味，肚子就餓了呢。」

從料理上傳出的美味香氣對大叔的胃袋來了一記強力反殺球，讓他無法滿足於旁觀。這香味也成了巨大的破壞力，直接襲向正在排隊的人們。

已經無法抑制食慾了。這感覺簡直像是被狙擊手給擊中了一樣。

「敵方又有新的援軍出現！是奇襲！」

「什麼？想辦法撐住！到補給過來之前想辦法維持戰局！」

「收到！我無論如何都會守住這裡的！」

「這裡是腹蛇，完成補給任務！無論何時都能繼續戰鬥！」

「好，準備反擊！你們，可別死啦！」

「「「「收到！」」」」

設置在拉瑪夫森林的基地中，展開了熾熱的戰鬥。

在那之後過了一小時，看著眼前橫屍遍野的野獸們（因吃飽而動彈不得的學生和傭兵），料理戰士們帶著完成任務的表情站成一排。

他們今天也從戰場上活了下來，並開始準備挑戰新的戰場（處理午餐要用的食材）。

料理戰士們的戰鬥是不會結束的。

◇◇◇◇◇◇◇

吃過早餐的學生和傭兵們終於踏入森林。

雖然為此編成了小隊，但學生們只要輕鬆地和朋友或同學組成一組就好了。

問題是傑羅斯等人，要是抽籤時沒辦法順利地擔任茨維特的護衛，之後就麻煩了。當然他們也為此鼓起了幹勁……

「「「…………………」」」

大叔等人說不出話來。

因為沒有任何人抽中茨維特的護衛。

雖然這只能看運氣所以也無可奈何，但站在接受了護衛委託的立場上，這實在是個很大的問題。

「我……抽到了一般學生的小組呢……」

「我和伊莉絲抽到的不是護衛對象，而是妹妹那組……」

「雷娜小姐呢？」

三人看向雷娜，只見她面色蒼白，籠罩在絕望之中。

「我是……弟弟那組。怎麼會這樣，這裡明明有那麼多可愛的甜美少年在……我的期待居然落空了……」

「不，我們是為了護衛而來的喔？妳是不是忘了我們的目的？」

「雷娜，妳啊……忘了我們是來工作的嗎？這可是關係到我們的生活喔？」

「因為這裡有很多雷娜小姐的獵物，我覺得湊齊了足以讓她忘記目的的條件喔？畢竟她以前也曾經在工作中忽然不見蹤影……」

「啊～……的確發生過這種事……」

在處理討伐狂野咕咕的委託時，雷娜就在途中消失了。

喜歡的少年在眼前時，她一定會以那個未成年的獵物為優先，就是這點很糟糕。

雷娜以讓這些可以稱作青澀果實的少年們踏上大人的階梯為樂。

大叔倒是很擔心犧牲者們會不會從那個階梯上摔下來。

「沒辦法，只能拜託烏凱牠們去護衛茨維特了。雖然感覺有些太過火了……唉，反正對手是犯罪者，沒差吧。」

「以這點上來說叔叔也一樣吧？如果是叔叔，應該可以一個人把這座森林燒光不是嗎？」

「馬上就碰到問題了呢。我們所有人都沒辦法跟在護衛對象身邊是個大問題吧，交給咕咕們真的可以嗎？」

這個任務原本就有太多問題要克服了。不一定能夠跟在護衛對象身邊，可以動用的人手也很有限。

雖然給了他們強力的道具，但光靠這樣還不足以安心。

「只能盡量讓他們不要接近森林深處了吧？不然只靠我們可能會來不及趕過去喔？」

「是啊……就算是來襲擊的人，也會避免在人多的地方下手吧。」

「如果是會顧慮這種事情的對象就好了……什麼事情都有例外啊。」

護衛任務才剛開始，前途便多災多難。

雖然這也在預料之內，但問題實際發生時感受到的不安，對心理造成的負擔是不同的。

為期四天的實戰訓練，就在無法掌握未來發展的狀況下開始了。

第十話　大叔成為少年們的護衛

該說如同預期嗎，傑羅斯等人未能成為茨維特的護衛。

透過抽籤決定的護衛對象是完全無關的人，重要的茨維特完全沒人抽中，眼下只能把一切都託付給三隻雞。

問題就出在烏凱牠們這三隻雞太過於熱衷於戰鬥了。

牠們追求強者，只要是關係到能夠提升自我強度的事情，牠們便積極得嚇人，具有會毫不客氣地向擋路者宣戰的好戰特性。

也就是說牠們很有可能會沉迷於戰鬥中，忘了護衛的事情。儘管現在能依靠的只有牠們，所以希望牠們能夠好好努力，然而就算對牠們抱有期望，仍留有些許不安。

「好了……該怎麼說才好呢。」

一般而言，狂野咕咕是一種性格凶暴的弱小魔物。

烏凱等雞雖然因為是亞種而變成了完全不同的魔物，外表看起來依然只是普通的狂野咕咕。就算說牠們是護衛，茨維特應該也不會接受吧。

幸好透過殲滅盜賊一事展現了牠們的強悍，可是要說這樣就能信任牠們，還是有些難下定論。畢竟是魔物。

就算可以理解人類的話語，大多數的人還是會覺得就像是狗或貓，無法抬頭挺胸的說牠們作為護衛十分優秀，因為是雞啊——

大叔腳步沉重的走去找茨維特。

「師傅？」

茨維特注意到傑羅斯，以稍快的步伐走了過來。

「茨維特……我有不好的消息要告訴你。」

「師傅沒能抽到我的護衛嗎？這也是預料中事……」

「你這麼快就能理解真是幫了大忙。作為替代……會請這三隻做你的護衛。」

「啊……看起來是雞的怪物啊～到底是怎樣才會強成那樣啊？根本是別種生物了吧……」

「對啊，已經是別種生物了，是『格鬥家咕咕』、『斬擊咕咕』，還有『狙擊手咕咕』。最近學會了很多招式呢，要是被外觀給騙了下場會很慘喔，小心點。」

「根本沒聽過！那不是亞種，是變異種吧？」

「不過很強……是普通的傭兵無法與其抗衡的程度……」

視線前方的咕咕們充滿幹勁與殺氣。

牠們無時無刻都在渴望強者。

「牠們的氣魄真不得了……」

「唔～嗯。不如說牠們根本很希望襲擊的人找上門來吧。因為牠們一心只想打倒強者變得更強～……」

「個性很凶暴嘛，根本是徹頭徹尾的武鬥派……不過咕咕啊……嗯～」

烏凱牠們確實很強。

然而在戰鬥訓練時帶著三隻小小的咕咕走在路上的樣子，就算是說客套話也絕對稱不上好看。

不如說散發出一種居家感，讓人不禁想要微笑。

「茨維特……我們要跟咕咕一起去狩獵魔物嗎？不會被恥笑嗎？」

「別說了……這些雞比我們還強可是千真萬確的喔？」

「這我是知道啦，可是～總覺得很丟臉耶？要是帶著咕咕走在路上的樣子被瑟雷絲緹娜小姐看到的話……」

「她說不定會說『好可愛』呢。雖然是對咕咕說的……」

「ＯＫ！咕咕超棒，我接受。只要能讓她露出笑容，什麼事情我都做！」

迪歐立刻改變了態度。

就算只有一點點，只要能夠吸引瑟雷絲緹娜的注意，他甚至有與神為敵的覺悟。

戀愛中的男人是衝動的。

「茨維特……他該不會……」

「就是你想的那樣，師傅。他從滿久之前就真心對瑟雷絲緹娜……」

「這、這是多麼衝動又不知死活啊……他想死嗎？」

「我知道，但是他……咕嗚…………」

「你也很辛苦呢……要是沒弄好，不，就算不開玩笑，他也真的會死……那位老人不可能不知道的……」

「我也試著阻止過他了……而且是看狀況，說了好幾次……但是那傢伙是真心的。我沒辦法阻斷好友的戀情……」

茨維特的立場十分艱辛。

只要迪歐持續喜歡著瑟雷絲緹娜，溺愛孫女的笨蛋爺爺克雷斯頓就會成為他的阻礙。

在大叔和茨維特的腦中，只能想像出迪歐整個人被烤得恰得好處的身影，也彷彿能看見因為祖父的暴行而落淚的瑟雷絲緹娜。

不管怎樣，等著他的顯然都是不幸的結果。

「先不管這件事，雖然會讓烏凱牠們擔任護衛，但要是真有危險時，就用那個……」

「我知道。真希望這只是杞人憂天……」

「笨蛋沒藥醫啊，他們一定會趁這個時候動手吧。因為德魯薩西斯先生以前好像徹底的擊潰了他們，對方想必懷恨在心吧。」

「老爸……到底在背地裡幹了些什麼啊？還真是給人添麻煩……」

「等等！」

聽到這突然發出的聲音回頭後，只見兩個傭兵瞪著傑羅斯。

他們應該是負責護衛茨維特等人的傭兵吧，但這兩個二十多歲的男人散發出一種不上不下的感覺。

實在不像是可以負擔得起護衛任務的樣子。

「你無視我們的存在，讓什麼東西來擔任護衛啊！」

「難道比起我們，這些咕咕更有用嗎？你說說看啊？」

「老實說是這樣沒錯。我們家這三隻比你們強多了。」

「「居然說得這麼乾脆！」」

沒辦法，因為是事實啊。

「少開玩笑了！咕咕這種小嘍囉怎麼可能會很強！」

「很強喔～？最近又愈來愈強了，差不多想讓牠們對付其他魔物看看了呢。」

「咕咕那種玩意是最弱的魔物吧！開什麼玩笑，我殺了你喔，大叔！」

「喂～住手吧，你們只會反過來被打倒喔？」

「貴族家的小少爺閉嘴！你們只要乖乖被我們保護就好了！」

面對言行舉止傲慢的傭兵，盯著他們的六隻眼睛閃閃發光。

——砰！咚！唰！

就在一瞬間。

傭兵們臉貼著地板，趴在咕咕們的腳邊。

「……搞不清楚到底是咕咕們太強，還是這些傭兵太弱了……」

「兩者皆是吧？話說得很了不起，結果卻這麼慘啊。」

「什……什麼啊，這些傢伙……根、根本不是咕咕！」

「牠們……是怪物……」

「你們最好不要說些小看牠們的話喔？咕咕們聽得懂人話，要是一個沒搞好，你們說不定就會在不為人知的情況下消失喔～？」

兩個傭兵的臉色迅速發白，之後再也沒有忤逆過烏凱牠們。

這是個無論是傭兵還是魔物，只有實力會說話的世界。得意忘形的兩個傭兵接受了強者的洗禮。

「時間差不多了。那麼烏凱、山凱、桑凱，之後就交給你們嘍？千萬要注意，不要沉迷在戰鬥中……」

「「「咕咕！（交給我們吧，師傅！）」」」

「師傅是負責護衛哪些傢伙？」

「你們的學弟。唉，光是不是讓『她』擔任這組的後衛就已經是萬幸了……茨維特，你可要小心點喔？」

「我知道。師傅很可靠嘛，比一萬大軍還要可靠啊。」

「希望你別這麼抬舉我啊～這樣我壓力很大呢……」

既然沒能負責到護衛對象，就沒有警備的意義。

可是既然是以傭兵的身分參加，就得服從公會的決定才行。

伊莉絲她們以某方面來說還算是有跟到護衛對象，然而大叔的籤運超差，問題就出在他負責的是完全無關的學生。

接著大叔便前往抽籤決定出的學生身邊。

◇◇◇◇◇◇◇

在學院講師漫長的致詞結束後，學生們終於要前往實戰現場了。

拉瑪夫森林中有許多魔物棲息著，傭兵和騎士們也經常利用這裡來累積經驗。

說是弱小魔物，但這森林實際上是不可小覷的弱肉強食之處。去年的實戰訓練舉辦地點不同，只狩獵了一些小型魔物就結束了，所以去年的參加者根本沒累積到足以稱為實戰的經驗。相較之下拉瑪夫森林的魔物多到傭兵們經常會來狩獵的程度，並且潛藏有適度的危險性，太大意有可能會出現死傷。也是個偶爾會有足以使社會上一片沸沸揚揚的巨大發現的絕佳地點。

因為可以從這座森林的魔物身上取得品質優良的魔石或武器素材，再加上和其他地區的魔物不同，也有更具價值的魔物棲息於此，對傭兵們來說這裡便成了良好的賺錢地點。

其實傭兵們覺得護衛學生這種事情根本無關緊要。要是真碰上危險，傭兵們就會以那是個人的責任為名目，若無其事的對學生們見死不救吧。

不知道的只有學生而已。

「「…………」」

傑羅斯和寡言的傭兵兩人默默地看著彼此。

雙方都不知道該怎麼開口和對方搭話的樣子。

「我是傑羅斯。」

「……拉薩斯。」

「「…………………」」

老實說彼此都覺得很尷尬。

「兩個男人互相看著彼此真是噁心。我是不覺得不會使用魔法的傭兵能派上什麼用場，但你們就努力不要扯我的後腿吧。」

「「…………………」」

「聽到了沒？那邊那兩個下賤的傢伙。」

「「…………………」」

「喂！」

傑羅斯負責護衛的學生中，只有一個是貴族出身的。

年紀比瑟雷絲緹娜還小一歲吧。一身過於豪華的裝備十分醒目，看起來就是個從小被寵到大的囂張少年。

外表看來也不是特別有實力，囂張的語氣也表現出他的不知世事，所以傑羅斯和拉薩斯都沒把他放在眼裡。

「我問你們聽到沒！你們現在是瞧不起我嗎！」

「……我對弱小的小鬼沒興趣。」

「只會魔法的小弟弟能做什麼？老實說我只能想到你以哥布林為對手拚死奮戰的樣子呢？你有上過戰場的經驗嗎？沒有的話希望你少在那邊說些多餘的話呢～」

「你們這些傢伙，知道我是誰嗎！」

「「……完全不知道。」」

儘管對這回答十分不爽，貴族少年仍想辦法靠自制力壓抑住自己的心情，深呼吸讓自己冷靜下來。接著他在冷靜之後，以毫無必要又煩人的動作撥了一下頭髮，還一副很了不起的樣子將上身微微後仰。少年一邊裝模作樣，一邊開口。

「既然不知道，我就告訴你們吧。我是龐堤司基伯爵家的長男，卡布魯諾·卡西拉·龐堤司基。怎麼樣？怕了吧？」

「「噗呼！」」

大叔和拉薩斯不禁噴笑。

不是因為他的名字很好笑，是因為他的名字太慘了。

『……超愛內褲？』

『要不要戴上去呢，超愛內褲？這實在是……』

在兩人的心中浮現了對卡布魯諾的名字非常失禮的解釋。

（註：「卡布魯諾·卡西拉·龐堤司基」這個名字的日文音同「要不要戴上去呢，超愛內褲」。）

「「你不是故意帶哏的吧？」」

「什麼啊……？你們該不會用了什麼奇怪的方式來解讀我的名字吧？」

『『……是真的啊。』』

雖然他們只在心裡吐槽，但少年的直覺顯然很敏銳。

他的臉逐漸被憤怒染紅，簡直想立刻施放魔法攻擊他們。想必他平常被說過好幾次同樣的話了吧。

「好了，那麼出發吧。這次的任務是以培育他們為主呢～」

「……了解。無須跟小弟弟一番見識。」

「居、居然叫我小弟弟？對我這貴族……」

然而大叔毫不在意的走向森林。拉薩斯也一樣。

被完全無視的卡布魯諾簡直氣到了極點，但是也不能落後於和其他學生一起開始向前移動的那兩人，只好加快腳步和伙伴會合。

「給我等著瞧吧……這份屈辱，我一定會報仇雪恨的……」

「卡、卡布魯諾……你還是別這麼做吧。那兩個人光從外表看起來就很不尋常啊。」

「叫我卡布魯諾大少爺！那種傭兵，靠我父親的權勢，要怎樣都……」

「就因為你不是靠自己的力量，而是仰賴父親的權勢，才會是小弟弟啊。要是不甘心，就靠自己的力量活下來，讓大家看看你有多強吧～畢竟這是個弱肉強食的世界喔？」

「閉嘴！你這一身黑的！像你這種傢伙，我父親動手的話……」

「我想他應該做不了什麼吧。我也認識某些大人物，反倒是你的父親很危險吧……就算我什麼都不做，那些人又怎麼樣呢？畢竟他們好像會在私底下行動的樣子呢……」

索利斯提亞公爵家對傑羅斯雖無敵意，但有意利用他，會在備好對等的報酬及相關準備後再向傑羅斯提案。德魯薩西斯公爵更是完全沒有想要隱瞞這念頭。

相對的在顯露出這種意圖的同時，他也會考慮到大叔的利益來提出交涉。

對大叔來說有可靠的合作對象這點也很重要，雙方對彼此都有利用價值的同時，也不會干涉除此之外的事情，只有在判斷有必要時才會找對方討論工作的事。

哎呀，雖然大叔覺得有利用價值的是「索利斯提亞商會」，索利斯提亞公爵家的權勢不是那麼重要。

「某些大人物？這世上有我父親的力量無法企及的對象嗎！就算真的有，那又是何方神聖？」

「我沒必要告訴你吧？不過就是個還不成熟的學生，你有什麼權限？稍微想想自己的立場吧。」

「閉嘴，我可是貴族喔！」

「所以呢？不過就是作為貴族被生下來而已，你本身沒有負擔任何義務，也沒有權勢吧？這答案根本不用說都知道～不稍微思考一下再發言或採取行動的話……你總有一天會死喔？」

「唔！」

最後一句話中帶有會讓人身體發寒的殘虐冰冷氣息。

直覺敏銳的卡布魯諾背上流下了冷汗。這是他有生以來首次感受到的殺意。

「……做得太過火了嗎？」

「直覺敏銳是好事。那天分要是不稍微鍛鍊一下，在這裡是會死的。必須保持警戒，特別是在魔物棲息的領域。」

「……我也這麼想。只是事情沒那麼簡單。」

「沒關係，至少能讓他對殺意變得敏感的話……就算是個人的責任，我也不想看到年輕人死掉的樣子啊。」

「…………」

拉薩斯也有同感，所以才沒回答。

小隊包含護衛的傑羅斯兩人在內總共八人。學生們大概是因為沒有狩獵的經驗吧，他們略帶警戒的緩緩往森林深處前進。卡布魯諾走在最前面，然而他並沒有任何目的或想法，只是一味地往前走而已。

有時會聽到某處傳來魔法的爆炸聲或劍戟交會的聲音，但他們一直沒碰上魔物。

他們只是一直走著，只有時間不斷流逝。

「可惡！連一隻魔物都沒有嘛。」

「是啊～……這樣可沒辦法訓練呢。」

「我學分不夠啊。至少得打倒個獸人才行……」

「等級這麼低，沒辦法一下子挑戰強大的魔物啦。」

沒碰上魔物，學生們的警戒心也愈來愈薄弱。

而就是這種時候魔物才會出現。

「是你們期待已久的魔物喔？雖然好像不是獸人，是巨魔呢。」

「「「「打不贏啦——————！」」」」

「……正確來說是低等巨魔。還真是一下子就抽到大獎了呢……」

「雖然動作很遲鈍，但力氣很大。你們六個人大概勉強可以對付一隻吧？」

「低等巨魔」和巨魔相比體型較小，但仍是比獸人或哥布林更強的魔物。以學生的等級來說，光是要以一隻為對手就免不了一番苦戰了。

牠們擁有肌肉發達的四肢，雖是人型但樣貌更接近人猿。比起爆發力擁有更強的臂力，是比獸人更為健壯的魔物。皮膚很硬，擁有不成熟的魔導士施放的魔法無法對其造成半點損傷的強度，通常會被傭兵等職業的人當作重要的防具素材。

這要是「巨魔」的話，皮革素材的價格會再往上翻個五倍，膽作為藥材也很值錢。

唉，低等巨魔的膽也可以拿來當作藥材，不過因為是劣等種，效果不是很好。儘管如此，對於製作魔法藥的錬金術士來說仍是貴重的素材。

「不打倒牠們嗎？是你們期待已久的魔物喔？」

「哪能跟那種東西戰鬥啊！那是巨魔耶！」

「得、得趕快逃走……」

「我們打不贏的啦——————！」

大叔看著淚眼汪汪的少年們嘆氣，面向低等巨魔。

「有三隻。一隻交給你行嗎？」

「……剩下兩隻呢？」

「我來解決。好了，來工作吧……」

傑羅斯拔出腰上的軍用小刀，面對獵物露出無畏的笑容。

拉薩斯也拿出戰斧，朝著低等巨魔衝了過去。

「喝啊啊啊啊啊啊！」

「哼！」

低等巨魔舉起棍棒逼近拉薩斯，朝著衝過來的他用力揮下。

以戰斧接下這一棍後，拉薩斯硬是反過來把棍棒朝低等巨魔推了回去，用力量說明一切，讓棍棒彈了起來，並趁著創造出的些許空隙，間不容髮地以戰斧使出銳利的一擊。

可以輕鬆的揮舞重型武器的力量很厲害，然而他那能夠在瞬間朝敵人的弱點揮出致命一擊的技巧也非常漂亮。

拉薩斯並非一般程度的傭兵。

傑羅斯也奔向低等巨魔，像是一陣風吹過似地穿了過去，並在那瞬間斬斷了低等巨魔的頸動脈，解決了一隻。

第三隻低等巨魔雖然朝著傑羅斯揮下棍棒，卻像是被擋住視線似地揮了個空，傑羅斯則在不知不覺間來到了牠的身後，拿軍用小刀從左右分別刺入了低等巨魔的脖子裡。

在傑羅斯跳開迴避的瞬間血液狂噴而出，將草木染成一片鮮紅。

「好、好強……」

「那兩個人……實力超強的。好帥喔——————！」

「卡布魯諾……你似乎惹上很不得了的人耶？」

「等一下，這太奇怪了吧！雖然那個臭臉傭兵也強得很奇怪，但那個一身黑的是魔導士吧！為什麼不用魔法啊！」

「「「「那當然是因為人家強得不需要用魔法啊。」」」」

強大成了一個憧憬。

兩位傭兵俐落地打倒低等巨魔，那毫不拖泥帶水的戰鬥方式讓少年們產生了想要變強的憧憬，在一瞬間擄獲了他們的心。

人生可能會因為短短的一小段時光而改變。傑羅斯他們在少年們的心中鮮明地劃下了對強大的憧憬，少年們最後幻想著變得強大的自己。

無視少年們的心境變化，大叔和拉薩斯開始支解低等巨魔。把能用的素材剝下來是傭兵的基本。

「這個魔物除了膽和皮之外就沒什麼用處了呢……」

「……肉真浪費啊。」

「用這個來引誘哥布林過來如何？畢竟這一趟的目的是要鍛鍊這些少年。」

「……滿適合的。地點呢？」

「在這附近就好了吧？只要躲起來，飢餓的哥布林或森林狼說不定就會出現，對於尚未成熟的少年們來說應該會是不錯的經驗。」

「……原來如此，那就這麼辦吧。」

大叔他們將沒用的低等巨魔的肉聚集起來並疊放在一個地方後，在附近的開闊場所用「蓋亞操控」凝聚地面的土壤，做成一個了掩體。

還細心的用草包覆住掩體做偽裝，讓魔物看不出來。

他打算讓少年們直接躲在這個掩體後面攻擊魔物，藉此提升等級。更何況少年們是魔導士，根本不可能近身作戰。這可說是個安全的作戰方式吧。

「好厲害……他用魔法做出了藏身處耶？」

「魔法原來也能做到這種事啊。講師們從沒教過我們這些……」

「他是個一流的魔導士吧？」

「咕唔唔唔……」

除了一個人之外，少年們都驚訝於大叔的魔法運用。

學院裡教他們的地屬性魔法運用法，大多都和戰鬥有關，卻沒有像這樣用來設置據點的運用法。因為利用魔力塑造出的土牆，由於是以魔力聚集大氣中的塵埃後構成的，魔力在短時間內就會散失，無法持續塑型，土牆會化為原本的塵埃後消失。

所以想要用魔法製作出防禦據點是不可能的，這是現今魔導士間的常識。

但是傑羅斯使用的魔法是利用地面的土壤，再對土壤施加壓力固定其形狀，所以不會因為魔力散失就消失。學生們從沒見過這種魔法。

消耗少量的魔力來操控地面，就算魔力散失了，成型的東西也不會消失，可以長時間使用。這個魔法給少年們帶來了衝擊，讓他們開始討論起這是怎樣的魔法。

「為什麼不會崩解呢？這是魔法做出來的吧？沒有發生因魔力散失就垮掉的問題耶？」

「要做到這種事的話應該要使用很多魔力才是，雖然知道他是大人所以魔力比較多，但光是這樣就可以維持住這個防禦據點嗎？看他也完全不累的樣子，這背後到底是什麼原理？」

「他該不會改良過魔法術式了吧？不過那是連學院的講師們都陷入苦戰的困難工作耶？如果是真的，那他豈不是很厲害的魔導士嗎？」

「唔唔唔唔……我不承認，我是不會承認的！」

卡布魯諾依然不願意承認大叔的實力。

「那麼就在這裡等魔物來吧。反正不管怎樣你們都無法靠近魔物戰鬥吧。考慮到想要保存體力，就休息兼埋伏吧。」

「這個小隊的領隊是我！聽我的意見！」

「我認為傲慢的專斷獨行是貴族不該有的行為呢。不願傾聽他人的意見，硬是要推動事情進行的話，可是會遭受慘痛的洗禮喔？這裡已經不是你們平常安全度日的地方了，你最好有所自覺。大意的話，你們也會變成那樣的……」

大叔邊抽著菸邊指了指前方，雜食性的鳥類正在啄食低等巨魔的屍肉。弱肉強食的世界冷酷無情，死了只會變成任其他生物食用的肉塊。

可能是想像了自己變成那樣的畫面，少年們的臉色瞬間變得很差。

不過還是有個不聽他人說話的人在。

「別把我跟這些傢伙相提並論！在優秀講師的指導下接受英才教育的我，怎麼可能會被魔物這種東西給殺掉！」

「……無法掌握自己的實力就只有死路一條。想死的話就自己去死吧。」

「真不知道你那自信是從哪來的。講師的教育明明就只能當作參考而已，你顯然是會因為小看大自然而率先喪命的類型呢。在森林裡的時候要是不捨棄那些奇怪的自尊心，真的會死喔？」

「……也無所謂吧？沒有礙手礙腳的人在比較好。」

「要是死了，就向上面報告說：『因為他過於專斷獨行，不肯聽他人的意見』吧。加上『真不知道他父母是怎麼教的？』也不錯。不管怎樣責任都不在我們身上呢。」

總之他們的意思就是『因為他是無視護衛的意見而死的，所以不是我們的錯喔？』

雖然保護學生是負責護衛的傭兵們的工作，但學生擅自行動而死的話，護衛是不用負任何責任的。要是卡布魯諾在這邊失控而死，那也是他自己的責任。

就算學生因為小看實戰訓練而死，學院、傭兵和傭兵公會都沒有任何過失。

「懂了嗎？雖然守護學生是我們的工作，但對於擅自衝入危險中的人，我們是不用負任何責任的。再說，既然是貴族，不是更該深思熟慮後再行動嗎？因為你的一個行動就會造成許多的人犧牲，你的性命真有這麼了不起嗎？」

「那當然！我可是貴族，我要這些無用的平民……咿！」

卡布魯諾無法繼續說下去。

這是因為所有人的視線都聚集在他身上，而且眼神中都帶著對他的輕視。

「你還真瞧得起自己呢……在這裡貴族這頭銜根本沒有任何效用。這裡有的只有生或死而已。你們最好也記住這件事，如果會扯伙伴的後腿，對他見死不救也是一種選項呢……」

「你、你是要他們對我見死不救嗎！」

「我只是說如果有必要的話可以這麼做而已喔？這都要依你的行動而定，你最好記得自己有可能會被拋下這件事。特別是在戰場上。」

這種在實戰時完全沒有協調性的人都會率先喪命。

更何況戰場上對這種蠻橫又獨善其身的行為特別反感，有時也會發生從背後被我方攻擊，被自己人給抹殺的狀況。

如果是個戰鬥經驗豐富，擅長戰鬥的人那還好些，沒有任何戰鬥經驗的幼稚小鬼只會礙事而已。當然，碰到緊急狀況時被伙伴捨棄的可能性也更高。

「唔……」

「……傑羅斯大哥……來了喔。」

「哦？來了嗎。哥布林啊，你們也準備一下。」

「「「了解！」」」

哥布林是雜食性的。只要是能吃的東西牠們什麼都吃，為了填飽肚子而不斷尋找獵物。

雖然是弱小的魔物但數量很多，繁殖力也很強。不過真要說起來這也是只限於這座森林裡的事，實際上是強度具有極大落差的魔物。在法芙蘭的大深綠地帶，有許多組織起來進行軍事行動的哥布林，依據地點不同，是甚至有可能打倒飛龍，對付起來不能大意的魔物。

「我……是第一次和魔物戰鬥……」

「我也是，在學校裡雖然曾一起集中攻擊一隻哥布林，但實際狩獵這還是第一次。」

「不過哥布林……沒有部位可以拿來當作素材吧？」

「哈哈哈，你說得沒錯喔？就算打倒哥布林也完全不值一提。所以才該以更強的為目標……」

「……真是欠缺思慮啊。」

「因為太過相信自己的力量而死是無所謂啦，但把他人拖下水可真讓人不敢恭維啊～再說就算等級一樣，種族不同，力量的差距也不同喔？你這麼想被強力的魔物給吃掉啊。是想自殺嗎？」

雖然卡布魯諾說著大話，但是他也只比其他的少年們稍微強了一點點，沒有太大的差距。

他只是因為購買了魔法卷軸，可以使用比其他同年級學生更強的魔法而已，實際上威力較強的魔法也更耗費魔力。最慘的狀況下，他會因為用了不符合自己能力的魔法而用盡魔力倒下，而且使用出來的效果還不怎麼樣，最後只會成為魔物們集中瞄準的對象。

魔導士真正的價值在於善用魔法，威力的強弱是其次。鑽研足以善用各種魔法的知識及技術是很重要的。

「十隻啊，這數量剛剛好呢。那麼，『智能強化』。」

「智能強化」是能暫時提升魔法效力的輔助魔法。能從外部將魔力附加在魔導士發動的魔法上，雖然魔法的威力會大幅上升，但效果只能維持到附加的魔力用盡為止。

被施放了「智能強化」的魔導士，使出的魔法威力因其效果大約可以提升兩倍。然而施放這個魔法的人是大叔的話，事情就不一樣了。由於附加的魔力效果太強了，魔法的威力也會變得非比尋常，也就是說——

——轟隆————！

——就算是威力很小的魔法，也會變成大魔法。

其中一位少年放出的只是普通的「火球」，但放出的火球卻包住了兩隻哥布林，那兩隻哥布林化為了悽慘的焦屍。

以前他也對瑟雷絲緹娜做過一樣的事情，不過「智能強化」的效果比較差。儘管如此學生們仍十分驚愕。

「「「「欸————？」」」」

看到自己的魔法威力倍增後的樣子，少年愣在原地說不出話來。

「沒空讓你們在那邊吃驚喔？哥布林已經發現有敵人了，馬上就會往這邊攻過來了吧。從旁邊開始一一迎擊比較好吧？趁魔法的效果還在的時候……」

「好、好！凍結之礫啊，打倒我的敵人……『冰結彈』！」

「我、我也來……呃～岩之礫啊，擊穿我的敵人……『岩石彈』！」

「那麼……風啊，劈裂開來吧，狂暴之刃……『空氣刀』！」

少年們在掩體裡施放初級魔法。由於附加的魔法效果，威力強化後的魔法分別擊破了襲來的哥布林。

哥布林雖然被擊倒在地，但從森林深處出現了援軍，數量又增加了。沒有休息的空檔。他們再度詠唱魔法，持續攻擊。

「等等，既然初級的魔法就能有那種威力，為什麼不施加在我的魔法上！」

「你啊，至少也學會了中級的魔法吧？那你有想過強化後的魔法造成的損害範圍會有多大嗎？初級魔法就有那種威力了喔？」

「唔咕……」

「既然是魔導士，就該熟知魔法的效力，並且在瞬間選出要使用的魔法才行。而且中級魔法的詠唱時間比較長，發動的速度會比初級魔法慢。在你使用魔法的期間，哥布林就會衝到這裡來嘍？魔導士的戰鬥方式就是該在發現敵人的瞬間就立刻解決對方。」

卡布魯諾本來是想使出比周圍的少年們更強的魔法來炫耀一番的。

結果他的如意算盤被眼前這一身黑的魔導士給打破了，對方甚至只靠一般的輔助魔法就展現出了強大的效果。

在英才教育往錯誤的方向發展的他眼中，這個一身黑的魔導士看起來極為可憎。

「……有一隻逃走了喔？」

「讓牠去通知其他伙伴就麻煩了吶……『火焰』。」

大叔隨意放出的「火焰」就這樣包住了哥布林，瞬間將其燒成了焦炭。看到眼前這衝擊性的畫面，少年們目瞪口呆。

「火焰」是初級的魔法，沒有足以將哥布林燒成焦炭的威力。能夠辦到這件事，就表示這魔導士的等級跟他們有著天壤之別。

「那麼既然全都解決了，在大家的魔力恢復前就先等一下吧。」

「……真是悠閒的工作啊。」

「我來泡個茶如何？我有帶泡茶用的東西。」

「唔嗯……那我就不客氣了。」

在愣住的少年們旁邊，大叔開始準備泡茶，用茶壺燒著開水。看來十分悠哉。

伊斯特魯魔法學院的學生實戰訓練，就在學生的驚訝之下開始了。

第十一話　大叔又再度回到「那個時候」

傑羅斯在護衛少年們的時候，瑟雷絲緹娜等人也和伊莉絲及嘉內一起朝著森林深處前進。

瑟雷絲緹娜先不提，以提升烏爾娜和卡洛絲緹的等級為目的，伊莉絲她們兩人作為護衛，負責警戒周遭的狀況。

問題是這成員的平衡性太差了，三個魔導士加上兩個近戰型的獸人和劍士，負責回復的人一個也沒有。

「……這個小隊是不是很不穩啊？只有兩個前衛，而且其中一個等級還很低。」

「嗯，雖然因為都是女生所以不用太顧慮，但戰鬥方面有些不上不下吧？」

「真失禮！別看我們這樣，我們兩個在學校裡面成績也是名列前茅的喔？」

「不是靠成績就能戰鬥吧？雖然等級上我也沒資格說別人，但至少伊莉絲是我們之中最強的。不過在搜索敵人這方面，那裡的……是叫烏爾娜嗎？不靠這女孩的話我們是無法發現魔物的喔？」

「雖然可以用魔法探知魔物的存在，但要是沒弄好可能會引來強力的魔物，反而會讓我們陷入危機喔？換成叔叔的話會瞬間打倒牠就是了。」

伊莉絲若無其事的把傑羅斯的事情掛在嘴上，但這對身為傑羅斯學生的瑟雷絲緹娜來說不是什麼有趣的事。

她絕對不是討厭伊莉絲，但是說起關於老師的話題，她便會羨慕起知道她所不知道的傑羅斯的伊莉絲。心中有些許嫉妒。

「那個魔導士是實力如此堅強的人嗎？我看起來不像耶。」

「他很強喔？畢竟是五位『殲滅者』之一嘛。我也很憧憬呢，雖然對象不是叔叔就是了。」

「還、還真是危險的別稱啊……到底是做了什麼才會得到這種稱呼？」

「將大量繁殖的獸人連獸人王一起全部殲滅、只靠五個人就痛揍了龍王級的龍、挑戰貝西摩斯時把被襲擊的城鎮也一起化為灰燼、把為了獲得名聲的殺手全都給殺了。光是我所知的範圍內就還有很多事蹟喔？」

「完全是危險人物嘛！作為魔導士實在太卑劣了。」

卡洛絲緹對傳說中的賢者抱有憧憬，從她的角度看來，「殲滅者」們所幹下的大事都是些無法視而不見的事情。

唉，卡洛絲緹不知道這些都只是線上遊戲中發生的事情罷了。

不過這些行為和追求魔導士理想樣貌的她完全背道而馳，所以對她來說的確是難以接受的事實吧。

「為什麼會憧憬那些危險人物呢！真難以置信！」

「因為他能獨自開發魔法、對弱小的冒……傭兵很親切、可以做出沒人見過的魔導具或祕藥吧？雖然也有人因為實驗而犧牲，但持續享受著冒險生活，完全無視他人的誹謗中傷這點很帥。」

「他們不是就一群恣意妄為的人嗎！簡單來說就是擅自行動，明明給他人造成了困擾，卻毫不在意人家說什麼的犯罪者嘛！」

「這哪裡不好了？不如說他們只是不受常識束縛，自由自在的過活而已啊？這個國家的魔導士不也很恣意妄為嗎？我看魔導士們都以很了不起的態度對城裡的人們說三道四的啊？」

「唔……」

「叔叔他們至少對弱小的人是很親切的喔？雖然好像會殲滅他們看不順眼的對象就是了。」

「伊莉絲……妳這不算是在幫他們說話喔？」

的確沒在幫他們說話。

在現實和遊戲中發生的事情雖然不能相提並論，但傑羅斯等「殲滅者」就是一群很顯眼，只要有機會就會引起騷動的愉快犯。

不過由於他們是基於特有的理念行動的，想必知道自己在他人眼裡看來評價很兩極吧。

「老師是個很有名的人呢。雖然流言沒有傳到這個國家來，但他是擁有那種程度的魔導士啊……」

「是很惡名昭彰啦，不過那種堅定地走在自己的道路上的樣子很帥呢～雖然我在沙漠之城裡曾經遭受波及就是了。」

「啊……那個～我從哥哥那邊聽說過，是說他們伙伴間吵了起來，結果互相以魔法攻擊對方的事情……」

「對，那很厲害喔？埋遍整個沙漠的『死亡之蠍』在瞬間消失，接著演變為吵架後就把周遭都捲了進去呢～連災害級的魔物『法老王蠍』都被誇張的爆炸給打飛了的樣子。」

「那個大叔還真能活到現在啊……一般來說早就死了吧？」

「……而且這值得憧憬嗎～？那不是非常危險的狀況嗎？他們無視該打倒的魔物吵起來了對吧？」

大家都點頭同意烏爾娜這極為正經的意見。

「我也不知道耶～就是那個不受任何事物拘束的樣子很帥吧。對弱者寬容，對敵人毫不留情，隨心所欲、自由的活著這點很令人憧憬啊～」

「強就是正義呢。這我大概可以理解喔？」

『『就算得到了野性女孩的認同，對一般人來說只是困擾吧……』』

烏爾娜乾脆地認可了伊莉絲的論調。但對於身為一般人的嘉內和身為貴族的卡洛絲緹來說實在完全無法理解。

瑟雷絲緹娜的心境則是有些複雜，老師這擅自展開誇張戰鬥的行徑實在不值得褒獎，然而也無法否定他十分有才能這點。

問題就出在該以一般的道德觀點來評論，還是該認可傑羅斯那超乎常理的行為。

「啊，從這邊傳來了野獸的味道……」

「終於來了啊……是提升我們等級的好機會。瑟雷絲緹娜小姐和伊莉絲小姐就在旁邊休息，就讓烏爾娜跟我來當牠的對手吧！」

「喔～卡洛絲緹很有幹勁耶？不過妳的手好像在發抖，沒問題嗎？」

「沒、沒問題！這只是騎士（武者）臨戰前興奮的顫抖而已！」

卡洛絲緹的手因為初次的實戰而緊張得發抖，烏爾娜卻跟平常一樣，毫不在意地以不帶緊張感的聲音當作玩笑帶過。

森林深處的樹叢騷動起來，可見有魔物在那裡。

伊莉絲等人為了預防萬一而拿好了杖跟武器，然而出現的魔物卻是預料之外的東西。

「……騙人，這、這是什麼啊……」

「不會吧……要攻擊那個玩意嗎？」

「唔～嗯，老實說有點難下手呢……」

「好、好可愛……」

從樹叢中出現的是全身被白色鬆軟的毛皮給覆蓋著，全長超過兩公尺的巨大兔子。

「……好像很好吃。」

「「「……咦？」」」

不過只有烏爾娜覺得巨大兔子看起來是塊好吃的肉。

「烏、烏爾娜同學？妳想要吃掉那兔子嗎？」

「咦？兔肉很好吃喔？」

「不，是很好吃沒錯，可是妳要殺死牠嗎？太奇怪了吧！」

「唉，獸人就是這樣呢～基本上是憑本能來判斷事物的……」

巨大兔子和烏爾娜的話讓緊張感完全消失殆盡，但這也無可奈何。眼睛圓滾滾的大兔子實在太可愛了，讓人完全不想對牠痛下殺手。

唉，雖然這也只是外表看起來是這樣。

那隻兔子開始上下跳動，除了烏爾娜以外的所有人都被牠那可愛的樣子給迷惑住，露出了溫暖的笑容。這點成了致命的破綻。

只有烏爾娜立刻察覺到了那個危險性。

「欸，這隻兔子……好像很危險。」

「「「咦？」」」

烏爾娜說出這句話的同時，巨大兔子忽然開始高速旋轉起來，以猛烈的速度朝瑟雷絲緹娜等人衝來。四人全都愣住了，她們好不容易才避開這打算順著這衝勁直接把她們給輾死、充滿殺意的攻擊。

兔子就這樣撞上後方的樹，大樹劇烈搖晃。

——啪嘰……啪嘰啪嘰啪嘰……沙沙沙沙沙沙沙沙沙，咚——————！

大樹發出巨響，往瑟雷絲緹娜她們的方向倒了下來。

所有人急忙躲開。

「我想起來了！那是『粉碎巨兔』啊啊啊啊啊啊啊啊啊啊啊啊！」

伊莉絲想起了眼前的兔子是什麼。

「粉碎巨兔」。擁有許多具有破壞武器效果的技能，是非常凶惡的兔子，基本上是雜食性。只要發現獵物就會率先出手攻擊，性格十分好戰。

主要喜歡吃肉，是和可愛的外觀相去甚遠的凶猛魔物。

此外因為擁有「暴食」的技能，無論是鐵還是山銅，只要能塞進嘴裡的東西牠都會吃。可以說單純就是個極為貪吃的魔物。

「那、那個是……『可愛的惡魔』嗎！我是第一次見到！」

「和可愛的外觀差很多喔！因為牠擁有無論什麼都會吃下肚的暴食技能，非常凶猛。」

「這事妳早點說啊————！為什麼會忘記啊！」

「因為我只是聽說過，沒有實際跟牠戰鬥過啊！沒辦法了，『墜落陷阱』。」

地屬性魔法「墜落陷阱」。正如其名，是會在地面上製造出一個坑洞陷阱的魔法。

然而粉碎巨兔巧妙地避開了坑洞陷阱，牠使出迴旋粉碎攻擊，朝這裡衝了過來。

「快躲開————！」

「呀啊————！」

「啊～這個魔物，我記得強度好像和火焰灰熊一樣。防禦力是牠比較高就是了。」

「這、這拜託妳早點說啊，伊莉絲小姐！牠沒有什麼弱點嗎！」

「印象中……牠的聽力應該不錯，所以會害怕巨大的聲音吧。」

「巨大的聲音對吧？我知道了。請大家摀住耳朵……『音爆彈』。」

——轟隆隆隆隆隆隆隆隆隆隆隆隆！

森林中響起了驚人的爆炸聲。

「音爆彈」是一種沒有攻擊力，但可以製造出讓人想要摀住耳朵的巨大聲響的風屬性魔法。除了聲音之外沒有其他附加效果，但是對於聽覺敏銳的魔物非常有效，甚至有可能使魔物昏迷。

一如所料，粉碎巨兔變得搖搖晃晃的。伊莉絲等人不會放過這個好機會。

「那麼要上嘍？『暗影束縛』。」

伊莉絲使用的魔法是暗屬性魔法「暗影束縛」。雖然是可以操縱影子捕獲獵物的拘束魔法，但有效果時間不長的缺點。

不過由於效果發動得很快，可以立刻束縛住對手，對於要在短時間內封住對手的行動來說是很重要的魔法。

「這樣的話……冰之矛啊，刺穿阻擋在我前方的敵人吧，『冰矛』。」

「我也要上嘍～♪『鬥獸化』。」

卡洛絲緹以冰矛施展攻擊，烏爾娜則是用魔力強化身體後逼近對手。

烏爾娜的戰鬥方式是格鬥。她用裝有好幾個像爪子般刀刃的臂甲，也就是一般稱作鉤爪型的裝備出手揍向魔物。

「追加『增強力量』、『風屬增幅』、『智能強化』。」

雖然烏爾娜不斷痛揍魔物，但「鬥獸化」會劇烈耗費魔力，無法長時間持續下去。這時便藉由伊莉絲的輔助魔法提升攻擊力，暫時性地增加可以帶給對手的傷害。

「風屬增幅」是可以透過在武器或防具上附加風屬性魔法來強化防禦力與攻擊力的魔法。

卡洛絲緹使用的魔法威力也提升了，魔法攻擊穿透粉碎巨兔的外皮，附加效果造成的凍傷也確實地累積了對魔物造成的傷害。

咕喔喔喔喔喔喔喔喔喔！

粉碎巨兔發出怒吼。

牠白色的毛皮豎了起來，解開了伊莉絲的拘束魔法。

「不行！烏爾娜，快逃！」

「糟糕……魔力用完了？」

「鬥獸化」是會劇烈消耗魔力的獸人特有技巧。魔力枯竭的烏爾娜動作十分遲緩。

這時粉碎巨兔以銳利的前爪朝烏爾娜揮了過去。

「哪能讓你得逞！唔啊！」

「哇啊！」

嘉內瞬間闖入他們之間，以劍擋下了攻擊，但是卻無法完全抵擋住其力道，和烏爾娜一起被打飛了出去。伊莉絲立刻出手輔助。

「『麻痺彈』。」

咕喔喔喔喔喔喔喔喔喔喔喔喔！

被施加了雷系的麻痺魔法，粉碎巨兔感電後因附加的效果而陷入麻痺。

在這瞬間，爭取到詠唱咒文時間的卡洛絲緹使出了她所能用出的最大魔法。

「狂暴吹拂吧，風與冰之激流，將我的敵人撕裂，引導他們陷入冰冷的沉眠之中……『冰之嵐』。」

加上伊莉絲的魔法效果，其威力可與更高一級的魔法「冰風暴」相匹敵，粉碎巨兔被風刃給撕裂，全身都結凍了。

「幹掉牠了嗎？」

「嘉內小姐，妳那種說法可是在立死旗喔？」

不知道是不是這句話說中了，儘管動作遲緩，粉碎巨兔仍動了起來，弄碎覆蓋在身上的冰，打算出手攻擊。野生的猛獸愈被逼至絕境就愈可怕。

「嘿！」──噗咕！

不過這時瑟雷絲緹娜衝了上去，以權杖給了牠最後一擊。

看來剛剛的是最後的掙扎了。粉碎巨兔就這樣倒下，沒了動靜。

「喵啊！」

「呀啊！」

突然襲來的疲憊與暈眩感，讓烏爾娜和卡洛絲緹當場坐了下來。是等級提升產生的副作用。

既然出現了這個症狀，就表示兩人的等級大幅提升了。

「看來妳們兩個的等級都提升了呢。不過今天應該只能到這裡了吧。」

「是啊。雖然我也升級了，不過沒她們兩個那麼多。疲憊感會一直持續到明天喔？」

「雖、雖然很高興……但也有些遺憾啊。」

「唔……站不起來……魔力用盡的狀況太嚴重了，頭好暈喔～……」

五個人一起打倒了強力魔物，卻有個問題。

關於要怎麼搬運這隻粉碎巨兔，現在還能好好行動的只有瑟雷絲緹娜、伊莉絲，還有嘉內這三個人。

「我記得可以請人來搬上貨架運走吧？問題是要怎麼通知他們？」

「只要升起狼煙，待機中的傭兵們應該就會過來了。我有帶著事先準備的聯絡用煙霧筒，用那個試試看吧。」

「在人來之前就好好保護她們兩個吧。」

「因為這次是以學生為主呢～就算打倒了強力魔物，素材也全都會變成學生的東西……是個賺不了什麼錢的工作啊。」

的確，以傭兵的角度來看是個賠錢的工作吧。但是嘉內她們除了護衛的報酬外，從索利斯提亞公爵那邊也會拿到報酬。

她們雖然不知道，不過那報酬的金額遠比來這裡的其他傭兵們還要多得多了。

只是因為負責和公爵交涉的是傑羅斯，所以不知道可以拿到多少。

而且大叔也不知道。

「其他的傭兵們不也都擅自打倒魔物拿走素材嗎？」

「原來如此，學院可以回收的頂多只有學生們打倒的魔物。傭兵自己打倒的話就可以直接收進口袋裡啊……」

「瑣碎的規則裡面也沒有寫說『傭兵自行打倒的魔物也歸學院所有』，是覺得學生能打倒的魔物沒什麼了不起的吧。」

拿伊莉絲的等級和這個世界的常識來對照的話，是大魔導士階級。

儘管無法支解魔物，以魔導士來看絕對是一流的。拉瑪夫森林的等級對伊莉絲來說太低了。

「那個叫做伊莉絲的小姐，真令人難以置信。和我們同年，卻已經學會同時展開複數魔法了……」

「而且還全都無須詠唱，簡直就跟老師一樣……」

「我就說了不是嗎？說『她身上傳來很強的氣息』……唔……好不舒服……」

初次見識到伊莉絲的實力，讓成績在學生中名列前茅的兩人體會到世界有多廣大。

學生中成績好的人，在畢業後大多都會被分配到魔導士團中。可是並非所有人都有伊莉絲程度的實力，不如說實力根本搆不著伊莉絲的腳邊吧。

瑟雷絲緹娜心想，傑羅斯認識的魔導士，果然也是超乎常規的人。

「比起那個，不趕快叫回收的人來，會引來其他魔物喔？」

「那個是叫煙霧筒是嗎？小瑟雷絲緹娜，快拿那個出來用吧。」

「咦？小？煙、煙霧筒是吧……呃～……」

忽然被伊莉絲加了個「小」字稱呼，瑟雷絲緹娜有些困惑地從自己腰上的小包中拿出煙霧筒。

「……這個要怎麼用啊？」

但是瑟雷絲緹娜不會用煙霧筒。

「給我一下……啊～……跟車上那個一樣啊，那就簡單了。」

伊莉絲打開煙霧筒的蓋子，用「火炬」點燃了前面那個看起來像是導火線的棉芯。

沒有起火，但相對地冒出了大量的煙。

把煙霧筒拿在手上的伊莉絲立刻被煙霧給包圍了。

「咳咳！咳咳！這個點火後不立刻丟出去不行啊～……」

「那是當然的吧。伊莉絲有時候會做出一些很沒常識的事情耶？」

「我沒想到明明這麼小一筒，居然會冒出這麼多煙啊～薰得我眼睛好痛～……」

到回收組的人發現煙霧來到這裡為止要花上一段時間。

在這段期間內，一行人一邊戒備著是否有其他魔物，一邊持續等待回收組的人。

◇◇◇◇◇◇◇

「『火球』。」

——轟隆隆隆隆隆隆隆隆隆隆隆隆隆！

被紅蓮之炎給包覆，「鎧巨蚺」被擊倒在地。

庫洛伊薩斯瞥了一眼打倒的獵物後，立刻開始尋找周圍生長的藥草。

看來比起魔物，魔法藥的素材更重要。

「你啊……就連這種時候都很我行我素耶。要是有其他魔物出現怎麼辦？」

「因為我不會支解啊。既然如此，不是應該更有效的利用空出來的時間嗎？」

「唉，來這套……你就連這種時候都想著魔法藥的研究工作嗎。」

「魔導士的巔峰是沒有盡頭的。我最近了解到人應該不斷持續的學習。馬卡洛夫你將來打算怎麼辦？果然要以成為鍊金術士為目標嗎？」

「那應該是最明智的選擇吧。希望你那邊的派系可以罩我一下啊。」

「不是我，是爺爺的派系。」

傭兵們使用煙霧筒，在回收組的人抵達前負責戒備著。

雖然不能支解魔物，但放血之類的處理在現場完成會比較快。

進入森林後約七個小時，庫洛伊薩斯的小隊沒什麼損耗的在森林裡前進，成功的打倒了強力魔物。

在森林裡探索的同時也會尋找藥草並採集回去作為研究魔法藥的材料這點，說來也很符合以研究為目的的聖捷魯曼派的作風。

「這是毒草吧，我記得……是叫『死亡百合』嗎？根和莖帶有劇毒的樣子。」

「那什麼？感覺好像可以用來達成完美犯罪。」

「這個毒會讓身體出現紫色的斑點以及眼睛充血的症狀，所以用來殺人的話馬上就會被人看出是使用了這個喔。」

「還真清楚啊……你應該沒有在人身上實驗過吧？」

「…………」

「說點什麼啊！你偷偷動了什麼手腳嗎！拿誰做了實驗嗎？太可怕了吧！」

庫洛伊薩斯沒有回答。

他現在以摘採藥草為優先，連跟馬卡洛夫說話都覺得麻煩。等級提升所帶來的疲憊感更是讓他連開口的力氣都沒有。

儘管如此他仍要摘採藥草，可說是非常了不起的研究者毅力吧。

「不過啊……那個女傭兵還真陰沉。幾乎都不說話，只會在那邊喃喃自語。」

「這世上有很多奇怪的人，沒必要在意吧？」

「被你這樣說就完蛋了吧……」

在馬卡洛夫視線前方，女傭兵正極為絕望的說著「為什麼只有我是男人們的……看上的男孩子們反而是傑羅斯先生負責護衛……神是敵人……是阻撓我的愛的惡魔……」之類的話。

那個模樣和平常的她可說是天差地遠，簡直像是被灰暗情緒給擄獲的怨靈。

說得乾脆點，是可以用一句不舒服來形容的樣子。

◇◇◇◇◇◇

「迪歐！往那邊去了喔！」

「唔，動作真快……這傢伙很強……」

茨維特等人也還在森林深處與魔物戰鬥。

對手是用兩腳移動，像是恐龍般的魔物「劇毒迅猛龍」。

外皮滿是鱗片，顏色還是鮮豔得噁心的紫色。動作非常迅速，是非常不利於魔導士的魔物。

其他的學生也無法應付其動作，只能一邊被魔物玩弄著，一邊給予些傷害。

而且數量相當多。這種魔物具有集體行動的習性，對於沒有實戰經驗的魔導士來說負擔太重了。而就算這樣他們還是能夠活下來的理由，居然是託了三隻咕咕的福。

「小鬼們！確實地打倒牠們！雖然數量很多，但相對的只要瞄準了就很容易打中！」

「上吧———！『火球』！」

學生們照著指示，瞄準魔物使出魔法。

可是劇毒迅猛龍俐落地往左一跳避開了攻擊。牠們是比外觀更為狡猾的魔物。這一連串的狀況也突顯出學生們缺乏經驗的問題。

「這些傢伙避開了魔法……」

「牠們是觀察了我們的動作，一邊預測一邊避開的嗎……？」

傭兵的指示沒用，這樣要活下來就只能獨自行動了。然而眼前的魔物們緊密配合著，動作毫無破綻，他們也無法任意行動。

不知從哪邊傳來了指令，劇毒迅猛龍們高聲鳴叫回應，調整陣形，開始包圍住周遭。

「可以的話是想靠自己的力量突破困境……但是再這樣下去會有人犧牲的。沒辦法了，呃～……是烏凱嗎？」

「咕咕？（什麼事？）」

「這些魔物背後應該有個負責下指令的老大藏在某處，你去找出那傢伙打倒牠。」

「咕咕。（了解。）」

理解茨維特的指示，咕咕們拍著翅膀飛上樹梢，在樹木間跳來跳去後消失了蹤影。

「茨維特……交給那些咕咕沒問題嗎？我們在戰力上也沒有什麼餘力……」

「沒問題吧。那可是師傅培育的喔？光看就知道那不是普通的咕咕了吧。」

「是這樣沒錯……」

「接下來就要看我們能撐多久了……各位，採取密集陣形！保留魔力，以近身戰鬥上吧！」

「「「好！」」」

惠斯勒派包含茨維特在內的魔導士們，所有人都接受了近戰戰鬥的訓練。

在短期間內學得會的不是什麼了不起的東西，儘管如此以要習得近身戰鬥的技巧來說，時間也很充裕了。在這次的實戰訓練中提升格鬥技巧也是他們的目的之一。

他們做了許多嚴苛的近身戰鬥訓練，已經變得多少可以用這種方式戰鬥了。

唉，雖然還不到熟練的程度，但比起不能戰鬥來說好得多了。

「來了喔！」

「交給我吧！喝啊！」

一個學生以權杖使出大迴旋攻擊，打倒了一隻。但下一隻劇毒迅猛龍又間不容髮地攻了上來。

不過茨維特他們已經確實地做了關於密集陣形的訓練。

所有人都有自己負責的位置，互相守護著彼此的同時也能交互使出攻擊。對於以野生的直覺解決獵物的劇毒迅猛龍來說，他們的防衛陣形有如銅牆鐵壁。

但是這也是有弱點的。因為不夠熟練，若是發展成長期戰將對他們不利，要是魔物一起衝上來的話，他們毫無疑問會全滅。唯一的命脈就是靠咕咕們打倒魔物的首領。

「可惡，數量太多了！」

「別慌張！不能忍住的話就會產生破綻的。」

「可是……數量上是我們不利。希望牠們趕快打倒首領啊……」

「下次該準備盾牌才對……這已經不是魔導士的戰鬥方式了吧？」

魔導士基本上是砲台。然而現在的他們有一半是採取了和騎士一樣的戰鬥方式。

不，應該比較像是傭兵吧。要是沒有保護自己的手段，被殺的就會是他們。因為賭上了性命，無暇去管那些形式上的東西。

茨維特以外的這些年輕魔導士，親身體驗到了近身戰鬥的重要性。

——咕啊啊啊啊啊啊啊啊啊啊啊啊！

這時，有什麼忽然從森林深處飛到了天空上。

仔細一看，那是比劇毒迅猛龍還大的肉食性魔獸，那玩意一邊像鑽頭般旋轉著一邊撞擊到地面上。

「是『猛毒狂龍』。那些雜……成功了呢。」

「太好了！接下來就換我們反擊了！」

「殲滅牠們！連魔法也用上，上吧！」

——啾啪啊啊啊啊啊啊啊啊啊！

「「「「啥？」」」」

他們正打算轉守為攻時，被森林深處飛出的第二隻「猛毒狂龍」給嚇傻了。飛出來的魔獸身上佈滿斬擊造成的傷痕，因大量出血而斷了氣。

接著又有一隻從森林深處像是逃亡般地衝了出來。而且從牠動作遲鈍的樣子看來，應該是中了麻痺。

最後麻痺的效果散佈到了全身，牠動彈不得的在原地倒了下來。

「居、居然有三隻啊……」

「我們實際上是不是差點就沒命了啊？」

「是啊……這根本打不贏啊。有三個頭目，我們根本不是對手……」

「是說～咕咕們……太強了吧……」

首領們全被打倒，底下的劇毒迅猛龍們不安了起來。

群龍無首後牠們便無法再有組織地行動。

「現在正是好時機！趁牠們混亂的時候盡可能地打倒牠們！」

「「「喔喔喔喔喔喔喔喔喔喔喔喔喔！」」」

只要失去統率，軍團瞬間便會瓦解。

沒有負責下指令的頭目，不知所措的劇毒迅猛龍不是他們的對手。比較弱小的魔物率先逃亡，當中比較好戰的則是襲向茨維特他們，想要反擊。

只要牠們的行動分散了，接下來只要確實地擊潰牠們就好。

沒過多久戰鬥便結束了。

可憐的只有兩位傭兵，比起他們，咕咕們顯得更為可靠。

「……我們在這裡有意義嗎？」

「別說……說了只會更顯空虛吧。」

兩位傭兵的身邊飄滿了哀愁。

有系統地進行近身戰鬥的魔導士學生們，以及強得非同小可的咕咕們。兩位沒什麼出場機會的傭兵實在無地自容。

這兩個人以個人能力來說絕對不差，只是在團體戰上跟外行人沒兩樣，沒有多人戰鬥的經驗。像這樣的傭兵其實不少，真要參加戰爭時他們便會基於自己的判斷擅自行動，率先喪命。

要是擁有壓倒性的實力或許可以活下來吧，但是比起質，戰爭是以量來進行的。因為個人實力而專斷獨行的人是沒辦法在戰場上存活的。

兩位傭兵第一次了解到多人戰鬥的重要性。學院的魔導士們的戰鬥方式給他們帶來了不小的衝擊。

「訓練暫時先到這裡吧。之後就回收魔物的屍體，今天早點休息。可不能把疲勞留到隔天啊。」

「是啊。硬是前進也很危險，我認為見好就收是最好的。」

「嗯……也有些累了，應該是因為等級提升了吧。身體會感到倦怠也是沒辦法的事。」

「我要用煙霧筒了喔？到回收組來之前，也得持續戒備周遭的狀況才行。」

惠斯勒派的魔導士們基於和茨維特討論的實戰推論作戰方案，判斷休息也是很重要的一件事。雖是外行人但也知道何時該收手，他們認為再繼續往森林深處前進太危險了。更何況除了茨維特以外的人全都因為等級上升而有可能無法再繼續戰鬥了。

點燃煙霧筒，等回收組到了之後，他們便一起撤退了。

◇◇◇◇◇◇

「我們……要在這裡待到什麼時候？」

「我不知道。你應該去問那個人吧。」

躲在掩體後面狙擊獵物的少年學生小隊，雖然不斷地打倒了聚集過來的魔物，成功提升了不少等級，然而陷入了周遭滿是魔物，無法逃脫的狀況。

攻擊到魔力用盡為止，等魔力回復後又再度攻擊。

大量被血的味道給引誘過來魔物包圍了他們，成了這個想回去也回不去的慘狀。

「嗯……好像聚集了太多魔物了呢～該怎麼辦呢……」

「你這傢伙，這樣我們豈不是回不去據點了嗎！你要怎麼解決這問題啊！」

「就這樣不要回去，繼續打倒他們，提升等級如何？反正這是你們的目的，應該沒問題吧？」

「食物該怎麼辦啊！要是不在太陽下山前回去的話，不就連飯都沒得吃嗎！」

「一天不吃飯是不會死的。在戰場上孤立無援時，就會經歷同樣的狀況了呢。就當作是預設碰到那種狀況時的訓練吧。」

「你要我在這種洞穴裡面過一晚嗎！」

對於從小養尊處優的卡布魯諾來說，要在掩體裡面度過一晚簡直是無法想像的狀況。

要是這裡是戰場，他一定會率先被捨棄吧。

因為任性又恣意妄為的上級根本無法負起責任吧。

「你啊，真的是被寵大的呢……所以才說你是小弟弟啊……呵……」

「唔！」

冰冷的話語再度丟來。

其中帶著殘忍的念頭，讓卡布魯諾說不出話來。

「這種初始程度的狀況就叫做危機？你還真會說笑呢……呵呵呵。這根本沒有大深綠地帶那麼嚴苛吧……你就了解一下吧……什麼叫做權力那種東西毫無意義，真正的弱肉強食的世界……」

「那時候的傑羅斯」又回來了。壯闊的自然森林，讓他變成了覺醒後的戰士。

沒錯，就算在嚴苛的環境中也活了下來，體驗過弱肉強食真正的可怕之處後誕生的極惡野獸，又再度的甦醒了。他的嘴角上揚，露出了聰穎的笑容。

他拿下遮住眼睛周圍的面具，露出了一直隱藏著的表情。

大叔像是被什麼給附身了一樣，彷彿真的很愉快地嘲笑著少年們。

沒有比這更邪惡的事物了。

「好了……就讓你們看看地獄吧。接下來你們要不斷戰鬥到不想再戰的程度。可不許你們求饒。不管是說喪氣話還是放棄，甚至是一死百了落個輕鬆都別想。戰鬥吧……戰鬥到最後一刻，活下去吧……哈哈哈哈哈哈哈！」

少年們臉色發白。接著他們便發現了，這只是開始……

這一天，伊斯特魯魔法學院的少年小隊沒有回到紮營的地點。

他們持續戰鬥了一整晚。在背後有本能覺醒的極惡魔導士的監視下……

「「「誰……誰來救救我們——————！」」」

少年們的叫聲在拉瑪夫森林中空虛地迴盪著。

順帶一提，在遇到危險時拉薩斯雖會出手相助，但基本上他也只是看著而已。

無論如何，只有少年們被迫投身於地獄之戰中這點是千真萬確的。

第十二話　大叔讓少年們了解大自然的恐怖

在拉瑪夫森林進行的實戰訓練開始後第二天。

茨維特還好，但包含迪歐在內的所有伙伴都因為等級提升的影響而動彈不得。

劇毒迅猛龍比哥布林還強，再加上等級也很高的樣子，打倒了許多隻魔物的他們到了第二天仍無法擺脫強烈的疲憊感。

還有活力的只有茨維特，事情變成這樣他們也無法出發進行實戰訓練。

「沒想到所有人都無法下床……到身體適應為止之前得花上不少時間啊。」

「唔……抱歉，茨維特……我想明天就會好了。」

「升級」和「等級提升」基本上是一樣的，但關於這些現象還有許多謎團。其中一種說法是說打倒了生命力強的魔物，藉由吸取了對手的魂力，不只靈魂的力量，肉體也會隨之強化。

這個「等級提升」主要分成「心」、「技」、「體」三大類，「心」是指靈魂，被視為是從能力參數中無法確認的靈魂的存在力獲得了提升。「技」則是技能的等級提升。「體」就如同字面上的意義，被認為是肉體等級的強化。

愈強的魔物，靈魂、技能和肉體的等級愈高，透過打倒強者，能力的強化也會高出一截。

此外，就算是同等級的魔物，因為生長環境的不同，強度也會有極大的差異，但由於生長在愈嚴苛的地區，愈容易長成強大的魔物，所以據說除了「等級」外也有「階級」之分。

實際上，以拉瑪夫森林和法芙蘭的大深綠地帶相比，魔物力量的差距就明顯到足以說這個通論是正確的。無論如何，只要打倒強者，自己也會變強這點是毋庸置疑的。

先不管學者的通論是真是假，這個「等級提升」有些麻煩的問題在。

沒錯，等級低的人打倒了強者。或是打倒了許多的魔物後，給自己的身體帶來了負擔，身體暫時性的無法動彈。主要症狀是「疲憊感」、「關節痛」、「頭痛」、「想吐」、「麻痺」，症狀嚴重的程度與打倒的魔物強度大致上成正比。這個症狀被稱為「肉體適應」，為了變成更強的存在，肉體會開始調整為最佳的狀態。

這個現象一般被視為「等級提升症」，可是在這段期間內會無法戰鬥，變得毫無防備，所以在戰場上特別要小心這個狀況。

這是在打倒了大量魔物，或是像前面所說的戰勝了強力魔物的情況下會引發的症狀，但這就像是為了讓自己接下來能變得更強的陣痛期。

因為可以變強，所以這也不是什麼壞事，可是根據魔物的強度，也有可能發生「心」、「技」、「體」所有能力都提升了的情況。不過在這種情況下，受「等級提升症」折磨的時間也會拉長，甚至也曾有無法承受能力急速上升而瞬間死亡的案例。

迪歐之所以無法戰鬥的理由就在這裡。他恐怕是奮力打倒了魔物吧，但在比較弱小的時候應該要好好分配狩獵魔物的節奏才對。

看著因為「等級提升症」所苦但仍能行動的迪歐，茨維特認為明天就能再度出發了。他的學分是沒有問題，但損失了貴重的實戰時間感覺很虧。

「唉……今天就好好躺著吧。相對的，明天會很辛苦喔？」

「請你下手輕一點啊……回來時在這種狀態下移動，真的很痛苦……」

「我會考慮的……」

茨維特等人的小隊第二天無法行動，拜此所賜空出了一天的時間。

「那麼……時間空出來了呢。該做什麼才好呢……」

先不管強制參加什麼的，茨維特原本就是為了累積戰鬥經驗才來參加這個訓練的，可是現在這狀況讓他失去了參加的意義。而且他的等級還沒提升。

雖然在實戰中嘗試和伙伴的合作，以及蒐集對於提出戰略方案有用的情報也是他的目的，但是因為一天的戰鬥就浪費一天的時間實在太傷了。就算說戰鬥需要休息，但只有他一個人沒事待在這裡也很尷尬。

「……去瑟雷絲緹娜那邊看看好了。那傢伙應該也是類似的狀況吧。」

無事可做的茨維特決定去找八成和自己一樣變得很閒的妹妹。三隻咕咕跟在他身後，但周圍的人都戰戰兢兢地看著牠們。

牠們前一天大戰的事蹟傳了開來，因此備受警戒。

咕咕們在不知不覺間變得有名了起來。

◇　◇　◇　◇　◇　◇

茨維特在排滿帳篷的營地裡走著，總算找到了瑟雷絲緹娜的帳篷。

瑟雷絲緹娜和烏爾娜在帳篷旁邊用小鍋子燉著什麼。大概是採集了藥草回來，在製作回復藥吧。

庫洛伊薩斯和馬卡洛夫也在附近，他們雖然也在做類似的事情，但庫洛伊薩斯他們的身體顫抖得非常厲害。

他有種不好的預感，決定總之去看看他們的狀況。

「庫洛伊薩斯……你身體在發抖耶……不躺著休息好嗎？」

「啊啊……是哥哥啊……我昨天拿到了不錯的素材呢。讓我坐立難安，一不小心就開始調配魔法藥了……呵呵呵。雖然因為手在發抖，好像會調配失誤的樣子……」

「不，你去躺著啦！這種狀態下不可能調得好吧……」

「眼前明明有很棒的素材，卻要我什麼都不做的躺著？辦不到呢……根本沒有這個選項。要是把研究從我身上拿掉，我就什麼都不剩了……」

「……不要斬釘截鐵的說出這麼悲哀的事情！這樣聽起來你不是超可憐的嗎……」

研究就是庫洛伊薩斯的一切。他一邊承受著身體上的疲憊感，一邊鞭策著顫抖的身體持續調配魔法藥。只不過對於乾脆地說出「除了研究之外沒有任何長處」的弟弟，茨維特對他的將來感到一抹不安。

真想說既然有自覺的話就該改一改。

「茨維特……阻止庫洛伊薩斯吧。這樣下去不知道他會做出什麼糟糕的藥來。我沒辦法阻止他……就連要站起來都是好不容易才……」

「馬卡蘭的等級也提升了啊……你的手很抖喔？」

「是馬卡洛夫……差不多該記住我的名字了吧。我連吐槽的力氣都沒有了……」

「你這不就在吐槽。」

經歷了戰鬥的學生幾乎都以類似的狀態躺著，營地簡直像是野戰醫院。有精神的只有傭兵們和沒有碰上戰鬥的學生，他們喜孜孜地走進森林裡。

「小隊本身已經登錄過了，也不能和其他傢伙一起去森林裡。也沒辦法更換成員，只能閒著沒事做呢。畢竟我也沒帶調配用的器材來～」

「我們也是為了提升等級而來的，可是庫洛伊薩斯還是帶了器材，行李超大一包，占了載貨馬車一半的空間。」

「帶太多了吧……是說庫洛伊薩斯……你在調配什麼？顯然飄出了奇怪的煙喔？」

「哦？是莫可那草稍微加多了點嗎？也冒出泡末了呢……說不定失敗了。」

庫洛伊薩斯一邊以顫抖的手在夾板上記錄著什麼，一邊悠閒地說著這種話。

調配中的藥物逐漸浮出噁心的泡沫，最後一股帶有刺激性的臭味在周遭擴散開來。

「庫洛伊薩斯，你到底在做什麼！唔……眼睛……」

「我是想中和毒草的毒性，製作出藥效較佳的調配素材……但加入魔石的粉末後就出現了奇怪的反應……真奇怪。之前沒有發生過這種事情啊……」

「欸……庫洛伊薩斯。你手上那個藥缽裡面裝的……好像不是魔石的粉末喔？」

「哦？是火花草的根啊……因為顏色很像，我好像拿錯了。」

停。

「「喂！」」

茨維特全力逃離了現場。

幸好毒素已經被中和了，對身體沒什麼影響，但是刺激性的臭味太強了，有好一陣子眼淚都流個不停。

馬卡洛夫是悲慘的第一個犧牲者……

而且因為擴散開來的影響，許多學生與傭兵也成了犧牲者。茨維特躲往位居上風處的瑟雷絲緹娜的帳篷附近，離開了刺激性臭味的影響範圍。

「……還真是碰上了慘事。庫洛伊薩斯那傢伙，在那種身體狀況下做什麼實驗啊。」

「茨維特哥哥，你還好嗎？還有庫洛伊薩斯哥哥……他平常一直都在做那種事情嗎？」

「應該是吧。馬克貝斯那傢伙也很辛苦啊……」

「那個……他不是叫馬騰洛嗎？……還是馬肯洛？」

到現在還沒記住馬卡洛夫名字的兄妹。

「是說你有看見師傅嗎？」

「我也很在意所以問了伊莉絲小姐，但老師昨天好像沒回營地的樣子。伊莉絲小姐她們是不擔心，可是……」

「沒回來？喂喂喂……他該不會又變回那時候的師傅了吧？」

「因為剛剛雷娜小姐一邊喃喃說著『沒回來……我可愛的甜美少年們……』一邊確認了老師負責護衛的小隊的帳篷，我覺得很有可能是這樣。」

「那個女人……沒問題嗎？總覺得她身上有種犯罪的氣息……」

茨維特的直覺很敏銳。他應該沒想到師傅傑羅斯認識的人裡面會有重度的正太控吧。只是從瑟雷絲緹娜的話中得了真相。

「不過師傅沒回來啊……真的不要緊嗎？學弟們……」

「要是老師真的變回那時候的樣子，他們現在應該……」

「見到地獄了吧……而且學弟們應該認為講師們那些天真的上課內容是對的。師傅會認為這是個讓他們了解現實的好機會也不奇怪……畢竟他只要進入森林中就會露出野性啊。」

「在大深綠地帶是因為食物被搶走了，不得已才那麼做吧，但這次……」

「是因為學弟裡面有驕縱不知世事的小鬼在吧～……師傅八成會徹底矯正他的個性。」

在法芙蘭的大深綠地帶存活下來的大叔最了解自然的驚奇之處。

畢竟大叔在各種意義上都很清楚魔物有多恐怖，所以對於只是會用稍微強一點的魔法就很得意的人，一定會馬上覺得這種想法是錯的。

他會強制性的讓這種人親身體驗到人類生活的區域相當脆弱、輕易就會被破壞的事實吧。那恐怖程度可不是開玩笑的。

他會強制把對方帶往生或死的極限。

「話說回來，妳們好像打倒了強力魔物對吧？我記得是『粉碎巨兔』……靠妳們現在的成員，還真虧妳們能打贏啊？」

「因為護衛中有像老師一樣的魔導士在……而且對方還是跟我差不多年紀的……讓我受到一點打擊

呢。」

「喂……該不會是師傅認識的人吧？」

「是……同時展開複數魔法而且無詠唱，完全不是一般傭兵的水平。實力等同於宮廷魔導士……說不定還在那之上吧。」

「和妳差不多年紀……？是天才嗎？不，莫非跟師傅是同類……真不敢想像。」

伊莉絲是和傑羅斯一樣令人驚訝的存在。

以某方面來說她是大叔的同類沒錯，但她並不是「大賢者」。伊莉絲是「高階女魔導士」。

「雖然場面很危險，但有傭兵們在真是幫了大忙……咦？哥哥……我現在才覺得有點奇怪，但為什麼我們隊上有兩個傭兵，很多小隊有三人以上的傭兵護衛啊？我記得一個小隊的護衛應該只有一個人才對吧？」

「一方面是包含薩姆托爾在內的蠢蛋們不見了，再來就是從學院出發前有些低年級的小鬼們一起退出了的樣子。順便加上對孩子過度保護的笨蛋貴族家長透過別的方式提出護衛委託，所以傭兵們的人數才會多出來。」

「對我們來說是幫了大忙，可是護衛委託的報酬是學院方面要支付吧？好像聽說是賠本在辦這個活動……」

「肯定賠慘了吧……他們就是隨便接受了貴族的請託才會逼死自己。真是太蠢了。」

獨立於國家組織外的伊斯特魯魔法學院營運部，裡面的人幾乎都是有隸屬派系的魔導士。也就是說就算他們是負責營運的魔導士，在派系高層的魔法貴族們面前還是抬不起頭來，只能接下他們丟出的難題。

派系高層的魔法貴族對於營運部的魔導士來說是他們的老師，要是他們交待了「我派了傭兵去當我家繼承人的護衛，拜託嘍♪」這樣的事情，他們就必須接受這些請求，請傭兵公會處理才行。

這些傭兵從貴族那裡接下護衛委託的同時，也重複透過公會接下了護衛學生的任務，所以這工作其實很奇怪。結果就是傭兵的數量增加了，花費也增加了。

因為這樣所以這活動每年都肯定賠本。第一次參加學院例行活動的瑟雷絲緹娜無從得知這些內部問題。

更何況因為薩姆托爾率領的血統主義派都不見了，傭兵的人數有多，總之就增加了學生小隊的護衛人數。一個小隊有兩～三名護衛，多的甚至有到五名。

「雖然無關緊要……但那個獸人女孩為什麼這麼有精神啊？她和妳一起去狩獵了吧？應該所有人都因為等級提升的副作用而動彈不得才對啊……」

「因為是獸人吧？老師說過獸人族適應環境的速度很快。身體可能已經調整到最佳狀態了。」

「也太快了吧……我們在大深綠地帶可是疲憊了三天耶……」

烏爾娜不知為何開始在和烏凱過招。在她背後，被庫洛伊薩斯的實驗波及的人們橫屍遍野的倒在地上。

而造成這現象的庫洛伊薩斯卻若無其事，又開始進行其他魔法藥的實驗。不知道他是對毒的抗性很高，還是擁有「毒無效化」的技能。

茨維特看到了弟弟那毫無極限的忍耐力。

◇◇◇◇◇◇◇

少年們持續走在森林中。

他們從遍布各種魔物的激戰場上活了下來，臉上掛著耗盡一切的表情，正鞭策著自己的身體，想辦法回到營地。

「快到了……還差一點就要到營地了……」

「我已經……什麼都不怕了。反正這就是個弱肉強食的世界……和平什麼的只是幻想，就像是一撕就破的紙片……」

「打倒敵人……守護伙伴，這個世界上沒有神……能夠相信的只有自己的力量，以及同甘共苦的伙伴而已……」

「我錯了……貴族的頭銜根本派不上任何用場……這個世界是地獄，如果不是真正的強者，只會被人吞噬而已……」

他們雖然疲憊，目光卻很怪異。

簡直像是凶猛的野獸般銳利，儘管滿身瘡痍也沒有失去戰意。

不如說他們的表情簡直像受傷的野獸一樣險惡，就算途中遇上魔物，他們也會戰到最後一刻吧。他們有如經驗豐富的戰士般不露出任何破綻，聽到些許聲響便會擺出戰鬥陣形。

到昨天為止還在他們身上的天真少年感已經連半點都不剩了。

「看來他們有好好了解現實了呢。等級也提升了，成果還不錯嘛～♪」

「……那樣不會很危險嗎？感覺完全不像是小孩子。」

「人啊，總有一天會成長為大人的。他們比其他人更早了解世界有多嚴苛，成為了戰士呢……呵呵呵……」

「……這不是洗腦嗎？我看起來只像你灌輸了他們什麼激進的想法喔？」

「這是教育喔。就算只是離開人類的世界一小步，等在那裡的就只有吃或被吃……唉，教育也是一種洗腦啦～像卡布魯諾就已經腐敗了。」

「……這我是有同感……」

一整晚都在森林中持續戰鬥著，但就算全身都暴露在疲憊感中，仍為了活下去而擠出力氣的少年們，平安的覺醒成為了戰士。

「和環境以及與生俱有的資質無關……既然弱小就戰鬥吧。只有戰鬥並活下來，才能成為強者……」

「沒有什麼捷徑。只有闖入危險中的覺悟才是變強的祕訣……膽怯並不羞恥，要狡猾且冷靜的了解敵人，不要過度相信自己的力量……」

「學習知識、鍛鍊技巧……磨練心智……就算弱小，反過來看也是可以冷靜對應敵人的優點……不能逃避嚴苛的現實……」

「人的常識什麼的，跟世界的嚴酷相比只是微不足道的東西……人必定伴隨著死，死亡時時刻刻都緊貼在身邊。連這麼簡單的事情都沒注意到的我真是太愚蠢了……被人說是小弟弟也是無可奈何的事情。」

少年們像是領悟了什麼。不過那個樣子感覺實在太糟糕，從旁看來只覺得他們的內心壞掉了。接著他們終於抵達了營地。平安無事的活著回來了。

少年們雖然累得想要立刻進去帳篷休息，然而有個人朝著他們跑了過來。是個做執事打扮，略顯老態的男性。

「卡布魯諾少爺～！幸好……幸好您平安無事……老夫、老夫很擔心您啊！」

「害你擔心了呢，茲洛斯……我沒事。」

『『女用四角褲？這真的不是在帶什麼哏嗎？而且先不管那些，為什麼外部人士會在這裡？』』

（註：「茲洛斯」這個名字的日文音同「女用四角褲」。）

這個實戰訓練是學院的教育課程之一，身為外部人士的僕役是不應該出現在這裡的。然而名為茲洛斯，蓄有兩撇翹鬍子的老人卻出現在這裡，淚眼汪汪地跑到卡布魯諾的身邊。

右手還拿著吃了一半的麵包……

「您沒受傷吧！有好好吃飯嗎？老夫好擔心卡布魯諾少爺……擔心得食不下嚥……」

「……那你手上拿著的麵包是什麼？算了……老爹啊，我過去太愚蠢了……」

「您是指？」

「伯爵家的地位……我因為總有一天能夠繼承家名而驕矜自滿，不好好反省自己，只是愚蠢的過著日子……」

「這不是理所當然的事情嗎……卡布魯諾少爺，您是怎麼了……？」

「可是這是錯的……像伯爵家這種脆弱的地位，在大自然的威猛前不過是塵埃……我那樣愚蠢下去的話總有一天會消失的，成為連名字都不會留在歷史上的垃圾。」

「卡布魯諾少爺？您難道是吃了什麼奇怪的東西嗎？您變得非常符合老夫的喜好耶……」

茲洛斯知道平常的卡布魯諾是什麼樣子，在他對於突然覺醒、變得氣宇軒昂的少爺感到困惑的同時，不知為何也心動了起來……這個老人也不太對勁。

「看著吧，老爹！我……會讓龐堤司基家成為名留青史的豪族！啊啊……簡直像是重生了一樣。一想到這份疲憊感也是我跨越了邁向榮光的一個障礙的證據，就覺得神清氣爽。」

『『不，拜託你不要這麼做啊……太丟臉了！而且那個老爹，腰部的動作太詭異了吧！』』

大叔和拉薩斯在心底吐槽著。

負責照料少爺的茲洛斯對於卡布魯諾的成長似乎格外高興，腰部的動作又變得更劇烈了。

「近期內……就請父親大人去隱居吧。那是我等伯爵家的恥辱！貴族不是地位，而是該對人民負責的職務吧。首先需要足以信賴的家臣，要是不發起改革，我等的領地就會腐敗。不，早已經腐敗了！」

「卡布魯諾少爺！您是……您是多麼地威風凜凜啊……老夫、老夫我太高興了！」

『……那個老爹，為什麼腰的姿勢這麼奇怪？該不會……』

『……是武田信玄嗎？他想就這樣籠絡或殲滅周圍的貴族們，衝往戰亂之世嗎？充滿了以下剋上的幹勁呢～』

卡布魯諾身為貴族的驕傲覺醒了，找到了自己該做的事情，並開始朝著那個願景前進。將來的年輕領主收起了傲慢，取而代之的充滿了高貴的氣勢。名字先不提，現在的卡布魯諾莫名的帥氣。

「看起來放著不管也好……要是扯上了關係，感覺不會有什麼好下場。」

「……我有同感。」

對少年們的歸來與變化，感到驚愕的不只是茲洛斯。

講師們和同屆的少年們，看見從地獄歸來的少年們前後的落差也說不出話來，不敢隨意向他們搭話。他們散發出的魄力明顯和周遭的人不同。

而這些少年們改變了的樣子，讓一位女性一邊顫抖，一邊瞪著傑羅斯。

「傑羅斯先生！」

「怎、怎麼了？雷娜小姐。我現在正想立刻去吃點像樣的飯呢……」

「你對我的甜美少年們做了什麼啊！曾經是那麼……那麼可愛的孩子們，現在卻變得有如從死亡邊緣活下來的戰士一樣銳利……」

「我是不知道他們什麼時候變成了雷娜小姐的東西啦，但從死亡邊緣活下來這點沒錯喔？呵……他們從與死相伴的世界活著回來了呢～從最單純而恐怖的嚴苛世界……」

「到底是什麼……在那些孩子們身上，到底發生了什麼事！」

「妳問我什麼事……」

從大叔口中說出的是一段極為壯烈的故事——

◇　◇　◇　◇　◇　◇　◇

少年們眼前的是因魔物的屍體而聚集過來，成群的飢餓肉食野獸。

他們不斷地從掩體內用魔法攻擊，休息到魔力恢復後再繼續攻擊，重複著這樣單純的動作。

然而這也撐不了太久。就算外觀上有做偽裝，但不斷從掩體後方傳來攻擊，就算是智能低下的魔物也會發覺的。

魔物理所當然的聚集到了掩體旁邊。

『呵呵呵……聚集的狀況不錯呢。來，為了活下去打倒牠們吧……這就是現實，這就是在你們日常生活外面的世界。不殺就會被殺。會被吃得一乾二淨，連屍體都不剩，世界的法則就是這麼簡單易懂。』

『救、救命啊……魔力已經……』

『既然魔力枯竭了，在回復前就用武器攻擊吧。杖也可以用來當武器喔？單純地毆打對手也是有效果的。不然我在那邊的牆上開個洞，讓你們不想戰鬥也得戰鬥如何？』

『『『咿咿咿咿咿咿咿咿咿咿咿咿！』』』

魔王降臨了。

少年們心中只抱持著「我要提升等級，給那些瞧不起我的傢伙們好看！」這種程度的單純想法。

明明只要稍微提升一點等級就夠了，卻不知道是哪裡搞錯了，陷入了被大量的魔物包圍，孤立無援的狀況。傭兵和大叔這兩人真的只有在相當危險的時候才會出手。

為了活下來就必須戰鬥，就算很勉強也要讓身體動起來，一邊哭著一邊用杖毆打魔物。接著……過了十二個小時。

『要是這種程度就活不下去的話，在大深綠地帶連哥布林都能殺掉你們喔。因為那邊的強度完全不同呢……變強吧，變得比現在更強……呵呵呵……』

『為了有效的打倒敵人必須合作……注意周遭的狀況……』

『在戰力有限的情況下，失去一個伙伴就足以致命……守護彼此，確實地幹掉敵人……』

『魔法是最終手段……現在要以物理攻擊，有效的……』

『要殲滅敵人……不打倒牠們我們就會死……這個世界說穿了就是弱肉強食……』

『『『『死吧！為了我們平穩的生活！』』』』

少年們覺醒成為戰士。不，應該說他們不得不覺醒。接下來的事情更是慘烈。

他們打倒哥布林後搶走武器，再以那個武器打倒其他的魔物，襲向更多的獵物。

少年們為了活下來拚上了全力。為了打倒野獸只能成為野獸。

人的道德觀念在大自然的法則前沒有任何用處，成為戰士的少年們將不必要的東西放在腦中的角落，一邊戰鬥一邊累積經驗，提升效率，再繼續戰鬥。

以活著回去為目標的少年們，精神由於等級提升帶來的成長及魔力增加而異常活化，以意志力壓下等級提升時出現的疲憊感，只專注於如何打倒魔物。

簡直處在極限狀態下。接著……等他們回過神來，周遭已經沒有會動的魔物了。

唉，大叔等人也是有在注意別讓他們死掉，但造就了最糟的結果。

『這下他們就變強了吧。遠比其他的學生們更強……』

『我啊……還是第一次看到這麼殘酷的實戰訓練。』

就連拉薩斯都啞口無言。

他曾多次擔任這個訓練的護衛，但還是第一次看到疲憊至此、被逼至極限的訓練。而且還記得從旁調整，讓少年們雖不致死，在精神上卻不斷承受著壓力。

透過這種方式硬是讓他們的鬥爭本能覺醒。這可不是一個像樣的人會做的事。

確認周遭已經沒有敵人後，少年們開始搖搖晃晃地走回營地。

然而他們就算疲憊也沒有鬆懈下來。活著回去這件事情就是他們的戰鬥。

◇◇◇◇◇◇

「——發生了這樣的事情呢，他們平安變強了喔。哈哈哈哈哈。」

「你這惡魔喔喔喔喔喔喔喔喔喔喔！傑羅斯先生殺死了少年們純樸的心，把他們洗腦成凶惡的戰士了啊啊啊啊啊啊啊啊啊啊啊！」

「這麼說太難聽了。這個訓練原本的目的就是要他們變強吧……我只是幫了他們的忙而已喔？」

「就算是這樣，有必要破壞少年們純真的心靈嗎啊啊啊啊啊啊！」

「只靠純真是活不下去的。他們已經理解了……要是踏入世界，非生即死……世界可沒那麼溫柔啊。」

「那是非得要現在知道的事情嗎！」

「我覺得早點知道比較好啊？畢竟這個國家緊鄰危險地帶啊……」

索利斯提亞魔法王國的旁邊就是廣大的法芙蘭大深綠地帶。大部分的國土都緊鄰那個領域，但若是出現凶惡魔物，卻沒有能夠應付的人。

比方說龍。畢竟這裡連能夠打倒飛龍的人都沒有。不只是等級低，還有許多人滿足於不上不下的強度，覺得這樣就可以了。

要是哪天魔物從大深綠地帶湧現而來，他們肯定連個像樣的抵抗都辦不到，只會單方面的被虐殺吧。兩邊的強度就是有這麼大的落差。

比起出事時什麼都辦不到就喪命，不如趁現在變強，提升活下來的機率。

「因為這樣……就讓那麼可愛的……」

雷娜的視線移到少年們身上。

「啊啊……和平是這麼的安祥呢。這是多麼的幸福啊……」

「破壞這份和平的存在，無論用什麼手段我都會殺了他。」

「神什麼都不會做。那麼，我們只能繼續變強才行……為了守護這安穩的時光。」

「沒錯，不過在人類中也有威脅存在。以某方面來說，魔物還比較單純吧……要是不除去名為惡的魔物，我們就只會不斷被利用而已。」

「「「「「敵人就該被殲滅！無論是魔物還是人！為了人民的安穩生活站起來吧！國民們！索利

斯提亞萬歲！」「」「」「」「」

「卡布魯諾少爺～～～太帥了————————！」

少年們的敵意不僅朝著魔物，也朝向了在私底下作惡的邪魔歪道們。

訴說人類道德觀的教科書被擴大解釋，最終成了像是宗教的經典那樣的東西。而傑羅斯的「在危險地帶生存下來的方法」，對於少年們而言連接著正義的聖經。

他們結合了沒被教導到的東西，移動到了另一個階段。簡直就像是為了擾亂他國情勢而生的特種部隊，在不知不覺間變成了恐部分子回來的狀況。

最可怕的是他們的思想急速轉向了激進主義

「糟糕……我是不是做得太過火啦？我只是簡單教了他們要怎麼對付魔物而已，為什麼會變得像是崇尚武力的右派組織啊……為什麼？」

「你問我？把他們變成那樣的是傑羅斯先生吧！」

「不，這發展也實在出乎我意料啊。看來他們相當不滿目前學院內部的狀況呢。比起那個……我很在意那個執事老爹，他還好吧？」

「……那個人身上跟我有類似的氣息。但為什麼我不是很想承認這點呢……」

「我一點都不想知道這個事實。雖然多少有查覺到，但我刻意不說出口的……卡布魯諾的貞操安全沒問題嗎？」

大叔也知道雷娜的性癖。

雷娜之所以不能接受茲洛斯，是因為她的對象至少是遵循自然法則的異性，而茲洛斯卻是同性。對她而言是絕對不能認同的存在。

明明做的事情都一樣，中間卻有一道無法理解的高牆。

「是同類相斥嗎……這世界真是充滿了不合理的事情。明明是一樣的存在卻絕對無法交會。」

「我是不太想跟他相提並論啦……」

在大叔看來兩者都是一樣的。

不過就是異性和同性的差別，大叔不想接受的是他們對年幼的少年們伸出毒手這一點。

「好了……整晚沒睡，去帳篷裡睡個覺吧。」

「等等，傑羅斯先生！我話還沒說完耶，把那些孩子們變回原樣啊！」

「沒辦法，已經開始行動的人是無法制止的。」

在嚴苛的生存競爭環境下，他雖然有責任教導他們活下來的手段。但對於混入了奇怪的思想，已經進入全新境界的他們，大叔也無計可施。

就算說他不負責任，做出決定的也是少年們。他們比大叔預期的往更奇怪的方向衝去了。

「「「我為人人，人人為我！」」」

少年們像是某三個劍客一樣在宣誓著。

究竟會成為優秀的人才還是會變成思想激進的恐怖分子，就看他們的造化了。

「卡布魯諾少爺～～～擁抱老夫吧————！」

雖然有個奇怪的人在那邊，但大叔決定對他視而不見。

這種露出恍惚的表情，臉上掛著鼻水的同時又像是感動到了極點，吶喊出聲的中老年男性，他一點都不想留在記憶之中。

不如說他想要立刻忘記，所以迅速離開了現場。

之後，在營地吃完飯的大叔，回到自己的帳篷裡面呼呼大睡。

像是要把討厭的事情從記憶中消除似地……

第十三話　大叔忘了工作埋首於興趣中

「我們……為什麼會在森林裡面啊。營地明明有提供美味的餐點……」

「誰知道啊！有意見就去跟薩姆托爾說啊！」

「雖然茨維特那傢伙說薩姆托爾太天真……但他還真的說對了。連食物也是戰備糧食。是說那些殺手……真的會來嗎？」

血統主義派的青少年們在前往拉瑪夫森林途中偏離了道路，以繞遠路的方式在學院營地的相反位置上建造了據點。

他們的工作是引導「九頭蛇」的殺手，但這些人基本上是想到什麼做什麼，所以食物以及紮營需要的器材之類的東西全都沒帶。

幸好帳篷裡面還有戰備糧食，但戰備糧食也無法撐太久。真的是想到什麼才做什麼，完全沒有計畫性可言。

決定會合地點的是薩姆托爾，其他人只是跟著他，但沒有仔細想過為什麼要遵從薩姆托爾的話。

不，應該說他們無法思考才對。

他們被布雷曼伊特的魔法下了暗示，變得不會對此產生疑問。

按照原本的狀況，這類魔法若沒有定期施加暗示，效果就會愈來愈薄弱，最後解除。但是不知該說幸還是不幸，他們的暗示似乎暫時還沒有要解除的樣子。

「來了……那些人是怎樣啊？」

他們看去的方向，有個身穿粉紅色東方服飾的少女與穿著騎士盔甲的少年。以及披著黑色斗蓬、身穿同色晚禮服，身上配戴著完全是暴發戶品味飾品的浮誇女性正朝這邊走來。

看起來全是些騷包，怎麼樣都不像是殺手。

「喂，薩姆托爾……那種人沒問題嗎？」

「我不知道……但實力似乎是沒話說。」

穿著黑色晚禮服的女人露出親切的笑容，來到薩姆托爾等人身邊。

「久等了～老實說我們迷路了。真是的，居然挑這種長滿雜草的地方當會合地點，不懂得體恤女人可不配當男人喔？」

「閉嘴！你們只要做好交代的工作就可以了。是說……這兩個人是？」

「我的護衛。萊茵哈特跟無名氏小妹妹，請多指教嘍。」

「妳開什麼玩笑？這麼浮誇的傢伙不是很顯眼嗎！」

「不過他們很強喔？強到可以把你們統統殺光，呵呵。」

先不論外表，聽到這兩人非常老練讓他們的臉色瞬間刷白。

這三人的外觀的確很浮誇，可是身上的裝備全是一流的，像血統主義這種極為貧困的地下派閥根本買不起。

再加上身上配戴了許多看起來就是魔導具的東西，只要賣掉其中一樣，就可以玩樂個好幾年吧。

「欸，莎蘭娜大姊……雖然這些人好像都跟我差不多年紀，不過就是這些傢伙不用腦，跑來拜託我們麻煩的工作嗎？很會找麻煩耶。哎呀，不過我能自由是好事啦。」

「是喔？他們就是些完全沒有思考過任何方案，只會叫我們殺人的笨小孩。是一群完全沒有理解到一旦收拾了公爵家的大少爺，自己的腦袋也會分家的可憐笨蛋們呀。唉，不過這也是工作。」

「……麻煩。雖然有飯吃我就做……」

「你們還真是輕易地就接受了殺人的工作耶……唉，既然有錢賺，也就只能下手了。所以呢？目標現在是什麼狀況？有幾名護衛？」

莎蘭娜詢問薩姆托爾目標茨維特身邊的護衛狀況。

但薩姆托爾等人一同露出尷尬的表情，彷彿有什麼哽在喉嚨裡似地支吾其詞。

「怎麼了？我只是問他身邊有多少護衛啊？你該不會想說你沒去查吧？」

「關於這點……狀況很奇妙。雖然他身邊只有兩個學院僱來的傭兵……但有麻煩的生物聚在他身邊，而且還強得離譜。」

「麻煩的生物？」

「嗯……很難以置信，不過是狂野咕咕……」

「「啥？」」

狂野咕咕是相對弱小的魔物。就算會變強，那也要進化後才算數，絕對不是什麼難纏的魔物。

但薩姆托爾等人的表情非常嚴肅，全都苦惱地抱著頭。

「你們……該不會連那些雞都打不過吧。真丟臉耶～」

「閉、閉嘴！要是普通的狂野咕咕我也能輕鬆解決啊！但那些傢伙太奇怪了！」

「畢竟僱來的盜賊有一半被牠們給殺掉了啊～……」

「那個肯定不是亞種就是突變種！強度層級根本不一樣……」

「怪物……那個絕對不是咕咕！」

聽到萊茵哈特這句話，血統主義派的學生們接連出言反駁。讓人更搞不懂是怎麼回事了。

與不明就裡害怕著的學生們相比，一身粉紅的忍者少女不知為何眼睛閃閃發光。

「如果覺得我在說謊，就看看這個魔導具吧。」

薩姆托爾取出水晶球，將封印在其中的圖像投影在空中。

這是被稱為「時間封印寶珠」，簡單來講就是類似數位相機的魔導具。當然也是舊時代的遺物。

投影出來的畫面上可以看到毫無慈悲地殲滅盜賊的三隻雞。動作快得讓人眼睛幾乎跟不上，一個沒注意就有無數盜賊在下一瞬間飛上空中，被殘忍地殺死或是一擊斃命。

這內容讓莎蘭娜和萊茵哈特張口結舌。

「這什麼鬼……？開玩笑的吧，怎麼看都不是咕咕會有的強度啊……」

「麻煩耶……隱密遠距離、打擊、劍術全都有了，盜賊們根本不是牠們的對手……這等級到底有多高啊……」

而且技巧種類豐富到難以捉摸，再加上動作輕巧還會飛，完全無法預測攻擊到底會從哪裡過來。

「我覺得要當作牠們跟我們有一樣強度比較好。要是牠們另有馴獸師管理，真不知道會有多強……」

「不，馴獸師一定在旁邊吧，沒有的話根本無法控制這種猛獸……」

「……咕咕好帥喔♡」

總數約有六十人的盜賊，不到五分鐘就被殲滅的景象太駭人了。

真的是無敵的雞。老實說是讓人不想與之為敵的麻煩對手。

「這些傢伙很扯……不管怎麼看都不正常吧。」

「這麼一來，就只能想辦法孤立目標了。幸好我們手中有那一類的魔導具，只能盡可能讓他脫隊了。」

「但要是這群雞跑出來該怎麼辦？很難搞喔？」

「目標本人不強吧？我想應該跟這些小子們差不多，那只要想辦法一擊解決掉他就好了。」

「原來如此……這個世界的傢伙們不知為何都很弱……只要能夠爭取到時間，就能輕鬆獲勝啊。」

計畫大致底定，但不確定要素太多了點。

咕咕有多強還是個未知數。再加上若飼主在旁邊，也不知道飼主的戰力有多強。

至少沒有比咕咕們還強就太奇怪了，但情報太少了。

「還有，可以的話希望你們能讓其他人陷入危機。然後由我們拯救他們。」

「原來如此，想要提升自己的評價啊。不過真的能這麼順利嗎？」

「你們只要照我們的要求做就好。這是工作吧！」

「囂張耶～自己去做不就得了。太依賴別人只會失敗喔？」

「囉唆！叫你們做你們就做！」

「別以為大吼我們就會乖乖聽話喔？我們和小弟弟你之間可沒什麼情份喔？就算在這裡殺了你們也沒差……」

「唔……」

薩姆托爾已經沒有退路。如果不在這裡幫自己刷點分數，就沒有辦法一舉竄奪惠斯勒派。完全沒有發現這麼做已經太遲，只會不斷展現個人慾望這點確實很像他會做的事，不過他從來不覺得這會招來致命的結果。

他不知道這些咕咕的主人是個實力強大到超乎常理的人。也無從得知這個人是茨維特他們的老師。情報不足有時候會導致判斷失誤。以某種程度上來說，莎蘭娜等人還比較懂得怎麼判斷情報。

總而言之，狀況已經靜靜地開始改變。

◇◇◇◇◇◇

「唔～～～嗯，美好的早晨。真的好好休息了一番呢。背好痛……」

「師傅……你從昨天回來就一直睡到現在嗎？」

「畢竟我整夜沒睡啊。你的學弟們八成還不能動，所以今天大概沒什麼事……這樣我就可以去當茨維特你的護衛了吧。」

「你該不會是為了來當我的護衛才刻意亂來的吧？」

「不，因為有個滿嘴大話的囂張小鬼在啊，我只是要他認清自己的程度喔？」

「我想也是。果然回到『那時候』了嗎……」

「……看來我只要一踏入森林，感覺就會往危險的方向偏過去呢……」

傑羅斯回來後的隔天。學院的少年魔導士們一如所料根本無法動彈，被逼得要好好靜養一天。

而大叔也因為這樣沒事可幹，想說既然有空就去森林採集一下素材。當然同時也可以在附近待命，協助護衛茨維特。不過一直保持警戒以防範不知何時會來襲的敵人，對精神的負擔很大。

他打算和茨維特保持一定的距離，順便在拉瑪夫森林裡散步。

「一想到打算襲擊我們的盜賊啊……師傅，你覺得他們會下手嗎？既然都已經失敗過一次了，一般都會認為這個方案的風險很高吧？」

「機會只有今明兩天。畢竟襲擊營地跟自殺沒兩樣，要採取行動的話，以機率上來說他們比較有可能會在今天行動。這種幹些非法勾當的人都會選擇成功機率高的那天吧。」

「有沒有可能會避開實戰訓練，選擇在學院裡下手呢？只要有人接應，我想應該辦得到。」

「學院裡太容易被人看到，而且想入侵宿舍還要面對森嚴的戒備，這風險才高吶。畢竟人多，而這些混黑社會的傢伙都會想避免長相曝光，所以潛入學院的可能性應該不高吧？」

傑羅斯曾經在事前一邊看著仔細記載有學院細節的文件，一邊調查可能執行暗殺工作的地點，但因為學院和宿舍的牆壁上都埋設了等同於警報裝置的魔導具，就算使用魔法入侵也會被強制排除。也就是說要入侵這件事本身的難度很高。不愧是擁有悠久歷史的魔法學院。

再加上索利斯提亞公爵家更不可能沒有派人護衛，要評論風險，在這座森林裡面暗殺的成功率會比較高。

「不過要防範不知道會採取什麼手段的對手還真累人，想喘口氣啊……」

「唉，我製作的魔導具應該可以爭取一點時間，但沒辦法完全防禦吶。要是遇到了殺手，麻煩立刻發出求救訊號。」

「我知道。我也不打算逞強，但可能會為了保護自己開戰就是了……」

「記得以保命為優先，如果發現無法逃脫，就集中精力想辦法爭取時間吧。接下來的我會處理。沒打算讓他們活著回去就是了……」

「好可怕！」

大叔過去對ＰＫ玩家就毫不留情。

面對以卑鄙手段打倒其他玩家，搶奪其裝備的人，他會採取更不人道的手段報復。

而當時使用過的凶惡魔導具，現在也還留在他的道具欄裡面。

「要是用了那個不知道會怎麼樣……我是很想確認一下效果啦……唔～」

「師傅？我是覺得不至於，但麻煩你別想著要拿什麼可怕的魔導具出來用喔？」

「哎呀～要用也是等抓到對方之後啊♪畢竟這是可以大幅提升身體能力的魔導具耶？持續戰鬥下去，最後就會發動封印其中的魔法而自爆。而且它不僅會吸引魔物過來，還不可以卸下。是我以前在半是好玩的心態下跟伙伴一起打造的玩具。」

「那個……應該就是偶爾會被發現的詛咒裝備吧？是說你看起來為什麼這麼開心啊？」

「既然要實驗，用在壞蛋身上比較不會愧疚啊……呵呵呵。」

「超級虐待狂……我好同情對方啊……」

大叔已經進入殲滅模式了。

因為還沒看過對手所以有些瞎操心，但是真要說起來不管怎樣都不可能比得過等級超過1000的傑羅斯吧。

單看身體能力也有壓倒性的差距，他絕對可以輕鬆應付一般對手。

問題在於大叔還沒有完全掌握自己的能力到底強到什麼程度，即使只是小試身手也有可能輕易地殺害對方。要是一個不小心下了殺手，就不能執行快樂的處罰時間了。真的是個很麻煩的狀況。

『就算放水也很有可能會因為對象不同而當場殺死對方呢……所以一開始就要使用「手下留情」壓制對方，五花大綁之後幫他回復，接著再強行裝上各種試做品……呵呵呵。真懷念那段時光。』

「師傅……你的表情超可怕的耶？」

「咦？真的嗎？這還真危險啊～……撲克臉、撲克臉……」

對壞人毫不留情的大叔。他完全沒有自己是個危險人物的自覺。

現在他滿腦子都在想要怎樣讓對方無力還擊並加以處罰。大叔開心的樣子連茨維特看了都敬謝不敏。

「師傅……總覺得你比咕咕們還期待襲擊者到來耶？」

儘管心想著『沒有這回事』，大叔還是感受到些許尷尬的氣氛。

他知道自己的內心裡充滿期待，所以無法否認，只能轉而看向旁邊蒙混過去。

他已經漸漸從「那時候」變回「殲滅者」了。

◇◇◇◇◇◇◇

茨維特的小隊再次踏入森林內。

要培育優秀人才，提升等級就是必須面對的課題。當然這也關係到講師的評價，從某種程度上的疲憊感中恢復的學生們，就要強制回到森林裡。

畢竟參加這項活動的只有成績優秀的學生以及完全相反的吊車尾，中間程度的學生可依照自身意願選擇是否參加。

吊車尾的學生為了拿到學分可是拚了老命，優秀的學生則是有必要培育成將來足以擔任魔導士團幹部的候補人選。一般來說由優秀的講師授課，依照階級分別安排各自的課程來教學會比較有效，但講師陣營中大多都是原本成績中等的人，所以成績好的學生常會比講師還優秀。

另外還有來自派系幹部以及貴族等多方面的要求，被夾在中間不知如何是好的講師們，選擇往安全的方向逃避的結果就是這個實戰訓練。他們緊緊抓著「只要僱用傭兵當護衛就沒問題了吧」這種沒來由的安心感，可以看出他們完全沒有考慮學生的安危，並將這一切問題全數丟給傭兵公會的隨便態度。

然而這也不能怪講師們。他們常要接受來自上頭的不合理要求，也有不少人因為壓力而搞壞了身體。他們處於要是被瞪一眼，就要擔心對方是否會暗中做些什麼，導致自己連普通地過生活都辦不到的狀況，所以現下講師們只能超越派系，彼此聯手，不斷摸索解決方案。

不知道該不該說是幸運，至少目前為止沒出什麼大問題，足以保住學院的顏面，事實上也還是有培育具有一定實力魔導士的效果在。

雖然值得同情，不過學生無從得知這樣的內幕，只會理所當然地接收訊息，努力上課和參加活動就已經費盡心力了。反過來說就是沒有任何變化。

學院就在這樣的狀況下平安地營運到了現在，所以不難理解他們會有「這次也交給傭兵公會就好了」的念頭。

教育機關為了教育小孩，時常要承受來自外界的壓力，這不管在哪個世界都一樣。可是這並不代表這次的活動也能夠平安落幕。

「哈啊～……今天是關鍵啊。看樣子會是鬱悶的一天。」

「茨維特……你在擔心什麼嗎？雖然我不知道能不能幫上你的忙，但你可以找我商量喔？」

「嗯……我只是介意薩姆托爾那個笨蛋會幹些什麼。我知道他跟血統主義派串通，在背地裡有動作，但不知道他會做些什麼。」

「血統主義派啊～他們的菁英意識特別氾濫呢。只是能夠使用遺傳性的固有魔法而已，即使沒什麼效用也很囂張。」

「雖然其中也是有可用的人才，但那些人幾乎都隸屬於國王直轄的機關。他們就是一些誤把別人的功績當成自己功勞的笨蛋，等擴張之後才想要收拾就來不及了。」

「為什麼可以堂而皇之地把別人的功績當成自己的啊？他們獲得的功績都是屬於個人的吧？我覺得這臉皮也太厚了。」

「不抓著別人的功績就會覺得自己很悲慘吧。缺陷魔法是能派上什麼用場？」

繼承了血統魔法的魔導士中，也有人擁有非常強力的魔法。

這些人大多隸屬於國王直轄的諜報機關或執行特殊任務的部隊。而且會被用極佳的待遇迎接進去。但就是有緊抓著這些人的功勞不放，藉此拓展派系的人在。

對成功人士來說這樣的行為只是找麻煩，所以他們會跟這些幹蠢事的傢伙們保持距離，不過由於他們的名聲被擅自挪用，還是受到了一定程度的損害。

擅自沾別人的光這種事情當然很沒道理，所以魔導士團常會發來『處理一下好嗎！那些傢伙擅自濫用我的名號耶！為什麼會有莫名其妙的酒吧找上門來要我支付欠款啊，而且還不只一家……』之類的，既是抱怨也是嘆息的要求過來。

是明明沒有實力，臉皮卻厚到不行的一幫人。

「以某種意義上來說，是非常適合薩姆托爾的派系啊。雖然血統主義派並非正式受到認可的派系就是了……」

「是啊，我認為血統魔法也是端看怎麼運用，但連運用方式都不去鑽研，只會寄生在他人之下，才會被討厭吧。對於因為努力了才獲得成功的血統魔導士來說，他們真的是找麻煩。」

「畢竟他們還把成功人士當成叛徒呢。而且還會刻意找碴對吧？真的是一群像蒼蠅一樣的傢伙。」

「說得真好，就算趕走了還是會再飛過來……對認真的人來說只覺得煩吧。」

不用說，血統主義派也是恐怖分子預備軍。

他們相信自己才擁有魔導士的正當血統，會以高高在上的態度看待他人並侮辱對方。明明沒有實力卻很囂張的態度讓人厭惡，為了宣揚自己的主張甚至不惜貶低他人。

另外，只要有人反抗，他們也會毫不在乎地將之殺害，而且還跟黑社會有所來往，真的是一群非常麻煩的人。更困擾的是他們和國外的血統主義者們也有聯繫，雖然派系本身規模不大，不過以地下組織來說，算是相當具有規模。

「總有一天他們會說出『找回舊時代的榮耀』之類的話吧，但以古代文獻的紀錄來看，他們就是魔法實驗產生的失敗品，原本可是罪犯們的子孫喔？」

「他們不承認吧？老是說自己是舊魔法文明的貴族的血統什麼的。」

「嗯，說起來舊時代好像根本就是民主國家，沒有什麼王族、貴族的存在。」

「不僅不念書還只會盲信啊。不過這些人就是這麼麻煩。我完全懂薩姆托爾會跑去投靠他們……」

「他那個樣子成績居然還不錯，簡直難以置信。按照傳聞，他應該是私底下有做什麼手腳竄改成績，但找不到證據。」

從古老文獻中可以得知舊魔法文明的政治體制乃民主主義。不過血統主義派並不承認這點，認為是現在的王侯貴族們捏造的消息。

最麻煩的是四神之一似乎傳達了神諭給血統魔法的使用者，因為這樣導致血統魔導士的勢力增長，徒增混亂。在那之後，血統魔導士大概會以百年一次的頻率發動叛變，使悲慘的歷史不斷重複上演。

「喂，茨維特……雖然不重要，但你還是要戒備一下周遭。」

「喔，抱歉。一個不小心講得太投入了。」

「雖然我不覺得薩姆托爾那個笨蛋能做些什麼，但要是太過鬆懈可不是受傷就能了事的。」

因為伙伴出言提醒，茨維特看了看周遭的狀況。

雖然沒有看到魔物的身影，但畢竟這裡是野生動物們競爭求生的地方。一個大意就有可能導致致命的失敗。

野生的魔獸們有時候會潛伏起來，有時會以氣味估量距離。魔獸這一刻說不定也在把他們當成獵物，正虎視眈眈地伺機而動。

「嗯？不覺得……有一股味道嗎？甜甜的……」

「你在說什麼啊，迪歐？我沒特別聞到……」

「不，有一股淡淡的甜美氣味順著風飄過來……是什麼呢？」

「別因為氣味就緊張兮兮的啦。我們的目標可是魔物耶？」

迪歐聞到順著風飄過來的氣味，伙伴們卻否定他的擔憂。茨維特也順著風向轉過去確認了一下，的確有一股甜甜的香氣。

他不覺得有必要警戒氣味，卻有點在意這味道。在森林之中需要防範的香氣有好幾種，大致上都是魅惑或是吸引魔物前來的香氣。

『我記得……師傅以前好像講過什麼。甜美的香氣能吸引魔物，大多也具有強大的魅惑效果……是這樣嗎？食人獸的伙伴擁有類似的能力……食人獸？』

茨維特這時候想起來了。利用食人獸的花瓣製作，能夠吸引魔物的魔法藥「邪香水」。

「糟了！你們，盡量離這裡遠一點！」

「啊～？茨維特你在胡說些什麼啊……」

「只是一點甜美的香氣耶？為什麼要這麼緊張啊。」

「笨蛋！這說不定是邪香水。是會吸引魔物前來的玩意啊！」

「「「「你說什麼！」」」」

邪香水的香氣特殊，同時具有使魔物興奮的作用。一般來說，魔物只會對種族特有的費洛蒙產生反應，唯有被稱為「莉莉絲・食人獸」的這種魔物對所有的魔物都有強烈的誘惑效果。以這種魔物的花瓣做成的邪香水，是撒下後除了一小部分外，幾乎所有的魔物都會被吸引而來的強力魔法藥。

當然由於其危險性，要使用必須取得許可，光是任意使用就是足以讓人頭落地的重大罪狀。

無論哪個國家都非常嚴格的管理著，不是可以輕易獲得的東西。

「他瘋了嗎！薩姆托爾那傢伙，居然連這種東西都用上了！」

「等下再抱怨！先從這裡逃走吧！」

「喔！可惡，那傢伙……等回學院找到他，我就要蓋他布袋！」

茨維特等人一起轉身後，朝著營地的方向奔跑。

繼續待在這裡只會被魔物們包圍，就算他們等級有所提升了，還是無法以成群的魔物為對手。現在還是要以逃到較為安全的地方為優先。

然而只有茨維特沒有逃跑。不對，是無法逃跑。

「什麼！」

他的身體忽然變得沉重，往前倒下。

「茨維特！」

迪歐發現不對勁轉身後，只見有些白白霧霧的什麼東西隔開了他們。

「這是……屏障？不對，該不會是……結界？」

「迪歐！你快逃！」

「茨維特！可是你要怎麼辦？」

「我會想辦法的！既然有結界，反過來想我就是安全的。」

「可、可是……這怎麼想都是……」

「安心吧，我有先做好這種狀況下的準備了。比起這個，仔細看看周遭！魔物們靠過來了喔。」

「唔……我一定、一定會回來救你的！在那之前你要平安無事啊！」

做出痛苦的決斷，迪歐背向茨維特跑了出去。

確認迪歐跑遠了，茨維特釋放了傑羅斯給他的戒指的魔力。

這樣他就能把自己的所在位置告訴傑羅斯了。

「不過……感覺背上好像……」

雖然身體忽然覺得沉重而倒下，但冷靜回想起來，剛剛好像有什麼壓到他背上的衝擊感。而且那個重量現在還在。

茨維特為了確認把視線移向身後，只見應該沒有任何東西的背上漸漸地有什麼半透明的東西慢慢浮現。

那個東西的顏色逐漸變得明顯起來，最後出現了一個穿著東方風格服飾的少女。

簡單來說，他背上現在背了個女孩。

「……妳是誰啊？」

「……哎呀……」

「……所以？」

「……忍術，子泣爺爺…………不行嗎？」

「不是……就算妳問我行不行我也……搞不懂妳。」

「「…………」」

茨維特和少女沉默的看著彼此。兩人之間瀰漫著奇妙的氣氛。

使用者要是沒有釋放封在魔導具中的魔法，就不會引發效果。

就算是會自動從攻擊下保護使用者的魔導具，也有著一開始不先啟動就不會發揮作用的弱點在。就像是電器產品的開關一樣。

茨維特沒有釋放傑羅斯給他的守護符的魔力，所以魔導具沒有發揮效果，而讓他遭受了奇襲。可是比起那個，茨維特更希望能夠改變一下目前的氣氛。

沉默的看著彼此的兩人之間，有著他至今為止從未體驗過的奇妙氣氛。

◇◇◇◇◇◇

稍微把時間往回拉。

傑羅斯到途中為止都跟在茨維特的小隊後面走著，可是……

「迷路了……我只是稍微來採一下藥草而已，怎麼會這樣呢。」

……卻在這時候跟他們走散了。

環顧四周後只看到有個岩場，連自己在哪裡都搞不清楚。

「好了，也不能怎麼樣。要是他不釋放戒指的魔力，我也沒辦法靠面具得知他的所在位置。該試試看嗎？哎呀，反正真的有危險我也還有留一手……嗯？」

他隨意看向岩場，發現有個在發亮的東西。

看來是礦石，但不挖出來不知道是什麼。大叔立刻拿出十字鎬，朝著岩石揮下。

岩石粉碎的聲音響徹周遭。

「這個是……『瑪那礦』。可以用來製作魔導具呢……這邊的則是『火焰藍寶石』，加工成魔寶石的話就能提升火系魔法的威力。」

於是大叔便喜孜孜地開始揮舞著十字鎬，生產職的血液沸騰著。

一旦開始行動後就停不下來了。十字鎬揮舞的速度漸漸加快，且變得更為尖銳，簡直像是在用削岩機一樣，在岩場上穿出一個洞，不斷往前挖掘。

變成這樣，說他把這岩場整個破壞了也不為過。

把敲下來的礦石用魔法聚集到外面，加以「鑑定」後，雖然大多是鐵礦石，但偶爾也有寶石或「瑪那結晶」等稀有礦物。

戴著面具的黑衣神官揮舞著十字鎬在挖礦。還真是個超現實的景象。

「瑪那結晶……泡在『精靈水』裡面壓縮的話就可以做成『人工精靈結晶』了。不過還是天然的『精靈結晶』比較好吶～還是該用來做『乙太培養液』呢？唔嗯～真煩惱……」

在瑪那結晶內封入屬性魔力可以做成「人工精靈結晶」，可是跟天然的東西相比效果還是差了一截。「乙太培養液」是為了培養人工生命體的東西，可以將瑪那結晶溶解後與複數的魔法藥混合製成。

因為魔力是會擴散的東西，所以原本是需要另外準備可以時常補充魔力的培養裝置，不過大叔早就已經做好了。

「要從小楓的頭髮上抽出精靈的因子，果然還是用天然的東西比較好，雖然沒用過，但應該也能拿『邪神石』做一樣的事。至少需要兩個比較大的精靈結晶啊……天然的東西畢竟是稀有素材呢。」

以前他雖然在礦山採取過金屬礦石，但這裡似乎有比較多可以用在鍊金術上的媒介礦石。本來這種情報是必須向傭兵公會報告的，但大叔原本就沒有很在意傭兵這工作。

「素材是愈多愈好。說不定會挖出天然的精靈結晶呢……好，興致來了！哇哈哈哈哈！」

玩「Sword and Sorcery」的壞習慣出現了，開心地繼續開始挖礦的大叔以十字鎬的敲擊聲為節拍，開始熱烈唱起動畫歌。他完全輕忽大意，沒注意到魔導具的弱點，專心地蒐集起要完成他密謀的「找碴計畫」所需的素材。

沉迷於挖礦中的大叔不知道。

就在這時，魔掌正逼近茨維特——

短篇　追逐夢想的孩子們

在古老教會地下室的儲藏室裡，有五個小孩正聚集於此談論事情。

一個滿臉是傷的少年，是這群小孩的領袖，強尼。

他平常講話的口氣囂張，而且因為發育遲緩，看起來比較稚嫩，但現在在這裡的少年明顯表現出不同於平常的態度，露出成熟的表情。

這強尼環視伙伴一圈，緩緩開口。

「好了，最近有工作可以做，也存了不少零用錢。我想差不多可以進入下一個階段了。」

「沒錯。我們要盡量準備裝備，就算只有一點也好，希望可以輕鬆地開始啊。」

剃著小平頭的拉維講話口氣也跟平常不同。

「嗯～……可是啊，就算裝備再怎樣好，我們也只會小楓教我們的劍術耶？」

「是啊。沒有實力，傭兵就無法往上爬。我們會的頂多就是偷錢包而已喔？」

紅髮少女安潔跟胖胖的男孩凱接著說道。

這四個人在同一間孤兒院長大，是一起追逐相同夢想的伙伴。

原本他們都是流浪兒，幾年前還在暗巷裡靠著偷竊或翻垃圾桶維生。

連親生父母是誰都不知道的他們，即使同樣是孤兒也不會信任對方，雖然他們就像被拋棄的狗那樣畏畏縮縮地努力求生，但還是被衛兵抓了起來，送到了孤兒院。

這樣的他們，除了發誓不要再給代替父母養育他們的路賽莉絲增添更多麻煩之外，還暗地裡偷偷地採取了某些行動。

「嗯……抱歉，若在下能更上手就好了……」

「不，小楓的劍術訓練幫了大忙喔，我只是覺得能夠應對各種狀況會比較好，如果能用魔法就更好了。」

「魔法嗎。『魔法卷軸』應該很貴吧？」

穿著和服及紅色褲裙的高階精靈少女小楓，是這些伙伴中最後加入的。她的個性好戰到令人難以想像她是個精靈，並且以其優秀的武藝指導強尼等人劍術。

「魔法啊～如果拜託大叔他會不會教我們咧？」

「他說不定會教，但很可怕喔？要是他打著修練的名義直接把我們帶去大深綠地帶該怎麼辦啊，安潔。」

「拉維就是愛操心～就算是大叔，也不會這麼亂來啦。」

這些孩子們跟住在教會後面的魔導士有交流，手中握有一些危險地帶的情報。

除此之外，他們也透過反覆出入城鎮各處的方式收集了各式各樣的情報，一邊互相討論一邊思考將來的打算。而結論就是要成為傭兵。

傭兵們會在不同的城鎮間反覆往來，以護衛或討伐魔物維生，不過傭兵生活其實算不上富裕。

包括保養裝備在內就要花上不少錢，此外還有移動時的交通費、受傷時使用的回復藥、食宿費等等，是一種開銷很多的職業。如果還要算上夜晚紮營用的帳篷和便當盒等初期費用，那錢是真的不夠。

既然如此，為什麼這些孩子會以這個麻煩的職業為目標呢，是因為他們有很大的野心。

「地城……若想要一夕致富，就只能去地城探險了。」

「可是，想去地城探險必須擁有相應的階級和信用喔？我認為只有我們應該無法輕易辦到，畢竟起跑點就在最底線了。」

「凱說的話有道理。因為我們沒有打好身為傭兵的基礎。我們應該要先具備能夠自立更生的基礎實力才行。」

「原來這就是行動跟不上想法啊……魔法可以靠存錢購買卷軸，但劍術以外的技術要找誰教我們？大叔畢竟是個魔導士。」

「傑羅斯閣下除了魔法以外的功夫也很了得喔？擁有壓倒性的實力，出手一個不小心會死人的。」

「大叔這麼強嗎？雖然看起來很可疑就是了……」

拉維非常失禮。

要是路賽莉絲在場，一定會當場教訓他。

「話說大叔好像開始飼養起狂野咕咕了，那些傢伙莫名的有魄力說。」

「嗯。牠們很難對付，可以讓在下充分訓練……啊！」

小楓瞬間想到了，既然這樣找咕咕來訓練如何呢？

傑羅斯飼養的狂野咕咕很強，尤其是被取名為烏凱、山凱、桑凱的三隻，強度根本超乎尋常，其訓練的姿態也極為壯烈。最近小楓也參加了這樣的練習，所以知道這些孩子要拿牠們當對手根本是天方夜譚。

但除了頭目級的這三隻以外的咕咕呢？比較弱的咕咕大概就是比普通大人強一點的程度，要拿來當鍛鍊強尼等人的對手不正剛好嗎？這麼一想，她認為其他咕咕應該是很理想的訓練對象。

畢竟這些咕咕的攻擊手段湊齊了「斬擊」、「打擊」、「射擊」三種。傭兵的工作也不是只靠劍就可以解決的，必須隨著狀況改變使用的武器，也得打好基礎，以便武器脫手時能夠空手應戰。仔細一想確實沒有比這更理想的環境了。

而且飼主是魔導士，運氣好說不定還可以請他教導魔法。

小楓立刻把這想法告訴強尼他們。

「真的假的！要請咕咕教我們作戰方式喔？」

「嗯。仔細一想，確實沒有比這更理想的鍛鍊環境了。在下教導你們的劍術在戰法上有些偏頗，這是個學會因應狀況改變手法的好機會。」

「可是啊～不覺得有點丟臉嗎？牠們是雞耶？」

「想要變強就要拋下羞恥心，誠心請教。弱小之人沒有覺得羞恥的必要。」

「可是那是咕咕耶？我們要找咕咕訓練嗎？」

「不然你們打算維持現在弱小的樣子嗎？在下等人的目標是總有一天要獨立喔？眼睜睜的放棄可以學習作戰基礎的大好機會可謂愚蠢至極，如果今後因此而喪命，不就本末倒置了嗎？」

小楓說的非常有理，但要跟一群雞進行武術訓練真的很丟臉。

不過這些咕咕很強，擁有可以輕鬆撂倒一般傭兵的實力。

「……就這樣說定了。就算對手是雞，只要夠強，我們就能夠獲得鍛鍊。接著只剩下徵得大叔同意，以及順便養成早起的習慣了。」

「嗚欸欸～？我早上都爬不起來耶～」

「反正不是還要下田工作嗎？只是順便加上鍛鍊罷了。心動不如馬上行動！」

除了早上原本就有在練劍的小楓以外，孩子們雖然都對於要早起有些猶豫，但仍下定決心要變強。現在他們必須學會作戰的技術。

這些孩子們的心裡有的是一些什麼也沒有的空虛記憶。只有暗巷與腐爛的食物永遠刻劃在他們的記憶深處。

要完全擺脫那個他們再也不想回去的地方，就必須變得比現在更幸福。這對沒有父母的他們來說是深重的心傷。

◇　◇　◇　◇　◇　◇　◇

約在四年前，強尼在暗巷中生活。

安潔跟拉維在不知不覺中跟他走在一起，除此之外還跟幾個有同樣遭遇的人湊在一起，成了一個小團體。因為老大另有其人，所以強尼總是負責跑腿的。

這時候凱和小楓還沒有加入，他們基本上就是過著以偷竊確保食物的生活。

每天都跟地獄一樣。強尼跟安潔等人一起觀察攤販伺機行動。當然主要是為了確保食物而行竊，但這也是為了求生存的戰鬥。

他們偶爾也會下手扒竊錢包，但成功的機率不高。

要是被逮到就會挨揍，即使吃牢飯也是理所當然的世界。

他們專找早晨到中午的時間帶下手。攤販在太陽還沒升起時就開始準備，而店面則是午前開始會變得比較熱鬧。這短短的時間就是他們下手的機會。

理由是因為這時候客人不多，而一大早就來顧店的人大多會打瞌睡。

雖然生意熱絡的中午也是有機會下手，但因為店長忙進忙出的關係，很容易被抓到。這些孤兒們都是從老大身上學會偷竊的技術。

老大背後是一群盜賊，待技術純熟之後就可加入他們，從小弟幹起。

城鎮儼然化為培育罪犯預備軍的訓練場所。

這天，強尼等人也為了偷竊而觀察著攤販。

『沒有破綻，這家不行。』

強尼用手打出暗號，通知安潔等人。

孤兒們會鎖定進入一定地盤內的攤販，並守株待兔地等著，只要一有機會就立刻採取行動。同時也縝密地思考過逃脫路線，一邊逃跑一邊將偷來的東西交給伙伴，藉此分散贓物是他們的常用手段。

他們沒有吃過熱騰騰的餐點，光是為了求生就費盡了心力。

『嘖！怎麼回事啊，今天人超多。該換個目標嗎……』

孤兒們分成每組三到四人的幾個小組。團體內的上下關係嚴格，由老大統整所有人。而底下的人只能畏畏縮縮地生活著，擔心惹老大生氣。

而那個老大也只是個十幾歲的人，簡單來說就只是個普通的小混混。

『看那傢伙囂張的樣子我就有氣，但現在得先確保食物。』

要活下去就得吃飯，雖然偶爾會撿到小錢，但那點小錢根本不足以充飢。些許錢財在一天內就會消失了。

強尼一一評定走在路上的行人，時而確認攤販的狀況，尋找容易下手的獵物。但他總覺得今天的人好像比平常還多。

不過也不可能問人今天是發生了什麼事。因為他知道鎮上居民都討厭孤兒。

孤兒們也不是自願待在這樣的環境下，不過從鎮上居民的角度來看，只會妨害他們做生意，而且偶爾還會扒竊錢包的孤兒們根本就是小偷。

對不偷就無法生存的小孩們來說，不知道自己該如何是好的狀態就這樣持續下去，就算想求救，也沒有人願意伸出援手。

在鎮上佈道的神官總會說『神以慈悲拯救苦難之人』什麼的，但強尼只會以一句『騙子！』回敬。從強尼他們的角度來看，就是『既然現在沒有拯救處於苦難之中的我們，那麼神也沒有什麼了不起！』如此罷了。

所以孤兒們不信神。因為他們只有靠自己的力量生存下去一途。

『噁心死了。神為我們做了什麼？什麼都沒做啊！』

孤兒們想要的是溫暖的床鋪與美味的餐點。就算不豪華也無所謂，只要能夠不挨餓，那就再好不過了。

很普通地生活、理所當然地有飯吃，完全不用吃苦的鎮上同年齡孩子們真是太令人羨慕了。因為一點差錯就分成光與影，變成肥沃的大地與沙漠的差別。

一切的一切都是這麼可憎。

「肚子好餓喔……」

憤怒無法填飽肚子。如果光靠憤怒就可以吃飽的話，強尼當然願意不斷發怒。

但現實是殘酷的，能不能餓著肚子活到明天實在令人擔憂。

冬天就快來了，如果不在那之前確保食物儲備起來，就會餓死。

他看過好幾次伙伴死在暗巷裡面的光景，但老大什麼也沒表示。

頂多就只會說說「太弱才會死啦，笨～蛋！」之類的話。實際上他也這麼說了。

很多人痛恨老大。

『現在的我們無法報復他，好想變強……』

因為弱小，所以擁有小小的、而且是為了生存下去而費盡一切的念頭。

神就連這麼一丁點小小的願望都不會幫忙實現，所以只能掙扎求生。

「嗯？那裡嗎？」

強尼看向人潮聚集的攤販。

他不知道那裡販賣的是什麼，但人潮多到無法動彈的攤販是最好下手的機會。目標是客人的菜籃或是錢包。

強尼眯細眼睛尋找機會。

就在此時，一個壯碩的男人將手中的籃子放在地上。

雖然那個人看起來根本不像會來採購食材的人，但只要想到他可能是哪家餐廳的廚師，這樣的懷疑也就煙消雲散。強尼緩緩靠近那個男人放下的籃子。

同時用手打出暗號。向安潔等人發出實施作戰的信號。

他故意做出看向攤販的動作，下一瞬間便抓起放在地上的籃子，拔腿就跑。雖然聽到背後傳來「小偷！」的叫聲，但他當然沒有回頭，一邊轉進暗巷內一邊確認裡面的東西。

『少許食物跟錢包啊……』

他拿出錢包，拋給事先在此待命的安潔等人。

安潔和拉維拿著錢包逃走，而強尼則為了甩開追兵在錯綜複雜的暗巷內亂竄。因為是小孩，可以逃跑的地方多的是。

然後，當他鑽進大人進不去的牆壁間狹小縫隙後，爬到了遮雨棚上，沿著屋頂逃走了。

接著只要前往集合地點便可。

跟安潔等人會合之後，強尼一行人往其他伙伴待著的碼頭邊陲前去。

並在途中仔細調查籃子裡面的東西，三個人分掉了裝在袋子裡的炸麵包。

反正這些東西全部都要上繳給老大，既然這樣當然要趁現在把能吃的東西先吃掉。同時偷拿一點錢包裡面的錢，以備不時之需。

這老大原本就不足以信任，所以每個人都會耍這點小手段。

但錢包裡面的戒指令強尼有點在意。如果是要送人的禮物應該會包裝起來，不太可能就這樣隨意地放在錢包裡。

『這個還是給老大吧，畢竟有點可疑啊～』

這種生活過久了，自然會有某種敏銳的直覺。

強尼的直覺告訴自己這有危險。

孤兒們聚集的地方是碼頭邊陲一個沒在使用的倉庫。原本是一個漁夫的私有財產，但現在已經變得非常蕭條。

在這樣的倉庫一隅，一個青年彷彿山大王般態度囂張，還有一群跟屁蟲年長組圍著他一起享用著餐點。

周圍雖然看得到餓倒的小孩，但他不會分發食物給孩子們。

餓死了就丟進歐拉斯大河裡。

「唷，總算回來啦。所以咧？今天的成果呢？」

青年露出賊笑。他的腰際佩著一把小刀，就算跟他起爭執也是自己吃虧。

「有一點蔬菜跟錢包，比想像中少。早知道就找別人下手。」

「嘖！沒用的東西。無所謂，錢包給我。」

強尼拿著偷來的菜籃過去，青年確認起裡面的東西。

「喂，這錢包看起來挺值錢的，但裡面怎麼沒什麼錢啊？你該不會偷拿走了一些吧，怎樣啊？」

「我光逃命就來不及了，哪有這種閒工夫啦。那些傢伙很煩人耶，一直追追追個不停。」

「天曉得是怎樣。嗯？戒指啊……」

「戒指？有那種東西喔？」

強尼裝傻。

要是頂嘴就會挨揍。挨打只是吃虧。這是經驗告訴他的處事之道。

「你沒看裡面有什麼喔？」

「啊就說沒空啊！他們大概是想要回戒指，所以很纏人地追著我們耶。我可是累到快死了。」

「囂張耶你。也罷，看在你搶了錢來的份上放你一馬，算你運氣好。」

老大就是這種人。

那幫跟屁蟲丟掉啃剩的骨頭，看著互相爭奪的孤兒們，覺得很可笑似的嘲笑起來。

『嘻嘻嘻，弱小的人真是醜陋。』

『賈基拉老大，既然有錢了，咱們去喝一杯吧。』

『反正沒錢了他們會幫忙搶來嘛。沒有盡量使喚他們就太可惜了。』

這是強尼第一次聽到老大的名字，但這也不重要。

他們速速離開這裡。

等老大就寢後再回來休息，已經變成強尼等人每天的功課了。

三個人坐在歐拉斯大河河畔，一邊釣著晚餐的魚，一邊討論逃跑時的狀況。

「錢總之先藏在老地方了。」

「強尼沒被看到臉吧？要是我們被抓了，努力就白費了喔？」

「我怎麼可能犯這種錯。唉，暫時先這樣一邊釣魚，一邊確保食物吧。」

老大雖然蠻橫，但幸好他很笨。強尼知道自己比較聰明，錢包裡面有三分之一的錢都被他先扣下來了，但老大根本沒有發現。原本下手偷竊的就是強尼他們，老大根本不可能知道錢包裡面有多少錢。

而且他們根本不做事。就算懷疑，也懶得去證明自己的懷疑是正確的。

「話說怎麼老是釣到波波拉魚啊，這種魚土味很重，很難吃耶～」

「沒辦法啊，只有這種魚會上鉤，要是釣到大魚也只會被他們搶走喔？」

「也是……嗯，難吃……」

強尼一行一邊吃著剛釣起來的波波拉魚，一邊手腳俐落地確保明天的食材。

他們有樣學樣地學會釣魚，也因為老大很笨的關係，學會了許多欺騙他人的小聰明，但就是廚藝完全沒有長進。波波拉魚的土味實在怎麼樣都無法習慣。

『我有不祥的預感……總覺得心靜不下來。』

強尼心中閃過的預感中獎了。

入睡之後過了不久，衛兵闖進這座廢棄倉庫裡面。

強尼等人當然遭到逮捕。那戒指是魔導具，目的是為處理頻傳的竊盜案件。強尼雖然詛咒自身的不幸，但實際上應該算是他運氣好。

不過，當時的他並沒有餘力這麼想。

孤兒們在衛兵的據點裡面盡情享用了還不錯吃的餐點之後，被送上了馬車，交給了鎮上的孤兒院。

同年齡的小孩們天真地玩著裡面設置的玩具，以及清爽的建築物，這一切徹底否定了強尼一直以來的生活。而且負責照料小孩的還是一個神官。

他只覺得過去如此辛苦活下來的自己彷彿遭到嘲笑。

他一路下來都否定神的存在，看著直到現在才以救贖名義伸出援手的神官，讓他有種難以言喻的怒氣。其中也有伙伴因此喪命，也難怪他會生氣。

而位在神官們之上的人出現在強尼等人面前。

「臭小子們，來得好，這裡就是你們的新家。」

眼前的阿婆實在不像神官。

因為她手上拿著酒瓶，已經喝得飄飄然了。

而且看她啃著肉乾的樣子，就連討厭神官的強尼都不禁心想『這阿婆真的是神官嗎？』

「小鬼頭們，聽好了，這世界上根本沒有什麼神明。只有人可以拯救他人，如果祈禱就可以拯救他人，那現在大家早就都活得很幸福快樂了。」

這阿婆說出非常不得了的話，更讓人難以相信她是神官。

「我知道你們過得比一般人更苦，但是啊，你們不可以想說要讓其他人也體會這些辛苦！要是真的這麼做，你們就根本不是人，只是單純的垃圾。我會在這裡好好教育你們，讓你們不要變成那樣的垃圾大人。不過我也只會照顧你們到成人為止就是。」

她講話有夠難聽，但比只會講漂亮話的神官好太多了。

在鎮上看到的神官話講得很好聽，但看到孤兒們的瞬間都會露出侮蔑的表情。

不過，眼前這個阿婆沒有露出那樣的表情。強尼知道她確實有好好地看著他們。

「阿婆，妳好歹是個神官耶，講這話好嗎？」

他不小心脫口說出這句話。但聽到他這麼說，那神官也只是一邊『隨便啦，實際上根本沒有人是被神明拯救的啊～不管可能性有多低，該得救的時候就會得救啦。』這麼回答，一邊豪爽地笑了。

一年之後是凱，再過半年之後是小楓加入成為伙伴。

雖然這五個人各自有不同的夢想，但都不想回去過挨餓的生活。

所以才會這麼執著於賺錢。

目標是地城，抓準一夕致富的機會，夢想建立溫暖的家。

這就是什麼也沒有的孤兒們的小小願望。

◇　◇　◇　◇　◇　◇

早上，強尼在做完每天的下田工作之後，前往傑羅斯家。

但他們在這裡看到的是——

「咕咕————！」

「想得美！」

──無法想像是由雞揮出的一拳（翅膀）所造成的打擊與衝擊波。

非比尋常的打擊聲響徹周遭。

這可不是訓練那麼輕鬆的玩意，不管是誰來看都明顯是超乎常識的以拳交心。

以暴力訴說硬道理的男子漢世界。

「這是人類會發出的聲音嗎？感覺骨頭都要碎了……我看得到明天早上的太陽嗎？一般來說會沒命吧？」

「拉維，不要這麼悲觀。喂，小楓……妳是要我們鍛鍊到這種程度嗎？怎麼想都不可能吧。」

「嗯，變強的第一步就是反覆克服自己的軟弱。千里之行始於足下喔？」

「唔唔～嗯……大叔是不是認真的不當人了？」

「我們能活著回去嗎？覺得好像不太可能……」

沒想到傑羅斯跟咕咕們所做的訓練竟然如此超乎人類範疇。畢竟根本看不見接連揮出的拳頭。

常識是什麼，現實在哪裡。沒常識的事情不斷逼近，讓人激動不已。

傑羅斯跟烏凱互相拉開距離之後，彼此在胸前合起手（翅膀），行了一禮。

接著傑羅斯走近成為觀眾的小孩們身邊，爽朗地『唷，是你們啊。一大早來有什麼事嗎？』大聲問候。

「大叔，你每天都一大早就在做這種事情嗎？剛剛有衝擊波飛過來吧？」

「哎呀～烏凱牠們這幾天又變得更厲害了，害我不禁覺得有趣起來，就愈打愈熱中了，都是太年輕，還很血氣方剛造成的吧。」

「「「不，大叔，你是中年人吧……」」」

大叔一大早興致就很高昂。

跟著咕咕們一起轟出劇烈狂風。話說農田不用照顧嗎？

「是說你們找我有事嗎？我要準備去弄早餐了。」

「唔……這個嘛？」

「嗯……該怎麼說好呢。」

「我們……啊？」

「給我肉。」

「「「為什麼啦！」」」

比起該拜託的事情，凱還是想先吃肉。

方才那場誇張的交手讓孩子們萌生退意。畢竟連續打出可以瞬間收拾魔物的必殺一擊，小孩們會怕也是當然。

「傑羅斯閣下，他們似乎希望閣下能協助鍛鍊他們。雖然您這樣的高手鍛鍊他們大概有困難，但派出最弱小的咕咕應該可以做出挺好的訓練效果。」

「啊？你們是怎麼了。我是無妨，但你們有徵得路賽莉絲的同意嗎？」

「不，我們橫豎遲早得離開教會。若能趁現在好好鍛鍊一番，屆時要考取傭兵資格也會比較輕鬆吧？」

「原來如此。嗯，我是可以慢慢教你們基本動作，要試試看嗎？」

「「「多謝————！」」」

讓小楓出面交涉，小孩們得以正式獲得訓練機會。

但實際上訓練課程意外地無趣。應該說——

「好，保持像這樣要緩緩把手臂往前伸的感覺。單腳還是要抬著，然後跟手臂一起踏出去……拉維，你的手掉下來囉？」

「嗚咕咕咕……」

「這很辛苦耶。」

「要跌倒、要跌倒了～～～！」

「無、無法保持平衡～～～！」

——有如打太極拳的訓練。

這是學習格鬥戰技巧的訓練，將「承受」、「打擊」、「化解」、「踢腿」、「拋摔」五種要素全部組合了進來。猛一看雖然很像養生健康操，但這也是紮實的訓練，是可以鍛鍊出柔軟肌肉的嚴格訓練。

以小孩們第一次進行的訓練來說相當吃力。

「喔，這是『陰陽崩山流拳法』嗎？母親也常練這個呢。是最適合用來學習技巧與招式的訓練方式。這可是相當嚴苛的修行呢，非常棒。」

「哎，畢竟一開始就教散打太危險了，所以要在那之前打好基礎。畢竟只要學會調息方式，總有一天能使出氣功。」

這是在東方島國相當有名的一種武術流派。

除此之外還有「劍術」、「拳術」、「弓術」、「柔術」、「仙術」等五種流派的技巧，據說全部學會的武術家就能稱霸。小楓的劍術也是從這流派輾轉流傳下來的技巧。

至今已分支成許多流派，在東方島國興盛，彼此較勁。

順帶一提，小楓已經打好了基礎，所以不需要進行這樣的訓練。

因此她會自發性地鍛鍊自己。

「這、這樣做……真的可以變強嗎？」

「你們啊，在開始訓練之前根本就還沒打好基礎。如果想要修行，就必須徹底打好基礎才可以。半瓶水響叮噹只會讓你受重傷。」

「果然……世界上根本沒有神……」

千里之行始於足下。

原本是孤兒的這些孩子們，確實朝著夢想踏出了一步。

他們的努力要開花結果，還得花上好一段時間。

賢者大叔的異世界生活日記

約會大作戰DATE A BULLET 赤黑新章 1~3 待續

Kadokawa Fantastic Novels

作者：東出祐一郎　原案·監修：橘公司　插畫：NOCO

狂三這次變成了七歲的模樣？
另外，白女王的真面目究竟為何？

狂三分身告知神祕少女白女王的真面目——「她是時崎狂三的反轉體。是與我們水火不容的存在。」而時崎狂三與白女王戰鬥失敗，被囚禁在第三領域。狂三在緋衣響的協助之下，試圖逃跑。然而，狂三中了第三領域的陷阱，變成七歲的模樣——？

各 **NT$220~240/HK$68~75**

口是心非的冰室同學 從好感度100%開始的毒舌女子追求法 1 待續

Kadokawa Fantastic Novels

作者：広ノ祥人　插畫：うなさか

情投意合≠告白成功!?
喜歡的妳總是言不由衷～～

冰室涼葉——看似完美無缺的優等生，卻是個口不擇言的學生會長。暗戀她的副會長田島愛斗，某天突然能聽見她隱藏在言語背後的「真心話」！愛斗這才發現原來真正的涼葉早就瘋狂喜歡上自己了！他喜不自勝，立刻告白，卻慘遭對方拒絕……!?

NT$220/HK$68

青春豬頭少年不會夢到嬌憐外出妹

Kadokawa Fantastic Novels

作者：鴨志田 一　插畫：溝口ケージ

「我想讀哥哥上的高中。」
花楓下定決心，朝未來跨出一步！

咲太迎接高中二年級第三學期到來的這時候，長年熱愛看家的妹妹花楓說出沒對任何人透露過的祕密。咲太明知這是極為困難的選擇，還是溫柔地支持著花楓——「楓」託付的心意由「花楓」承接，朝未來跨出一步的青春豬頭少年系列第八彈！

各 **NT$220~260/HK$68~78**

不起眼女主角培育法 1~13、FD、GS1~3 待續

Kadokawa Fantastic Novels

作者：丸戸史明　插畫：深崎暮人

和不起眼女主角之間的戀愛故事，
堂堂完結！

克服「轉」的劇情事件，「blessing software」的新作也來到最後衝刺階段，而我下定決心向惠告白了。一切的一切，都起於那次在落櫻繽紛坡道上的命運性邂逅。儘管困難重重，正因為有同伴們一起逐夢，才得以彼此坦承的想法……

各 **NT$180~210/HK$55~65**

刺客守則 1~6 待續

Kadokawa Fantastic Novels

作者：天城ケイ　插畫：ニノモトニノ

前所未有的危機正逼近弗蘭德爾。
立於身分階級頂點之人齊聚一堂挑戰最艱難任務——

庫法與三大公爵家的當家和千金來到海邊。前方即為夜界，而眾公爵的目的地，其實是為阻擋來自夜界侵略所設置的「城堡」。奪回目前遭某人占據的城堡——在這項任務的背後，梅莉達與庫法還得向繆爾和塞爾裘質問關於「革新派」的事……

各 **NT$220~250/HK$68~82**

說謊的男孩與說謊的女孩 1~11、I 待續

Kadokawa Fantastic Novels

作者：入間人間　插畫：左

這是被摧毀夢想與人生之後，
阿道與小麻之女的命運——

問題父母所生下的問題雙胞胎姊妹。在她們居住的小鎮，發生了一起連續殺人案。而雙胞胎姊姊說：「犯人是我妹。」

——噯，小麻，這次是關於我們孩子的故事喔。

各 **NT$180~300/HK$50~78**

國家圖書館出版品預行編目資料

賢者大叔的異世界生活日記 / 寿安清作 ; Demi譯. --
初版. -- 臺北市 : 臺灣角川, 2019.03-
冊 ; 公分
譯自 : アラフォー賢者の異世界生活日記
ISBN 978-957-564-824-4(第4冊 : 平裝)

861.57　　108000623

Kadokawa
Fantastic
Novels

賢者大叔的異世界生活日記 4

（原著名：アラフォー賢者の異世界生活日記 4）

2019年3月27日　初版第1刷發行

作　　者：寿安清
插　　畫：ジョンディー
譯　　者：Demi

發 行 人：岩崎剛人
總 經 理：楊淑媄
資深總監：許嘉鴻
總 編 輯：蔡佩芬
編　　輯：黎夢萍
美術設計：黃永漢
印　　務：李明修（主任）、黎宇凡、潘尚琪

發 行 所：台灣角川股份有限公司
地　　址：105台北市光復北路11巷44號5樓
電　　話：（02）2747-2433
傳　　真：（02）2747-2558
網　　址：http://www.kadokawa.com.tw
劃撥帳戶：台灣角川股份有限公司
劃撥帳號：19487412
法律顧問：有澤法律事務所
製　　版：巨茂科技印刷有限公司
ＩＳＢＮ：978-957-564-824-4
香港代理：香港角川有限公司
地　　址：香港新界葵涌興芳路223號
　　　　　新都會廣場第2座17樓 1701-02A室
電　　話：（852）3653-2888